Klaus Metzger

Padrone

Roman in Stücken

:Literaturmetzgerei

Erste Auflage 2007
:Literaturmetzgerei© · Reutlingen
Alle Rechte vorbehalten
Druck & Satz: Fischbach Druck GmbH · Reutlingen
Bindung: Dollinger GmbH · Metzingen
Printed in Germany
ISBN 978-3-940714-01-5
Das Umschlagphoto zeigt Leo N. Tolstoi auf seinem Gut *Jasnaja Poljana*.
www.literaturmetzgerei.de

PROLOG   5

DER SCHUSS   8

LEWIN 1   18

DAS TREFFEN DER EHEMALIGEN   59

ICH, GRETCHEN   75

ZEHN KLEINE NEGERLEIN . . .   106

REVERSE ANGLE   176

LEWIN 2   213

„MORD"   228

GEDENKFEIER   231

EPILOG: PARADIES   245

Anmerkungen   253

Er kommt herein – klein. Und alle werden sofort kleiner als er.

Gorki über Tolstoi

Dies ist ein Roman, alles ist erdacht, eine ganz und gar fiktive Geschichte. Littré sagt das, und der irrt sich nie.

L.-F. Céline

Als er nach Hause zurückgekehrt war, ging er, wie er es gewohnt war, in sein Arbeitszimmer, setzte sich in den Lehnstuhl, öffnete sein Buch über das Papsttum an der Stelle, wo das Papiermesser als Buchzeichen hineingeschoben war, und las wie immer bis ein Uhr nachts.

Leo N. Tolstoi, Anna Karenina

PROLOG

Ich habe einen Menschen getötet. Es war ganz einfach.

Das Haus durch die Seitentür betreten. Vorsicht Stufe!
Den geladenen und entsicherten Revolver – sechs Schuß – in der rechten Hand. Blick auf die Kommode links, auf der ein großer, brauner Briefumschlag liegt. Zwei Schritte nach vorn – durch den dunklen Vorraum zum schwach beleuchteten Mauerbogen. Durch den Mauerbogen, in den großen Eßraum.
Im Eßraum zwei Schritte nach links, am Tisch entlang, an dem er sitzt, leicht vornüber gebeugt, bewegungslos.

Über ihm die Lampe.

Die Andeutung einer Kopfdrehung. Den Revolver schnell aufs Genick gesetzt und abgedrückt.

Peng! Pause.*

Langsam fällt er vom Stuhl. Ein bißchen theatralisch wirkt der Aufprall auf den Fußboden. Mit den Armen zuerst natürlich, so wie er es gelernt und weitergegeben hat. Der Stuhl kippt um.
Der Tisch ist leer. Er hat nur dagesessen und gewartet.
Ein alter, kleiner, fett gewordener Mann.

Zwei Schritte zurück, den Revolver in die rechte Hosentasche gesteckt. Durch den Mauerbogen in den dunklen Vorraum.

Im Vorraum den großen, braunen Briefumschlag von der Kommode genommen, geöffnet, mit der rechten Hand nach dem Geld gegriffen, das Bündel herausgezogen und das Geld gezählt, dann das Geld in den Umschlag zurückgeschoben, den Umschlag zwischen Hemd und Hose gesteckt. Zwei Schritte zur Tür. Vorsicht Stufe! Die Tür geöffnet und – hinaus in den strömenden Regen. Kein Blick zurück.

Der Regen ist gut für die Spuren. Oder schlecht?

Die Tür von außen schließen, die mannshohen Fensterläden umlegen und verriegeln und über den leicht abschüssigen, breiten Weg, vorbei an der Kapelle rechts und dem Stall links, vorbei am Brunnen, in Richtung Wald gehen.

In der Kapelle betet keiner mehr, im Stall stehen weder Ochs noch Esel, unter dem Brunnen war nie in die Tiefe gebohrt worden. Ein Brunnen als ob. Ein Leben als ob.

Der deutsche Padrone.

Weiter den Weg entlang zum Wald.

Blick.

Vor mir die Kirschbäume – Kirschbäumchen: Kleine, nicht wachsen wollende, aus der Erde ragende Holzstecken, angebunden an andere, in die Erde hauene Holzstecken, die sie festhalten sollen. Mitleid.

Drei Schritte zurück, in den Wald hinein.

Die Blätter der mächtigen Laubbäume schützen vor dem niederprasselnden Regen.

Vollständige Dunkelheit.

DER SCHUSS

EINE ART VORSPIEL IM ZUSCHAUERRAUM. EINER SITZT IM DUNKELN UND WARTET. STIMMEN. ALS ES WIEDER HELL WIRD, STEHT DER, DER GEWARTET HAT, AUF UND GEHT.

„Licht! Liiiiicht!"
„Aua!"
„Bleib stehen."
„Rühr dich nicht vom Fleck!"
„Licht, verdammt noch mal!!"
„Inspizienz!"
„Albrecht Neumann!!"
„Bei der Arbeit."
„Mach doch mal Licht!"
„Wau! Wau!"
„Mein Hund will auch, daß es wieder hell wird."
„Licht! Verdammt noch mal!"
„Schleimscheißer!"
„Schnauze!"
„Mäuschen im Dunkeln."
„Im Dunkeln ist gut munkeln."
„Ei, geh'n se fort mit ihrer eklisch kalt Hand. Ei net Sie – Sie!"
„*Keiner lacht.*"*
„Aus!"
„Fall' ja nicht von der Bühne!"
„Wär' kein Schaden. Der kann sowieso nix."
„Das hab ich gehört."

„Klar, zu sehen gibt's ja nix."
„Wer war das?"
„Mach kein' Blödsinn!"

Klick

„Finger weg vom Abzug!"
„Vielleicht ist das Ding geladen."

Klick.

„Ne, ne. Dämliches Theaterteil."
„Requisite! Ich will einen richtigen Revolver haben. Sechs Schuß scharfe Munition! Damit ich mich endlich erschießen kann."

Stille

„Keiner lacht."
„Schnauze."
„Das packst du ja doch nicht."
„Das pack ich nicht? Na, ward's ab, du."
„Ist nicht so einfach, sich ne Kugel in den Kopf zu jagen. Nix: Als ob. Kein Theater, verstehst du?"
„R-e-a-l-i-t-ä-t."

Stille

„Wird das heute noch mal was?"

„Wieviel Uhr ist es eigentlich?"

„Fünf vor Zwölf."

„Elf Uhr Fünfundfünfzig."

„Gleich Mittag."

„Günter Mittag."

„Scheiß Hörspiel."

„Ist doch prima."

„Albrecht Neumann!"

„Bei der Arbeit."

„Wie lange soll ich hier noch warten?"

„Der Kollege ist unterwegs ins Stellwerk."

„Na, das kann ja dauern."

„Mutti, nimm mich vom Theater."

„Schnauze!"

„Kann einer mal ein bißchen Musik machen?"

„Warum sind eigentlich keine Leute im Haus?"

„Schießprobe war nicht geplant."

„Schießprobe? Scheißprobe. Natürlich nicht geplant. So was kann man doch gar nicht planen."

„Keine Überstunden genehmigt, was?"

„Nix zu machen."

„Aha: Das Theater in der Krise!"

„Das Theater ist immer in der Krise."

„Kunst kommt von Krise."

„Kein Geld mehr in der Kasse."

„Ja, ja. Gestern war schon einer von den Sesselfurzern bei mir. 81 156 Piepen zu viel ausgegeben."

„81 456? Oje."

„81 156. Sprech' ich so undeutlich?"
„Ne, ne."
„Lächerlich. Für die paar Stühle."
„Aua!"
„Was war das?"
„Scheiß Stuhl!"
„Rühr dich nicht vom Fleck da oben, du. Fällst mir noch in den Graben."
„Fressen ihn die Raben."
„Peer Raben."
„Aus!"
„Der Graben ist zu."
„Guter Schauspieler fällt auch in einen geschlossenen Graben."
„Ja, ein guter Schauspieler."
„Fällt er in den Sumpf, macht der Reiter . . ."

Klick.

„Lächerliches Theaterteil."
„Als ob."
„Hoppe, hoppe, Reiter . . ."
„Marianne Hoppe."
„Aus!"
„Ich sitz hier rum und könnte ganz woanders sein."
„*Kennst du das Land . . .**"
„Schnauze!!!"
„Er sitzt und sitzt und sitzt . . ."
„Das ist nicht lustig."

„Keiner lacht."

Stille.

„Albrecht Neumann!"
„Bei der Arbeit."
„Was ist jetzt?"
„Der Kollege ist unterwegs – ist ein großes Haus."
„Aua!"
„81 156."
„Ich sag doch: Bleib wo du bist. Aber auf mich hört ja keiner."

Stille.

„Wie heißt der Kerl bei Tallstoiij, dem auch immer alles schief geht?"
„Auch? Immer?"
„Tallstoiij . . .?"
„Lewin!"
„Du bist aber schnell, au Backe."
„Gute Schule, meine Schule. Handverlesen."
„Anna Karenina."
„Zu spät."
„Schleimscheißer."
„Mir geht auch immer alles schief."
„Auch, immer."
„Mutti, nimm mich vom Theater"
„Schnauze."

„Immerhin hat der seinen sterbenden Bruder besucht."

Stille.

„Wer? Der?"
„Lewin."

Stille

„Ich müßte ihn auch besuchen."
„Liegt im Sterben, was?"
„Schnauze!"
„Na, laß mal. Hat ja recht."
„Nippelt ab, was?"
„Hoppe, hoppe Eiter . . ."
„Mutti, nimm mich vom Theater."

Stille

„Albrecht Neumann."
„Bei der Arbeit."
„Warum ist es hier denn so dunkel?"
„Der Kollege ist unterwegs zum Stellwerk."
„Anstatt hier im Dunkeln zu sitzen, könnte ich ganz woanders sein."
„Kennst du das Land, wo die Zitronen blühn . . ."
„Zappenduster."
„Lewinmäßig?"

Stille.

„Fällt er in den Graben, fressen ihn die Raben."
„Fahr doch hin. Vielleicht ist es das letzte Mal?"
„Ich trau mich nicht."
„Bitte, fahr hin!"
„Wenigstens einen Tag."
„Das wird dir sonst ewig leid tun."
„Na, mal sehen."
„Versprich es uns, ja?"
„Ich verspreche garnix."

Stille.

„Wo bleibt denn das Scheiß-Licht???!!!"
„Albrecht Neumann!!!"
„Bei der Arbeit."
„Wie sieht's aus?"
„Ich ruf mal im Stellwerk an."
„Ich erschieß mich gleich."
„Das bringst du nicht."

Stille

„Ja, ja. Das muß schon jemand für mich erledigen."

Stille

„Wart's ab."
„Denken Sie an das Interview nach der Probe?"
„Welche Probe?"
„Keiner lacht."
„Soll hierher kommen, der Herr P a s o l i n i. Wenn er denn ein Pasolini ist."
„Pasolini?"
„Hat's hinter sich. Alles schön organisiert."
„Konnte Fragen stellen, wie kein zweiter. Dem hätte ich alles erzählt."
„The whole story?"
„Ja, ja, macht euch nur lustig. Wartet nur, wenn ich mal nicht mehr da bin und keiner kennt die Wahrheit."
„Welche Wahrheit?"
„Des isch ein Faakuum."
„Fressen ihn die Raben."
„Peer Raben."
„Jaa jaa, soo, soo. Ein Faakuum."

Stille.

„Ach Gott, ist das langweilig. Lies ihm mal die Regieanweisung vor."
„Im Dunkeln?"
„Ich hab ein Feuerzeug."
„Im Theater?"
„Los!"
„*Er schießt*... Peng! *Pause*. Nicht getroffen. Wieder daneben! *Voll Wut*: Ach, Teufel, Teufel... Hol's der Teufel ... *Er wirft den Revolver*

mit voller Wucht zu Boden und setzt sich erschöpft auf den Stuhl."*"
„Also. Mehr mußt du gar nicht machen."
„So aggressiv . . . *Mit voller Wucht*."
„Was willst du denn? Die Bühne ist der einzige Ort, wo du ungestraft jemand umbringen kannst. Leider stehen die meisten wieder auf."
„Leider, leider, easy rider."
„Alles nur als ob. Ich würde gerne jemand umbringen. Am liebsten mich selbst!"
„Das glaub ich nicht."
„Zweimal täglich. Da kannst du einen drauf lassen."
"Machs doch."
„Wer war das?"
„Ich."
„Ach so."
„*Peng! Pause.*"
„Du mußt ihn treffen wollen. Unbedingt. Der schießt nicht daneben. Auf keinen Fall, hörst du?"
„Aber er schießt doch daneben."
„Ja, verdammte Scheiße. Aber nicht absichtlich. Er schießt daneben, weil er keine ruhige Hand hat!!"
„Schrei doch nicht so, ich versteh dich ganz gut."
„Aber du kapierst nicht, was ich sage. Ich kann mich nicht verständlich machen. Die Schauspieler kapieren nicht, was ich sage!"

Stille.

„Ich geh in die Kantine. Ich muß mich hier nicht beschimpfen lassen."

„Ja, geh in die Kantine, da gehörst du hin."
„Kantinenschauspieler!"
„Kantine hat zu."
„Theater in der Krise."
„*Kennst Du das Land...*"
„Ja, wenn ihr so weitermacht, bin ich ganz schnell da. Eher heute als morgen."
„Erst der Bruder, dann die *Citronen.*"
„Zappenduster."
„Kannst du denn mehr als die erste Zeile?"
„*Kennst Du das Land wo die Citronen blühn, wo / Im dunklen Laub die Gold-Orangen glühn...*"
„Von wegen Zitronen, Gold-Orangen. Blödsinn. Oliven! Oliven – - – Was ist das denn!? Mein Gott ist das hell. Jetzt seh ich ja garnix mehr. Scheiße! Schluß mit dem Theater. Ende der Probe!!"

„Umbau!"

LEWIN* 1
– quasi una fantasia.

IRGENDWO DAZU GEHÖREN, DAS MÖCHTE DOCH JEDER,
AUCH WENN ER NICHT DARÜBER SPRICHT.

Die Truppe war bereits vor Monaten engagiert worden, Teil des Kaufvertrages, mit dessen Unterzeichnung der Padrone das ganze, große Anwesen erworben hatte. Zehn, fünfzehn professionelle Erntearbeiter, Männer und Frauen aus dem Süden, bunt gemischt und bunt gekleidet, aus dem Neunzehnten, vielleicht sogar aus dem achtzehnten Jahrhundert, in unsere Zeit gekommen. Gute Arbeiter, hatte der Verwalter Antonio, genannt Totó, gesagt, die im Herbst Richtung Norden, der Arbeit und der schwächer werdenden Sonne folgend, durchs Land zogen und in einem, höchstens zwei Tagen, Hunderte von Olivenbäumen abernteten. Ein Anführer, ein Spielleiter, organisierte die Ernte, verhandelte mit dem Verwalter über die Gage und verteilte die immer gleichen Rollen an die einzelnen Mitglieder seiner Truppe. Ansonsten waren diese frei ihre Arbeit so auszuführen, wie sie es gelernt hatten. Improvisation war erlaubt, solange der Kollege oder die Kollegin respektiert und das Gesamte nicht gefährdet war. Ohne Mitleid für die Natur, nach Erntegewicht bezahlt, fiel die Truppe über die ausgewiesenen Bäume her, riß Früchte und Blätter mit einer durchgezogenen Bewegung, die wahren Könner mit beiden Armen gleichzeitig oder im rhythmischen Wechsel beider Arme, von den Ästen. Nie ein zweites Mal nachfassend. Was hängen blieb wurde von einer Art Putztruppe entsorgt, die, mit vergleichsweise schwerem Gerät ausgestattet, Sägen und kleine Äxten, den Bäumen den Rest gaben, eigentlich: ihnen den Rest nahmen. Die Oliven wurden von großen Netzen, die unter den Bäumen ausgelegt waren, aufgefangen, aufgesammelt, in Kisten geschüttet, auf Wagen verladen, in die Ölmühlen gefahren, wo die Ernte, so ungefähr, gewogen wurde. So ungefähr bedeutete, daß alle Beteiligten, die Truppe, der Verwalter und die Ölmühle, trotz sehr entgegengesetzter Interessen, ihren Schnitt machten. Dann wurden die Früchte achtlos zu anderen Lieferungen geschüttet, gepreßt und das Öl, wieder nach Abzug einer ordentlichen Provision für die Mühle und den Transport, in glänzende Metallbehälter gefüllt, deren Kauf beim Kostenvoranschlag gleich mitberechnet worden war, auf das Gut zurückgebracht und dem Padrone, nach Bezahlung der vom Chef, einer Art Spielleiter, eingeforderten Gage, die ohne Quittung und großzügig aufgerundet, zu begleichen war, übergeben. Dann packte die vazierende Truppe ihre sieben Sachen zusammen und zog zum nächsten Ort weiter.

So war es seit Jahrhunderten Brauch im Land. Ein Padrone war gut beraten, sich ein, zweimal bei den Erntearbeitern blicken zu lassen. Sozusagen vom Pferd herab mit seinem Verwalter ein paar Worte zu wechseln, die anderen, die Arbeitenden, zu ignorieren, sich nicht gemein zu machen mit denen, die nur für einige Stunden auf seinem Grund und Boden waren, eine bezahlte Arbeit ausführten und dann weiterzogen. Ansonsten mußte er darauf vertrauen, daß der Verwalter seine Interessen angemessen vertrat und zum Wohle des Padrone handelte.

Natürlich würde der neue Padrone, der Deutsche, so nicht mit sich umspringen lassen. Man mußte vorsichtig sein bei diesen Leuten,

mußte schnell lernen, das Theater, das sie veranstalteten, durchschauen und den Tricks, mit denen sie ihr Publikum zu übervorteilen suchten, auf die Schliche kommen. Am gescheitesten, mochte der Padrone denken, ich spiele mit! Er war in dieses Land gekommen, um mitzumachen, mitzuspielen, dazuzugehören, in Gemeinschaft zu arbeiten und zu feiern. Zu Pferde kam für ihn nicht in Frage. Er hatte kein Pferd und das, was immer noch Stall genannt wurde und den sich einstmals Ochs und Esel teilten, war umgebaut worden in ein Musikzimmer, in dem ein Flügel stand, selten bespielt, und in einen einigermaßen geräumigen Saal im ersten Stock, in dem sich mindestens fünfzig Personen gleichzeitig aufhalten konnten, was allerdings noch nie der Fall war.
Der Verwalter Antonio, genannt Totó, der, zusammen mit seiner Frau, Gina, die als Köchin engagiert worden war, hatte ihm manches über die Truppe erzählt und so war der Padrone, Anfang November, am ersten Tag seiner ersten Olivenernte auf eigenem Grund und Boden, der ein herrlicher Sonnentag zu werden versprach, früh auf die vom Verwalter Antonio, genannt Totó, benannte Wiese, auf der etwa zweihundert Bäume standen, gegangen. Stolz auf seinen Besitz, wissend um die Schlitzohrigkeit der Erntearbeiter, gewappnet mit guten Vorsätzen, einer neuen Kopfbedeckung, einer Art russischer Kapitänsmütze, und neuen Stiefeln. Bereit, den Kampf aufzunehmen mit sich, der Natur und dieser ihm unbekannten Menschen. Anweisungen zu erteilen, neues auszuprobieren, zu verbessern, wo es ihm nötig erschien, Erfahrungen zu machen. Die Ernte von Anfang an nach seinen Vorstellungen zu inszenieren, zu organisieren – und doch kam er zu spät, an diesem herrlichen Morgen zu seinen Olivenbäumen.

Die Arbeiter, Männer und Frauen, große, kleine, verschmitzte, gerissene, junge, alte, welche, von unbestimmbarem Alter, dicke und dünne, faule und fleißige, schweigsame und ständig plappernde, bärtige und kahle – der Padrone hatte sofort das Gefühl, daß sie in Kostüm und Maske ihre Arbeit verrichteten: kleine Häubchen oder bunte Tücher trugen, die Frauen in langen Röcken, die Männer in eng anliegenden Lederhosen, deren Schnitt durch einen extra großen Aufsatz, das Geschlecht schamlos betonten – diese Arbeiter und Arbeiterinnen, standen schon seit Stunden auf den Leitern, rissen die kleinen Früchte von den Ästen oder sammelten diese aus den unter den Bäumen ausgebreiteten Netzen und warfen sie in bereitstehende Kisten. Einer, mit einer Säge bewaffnet, schnitt jeden Ast, der für die waghalsig auf den Leitern balancierenden Akrobaten nicht erreichbar war, ab. Große, starke Äste, dicht behangen mit kleinen grünen und schwarzen Früchten.
Ein anderer Hieb mit einer kleinen Axt Zweige vom Baum. Ihre Bewegungen hatten etwas seltsam Unwirkliches, ungewohnt Geformtes, Geführtes, was schön anzuschauen war. Waren das wirklich Erntearbeiter oder taten die nur so als ob? Spielten sie Theater?
Der Padrone war verwirrt. Irgendetwas grummelte in seinem Innern, wurde schnell zu einem Knurren, dann zu einem Fauchen. Ruhig, ganz ruhig, sagte er zu dem Tier, das sich da in ihm drin bemerkbar machte, von innen mit seiner harten Schnauze gegen seine Bauchdecke stieß, an diesem herrlichen Sonnentag. Noch ist nichts Schlimmes passiert, dachte der Padrone, aber was machen die mit meinen Bäumen?
Niemand schien den Padrone zu beachten. Und das Knurren und Fauchen wurde lauter, das Tier wollte raus, dem Erstbesten an die

Gurgel springen, ihn zerfetzen, zerreißen. Aber die Männer schwatzten, die Frauen schwatzten, ahnungslos. Sprachfetzen, Reime, Sprechgesang flogen von Baum zu Baum. Seltsam fremde Harmonien, in einem Dialekt, den er, der Padrone, der sich die neue Sprache mit soviel Disziplin und Eifer beigebracht hatte, nicht verstand. Dann waren Namen zu hören: *Cotrone, Sgriccia, Cromo, Spizzi, Battaglia**, wieder *Cotrone* und *Lumachi* und *Milordino* und dann, immer häufiger *Quaqueo*, begleitet von einem meckernden Lachen und wieder *Quaqueo* und wieder das meckernde Lachen und noch einmal *Quaqueo*. Der Padrone war erstaunt. Er wußte, woher diese Namen kamen und er wußte sehr gut, wer *Quaqueo*, der Zwerg, war und er mußte darüber nachdenken, was für seltsame Zufälle es im Leben gab und das ausgerechnet die Truppe, die seine Oliven von den Bäumen riß, mit diesen Namen umging und über diesem Gedanken zog sich das Tier in ihm zurück. Fürs erste, das Fauchen war nur noch ein Knurren, ein leises und das wütende Stoßen gegen die Bauchdecke, war nur noch ein leichtes Tupfen. *Quaqueo* und *Cotrone*, waren das die Hauptdarsteller in diesem Stück? Wer war der *Cotrone*, wer war der *Quaqueo*?
Der Padrone suchte seinen Verwalter Antonio, genannt Totó, und daß Tier steckte ihm plötzlich im Hals und wartete auf die erste Gelegenheit, herausspringen zu können. Der Padrone rief nach dem Verwalter Antonio, genannt Totó, ohne eine Antwort zu bekommen, noch saß das Tier im Hals, noch gab es sich mit ein paar lauten „Howws" und „Ohhs", die ein bißchen Gelächter aus den Bäumen provozierten, zufrieden. Aber das Gelächter reizte das Tier umso mehr. Dann mußte er einem Ast, der von oben herab sauste, ausweichen. Das Tier brüllte erschrocken auf und das Lachen verstummte.

Das Tier brüllte jetzt laut und wütend nach oben, was es mit Kraft konnte, da er – es, klein von Wuchs, immer ein nach oben brüllendes Tier war. Er rüttelte an der Leiter, auf der der Verwalter Antonio, genannt Totó, stand, erntete lauten Protest und riß die Leiter um. Der Verwalter Antonio, genannt Totó, zwei abgebrochene Äste in den Händen, fiel auf ihn drauf und warf ihn zu Boden. Der Padrone schrie, schlug wild um sich, das Tier wollte dem über ihm Liegenden an die Gurgel, der Verwalter Antonio, genannt Totó, wand sich, entkam dem wütenden Fauchen, rappelte sich auf, rieb sich den Rücken, wich den Tritten des am Boden Liegenden aus. Der schrie und fauchte, trat heftig nach dem Verwalter Antonio, genannt Totó, kam wieder auf die Beine, lauerte, setzte zum Sprung an – wurde von hinten gefaßt und festgehalten – und sah, daß er in einem Kreis seltsam finster blickender, kräftiger Männer und nicht weniger kräftiger Frauen stand, die diesen fauchenden, tanzenden, beißenden, schlagenden kleinen Teufel interessiert und vorsichtig betrachteten. Fratzen, Masken, Figuren. Weit aufgerissene Mäuler und Hakennasen, bucklige Alte und spindeldürre Jünglinge, ein Dicker mit einer rot und gelb gemusterten Mütze mit kleinen Glöckchen auf dem Kopf, bei dem man sich fragte, wie er jemals auf eine Leiter steigen würde. Eine Frau mit großem Busen, den sie schamlos präsentierte, eine Alte ohne Zähne. Von den Frauen mit ein paar eindeutigen Gesten bedacht, löste der, den sie *Cotrone* riefen, ein großer, gutaussehender, braungebrannter, etwas eitler Vierzigjähriger, durch ein scheppernendes Lachen, in das die anderen nach und nach ganz harmonisch mit einstimmten – seltsamer Klang aus einer versunkenen Welt – den Kreis auf und jeder kehrte, das Lachen mitnehmend und in ein Singen verwandelnd, zu seinem Baum zurück. Einige der

Männer gaben mit einem Klatschen in die Hände und einem Augenzwinkern dem Padrone zu verstehen, er möge sie in Ruhe arbeiten lassen. Eine erste, noch freundlich gemeinte Warnung.
Der Padrone, nun wieder ruhiger, allein, stellte sich etwas abseits an einen Wagen und beobachtete, wie Fremde seine Oliven ernteten. Jede Aktion, ob akrobatisches von der Leiter Gleiten oder das schwungvolle Setzen der randvoll mit Oliven gefüllten schweren Kisten auf die bereitstehenden Wagen, war immer von einem melodischen Pfiff oder einer schnell improvisierten Liedstrophe begleitet. Dieses Geführte aller Bewegungen – auch die, die gebückt an den Netzen standen, taten dies in einer besonders anmutigen Haltung: die Beine in weitem Winkel auseinander gestellt, den Oberkörper in fließender auf- und ab Bewegung nie zur Ruhe kommen lassend. Der Anblick dieser arbeitenden, tanzenden, spielenden Menschen erfreute den Padrone. Er schaute ihnen gerne zu. Er war ein guter Beobachter und er wußte die Schönheit der Bewegungen dieser Men- schen bei ihrer Arbeit zu würdigen. Das Tier in ihm hatte sich zur Ruhe gelegt. Trotzdem, irgendetwas lief falsch, aber er konnte es nicht fassen – noch nicht. Vielleicht lag es daran, daß das Schauspiel, das sich vor seinen Augen ausbreitete, nicht seine Schöpfung war?
Er war Zuschauer, nicht der Regisseur.
Als er von seinem Platz vertrieben wurde, einer der Männer machte eine tiefe Verbeugung vor ihm, das rechte Bein vor das linke gestellt, den linken Arm mit der vom Kopf gezogenen Mütze in der Hand auf dem Rücken, mit dem rechten Arm die Richtung weisend, in die er, der Padrone, sich zu begeben habe, weil man den Wagen mit gefüllten Kisten beladen wollte, begann er nach einer Weile, nur um

auch etwas zu tun, Blätter, Äste und Erde aus den aufgeladenen Kisten zu sortieren.

Was für ein Anblick: die Erntearbeiter in und unter den Bäumen hatten ihn längst wieder vergessen, schwatzten, sangen ein bißchen, riefen sich Witze zu, arbeiteten fleißig und schnell, trugen die schweren Kisten auf die bereitstehenden Wagen, Männer und Frauen, ohne Unterschied. Ab und zu schnappte der Padrone das eine oder andere Wort auf, das ihm bekannt vorkam, zumindest vom Klang her. Einmal meinte er *Cotrone* herauszuhören, dann *Quaqueo*. Sofort wurde er wieder mißtrauisch. Das Tier in seinem Bauch war wieder aufgewacht und knurrte von neuem. Dann hörte er eine Frauenstimme, den Namen *Ilse* rufen und es gab ihm einen Stich ins Herz. Der Padrone, dem dies alles gehörte, der Padrone, für den mit dem heutigen Tag ein neues Leben beginnen sollte, eins mit der Natur und eins mit sich, der dazugehören wollte, zu diesen Menschen, die hart arbeiten mußten, um ihr täglich Brot zu verdienen, sehr viel härter als er, und trotzdem bei der Arbeit sangen, dieser Padrone stand abseits und zupfte an kleinen Zweiglein herum. Er war mit Überflüssigem beschäftigt. Er war unglücklich. Er wollte nach Hause, aber wo war sein zu Hause? Hier war sein Zuhause! Hier. Er würde es allen beweisen. Hier gehörte er hin. Hierher und nirgendwo anders. Als der Chef die Mittagspause ausrief, sprangen die Arbeiter, auf ein gemeinsames Zeichen, einen leisen Pfiff, von den Leitern oder sie rutschten wie Zirkusartisten an den Holmen herunter. Die Jüngeren veranstalteten kleine Wettrennen zu dem Platz hin, an dem ihre Jakken und Proviantkisten lagen, ganz besonders übermütige schlugen ein oder zwei Räder, ein kleiner, sehr junger Mann, flog mit einem *salto mortale* durch die Luft. Schnell verteilten einige Becher und Teller, andere öffneten große Behälter, gaben Brot und Fleisch, Tomaten und Gurken, Wein und Wasser aus. Bunt gemischt hatten sich alle ein schattiges Plätzchen gesucht. Einige Paare lagerten etwas abseits. Zwei besonders Flinke und Geschickte, spannten zwischen zwei alten Olivenbäumen ein Seil und warfen einen großes Stück Stoff darüber und mit einem Male war der Padrone von der Truppe getrennt. Die Vorstellung ging hinter geschlossenem Vorhang weiter. Es wurde geschwatzt, in diesem unverständlichen Dialekt, er hörte die Namen wieder, sah immer wieder Schatten, die Sonne brannte in günstigem Winkel vom Himmel, sah Schatten, die sich bewegten, undeutliche Gesten, vor allem aber hörte er lautes, ausgelassenes Lachen, Lachen, Lachen.

Heute Nacht würden sie hier unter freiem Himmel schlafen, morgen noch einen anderen Flecken auf seinem Anwesen abernten und dann ein paar Kilometer weiterziehen, zur nächsten Vorstellung, zum nächsten Besitzer, einem Einheimischen, der weniger hitzköpfig war und die Leute nicht von den Leitern schüttelte, sie anschrie und schlagen wollte.

Der Padrone blickte böse auf den Vorhang, der ihn von der Truppe ausschloß. Einmal öffnete sich der Vorhang für kurze Zeit und er sah, daß der gut aussehende, großgewachsene Geck, den alle *Cotrone* nannten und dem die Jüngste und Hübscheste in der Truppe das Essen und den Wein gebracht hatte, alle anderen mußten anstehen und sich selbst bedienen, mit einer Geste zu ihm, dem Padrone hin, mit dem Verwalter Antonio, genannt Totó, sah den Verwalter nun wieder als Schatten, der Stoff war zurückgefallen, immer größer werdend, auf den Vorhang zugehen, bis er, überraschend klein, hinter dem Vorhang hervorlugte.

Stille.

Den Teller mit einer Auswahl der mitgebrachten Lebensmittel in der einen, einen großen Becher mit Wein gefüllt, in der anderen Hand, trat der Verwalter Antonio, genannt Totó, vor seinen Padrone. Der Verwalter Antonio, genannt Totó, reichte dem Padrone Teller und Becher, ohne ihn anzublicken und am langen Arm, was das Tier gleich wieder knurren ließ, murmelte ein kaum verständliches „Guten Appetit!" und verschwand hinter den Vorhang, wo er von den Erntearbeitern mit fröhlichem Geschnatter und wildem Hüpfen empfangen wurde. Der *Cotrone* beendete dies mit einem scharfen „Basta!".
Das hatte der Padrone verstanden. „Basta!" Eigentlich hätte ihm dieses Basta zugestanden. Ihm! Nur ihm!
Warum jagte er diesen Kerl, den Verwalter Antonio, genannt Totó, der sich unter die Leute mischte, anstatt hier bei ihm zu sein, nicht einfach vom Hof, dachte er. Vielleicht würde er dann auch die Truppe verlieren und was geschah dann mit den Oliven? Ein Viertel in den Kisten, Dreiviertel auf den Bäumen. Das Tier im Bauch knurrte. Es hatte Hunger. Also machte er gute Miene zum bösen Spiel, aß das Gebrachte und trank von dem Wein.
Warum wurde er eigentlich nicht aus dem Haus versorgt? Warum brachte ihm die Frau des Verwalters, diese blöde, häßliche Kuh, nicht das Mittagessen hierher aufs Feld? Hatte er vergessen eine klare Anweisung zu geben? Er hatte es vergessen. Wahrscheinlich wartete sie mit dem Essen im Haus auf ihn, was auch ganz in Ordnung war. Er war der Besitzer und bezahlte die Leute, die für ihn arbeiteten. Er mußte sich nicht gemein machen mit ihnen. Oder doch? Zusammen? Auseinander?

Der Padrone aß das fette Schweinefleisch und die Wurst, die man ihm auf den Teller gelegt hatte, gierig mit den Fingern. Er fraß wie ein Schwein. Ohne Messer, er hatte keines, ohne Gabel, man hatte ihm keine gebracht. Er aß ohne sich vorher die Hände gewaschen zu haben. Er hatte kein Wasser. Ein Vormittag an der frischen Luft macht hungrig und durstig, auch wenn er nicht mehr genau wußte, warum er hier war. Den Wein schlürfte er in großen, schnellen Schlucken aus dem Plastikbecher. Er hatte Durst, es war heiß geworden. Er wollte eigentlich Wasser trinken, war sich aber zu fein, einen der Arbeiter um Wasser zu bitten. Zu bitten? Es zu verlangen! Ja, zu verlangen, nicht darum zu bitten! Also trank er Wein, der ihn ein bißchen benebelte. Hinter dem Vorhang war es jetzt ganz still geworden. Wahrscheinlich schliefen alle. Er setzte sich unter einen Baum und schlief ein. Er träumte wirres Zeug von Schauspielern in bunten Kostümen und frechen Masken, die um ihn herumtanzten, mehr sangen als sprachen, was er nicht verstand, mehr tanzten als gingen, was er bewunderte und nach zu machen versuchte. Beim ersten Schritt fiel er hin, fluchte in einer Sprache, die ihm unbekannt war, die anderen aber zum Lachen brachte. Er lachte mit und er gehörte dazu.
Als er wieder aufwachte, dauerte es einige Zeit, bis er wußte, wo er war. Der Baum unter dem er geschlafen hatte, war abgeerntet, das sah er sofort. Mit einem Ruck setzte er sich auf. Die Truppe arbeitete bereits drei Baumreihen weiter. Wie lange hatte er geschlafen? Zwei Stunden mindestens. Sie hatten den Baum, unter dem er gelegen hatte, nicht ausgelassen. Was war er für diese Leute? Ein Erdhügel auf einer Wiese? Ein Teil der Landschaft, der keine weitere Beachtung verdiente. Wahrscheinlich hatten sie ein Netz über

ihn gelegt, weitergeschwatzt und gezupft, hatten das Netz dann zusammengerollt, die eine oder andere Olive aus Ohr oder Nase gepickt und waren weitergezogen.

Faktisch war er für sie gar nicht vorhanden. Er stand auf, immer noch ein bißchen verwirrt und unsicher auf den Beinen und ging langsam davon. Daß das melodische Geschnatter der Truppe lauter wurde, als er über die Wiese zur Straße ging, bemerkte er wohl.

Er wollte nur weg, dieser Lewin, *allein und fremd, ein einsamer Wanderer auf der verlassenen Landstraße.**

Im Haus wartete die Frau des Verwalters tatsächlich mit dem Essen. Sie war in der Küche eingeschlafen und schreckte bei seinem lauten Eintreten hoch und sprach ihn, als er in der Küche plötzlich vor ihm stand, verwirrt und schlaftrunken, an. Der Padrone verstand nicht, was sie ihm sagen wollte, beschimpfte sie, schlug nach ihr, verfehlte sie und ging einen Stock höher, in sein Arbeitszimmer.

Gina! Der Name paßte so gar nicht zu der Person. War das überhaupt ein richtiger Name oder irgendeine von diesen blöden Abkürzungen, Koseformen, Überzuckerungen. Gina, daß war für ihn immer noch Gina Lollobridgida, die „Lollo", sein Ideal – von früher Jugend an, eigentlich bis heute. Und nun verstellte dieses vollständige Nichts den Blick auf diesen Traum. Wie sollte er diese Unscheinbare ansprechen? Die paar Buchstaben wollten ihm nicht über die Lippen kommen. Er vermied es, sie anzuschauen und wenn beide, der Verwalter Antonio, genannt Totó, und seine Frau Gina, nebeneinander standen, sprach er ihn an, auch wenn es um Dinge ging, die sie betrafen. Antonio, genannt Totó, übersetzte dann das Gesagte in das vertraulich, rätselhafte Idiom der Eheleute und gab so dem verklemmten Überbandespiel des Padrone, eine gewisse Berechtigung. Als Antonio, genannt Totó, dem Padrone den Namen seiner Frau nannte, hatte dieser laut aufgelacht, so wie man über einen neuen, guten Witz, dessen Pointe einen unmittelbar anspringt, auflacht.

Das Ehepaar hatte dieses Auflachen als ihnen bisher unbekannte Form offener Freundlichkeit der fremden Menschen aus dem Norden genommen und sich über diesen guten Beginn gefreut. Mit dem ist gut Kirschen essen, dachten die beiden.

Im Arbeitszimmer setzte sich der Padrone an den Schreibtisch und begann eine Liste mit Namen von Freunden und Bekannten zu schreiben, die er fürs nächste Jahr einladen konnte, zur Olivenernte, zum großen gemeinsamen Erlebnis – unter seiner Anleitung natürlich. Freunde? Feinde? Egal.

Schnell schrieb er Namen unter Namen, strich den einen oder anderen aus, setzte ihn wieder hinzu, schrieb neue auf, zählte: Achtunddreißig. Wenn die Hälfte kam und noch ein paar Arbeiter dazu...

Nein! Keine Arbeiter mehr! Es war demütigend zu sehen, wie sie mit ihm spielten, wie sie ihn behandelten. Das mußte ein Ende haben, das durfte niemand erfahren.

Also begann er von neuem, setzte die Namen von Leuten auf die Liste, die er zutiefst verachtete, die er – eigentlich – nie mehr hatte wiedersehen wollen. Jetzt brauchte er sie, sollte sich nicht nächstes Jahr wiederholen, was er bis jetzt erlebt hatte und was doch nur der harmlose Beginn seiner ersten Olivenernte war. Aber das wußte er an diesem frühen Nachmittag noch nicht.

Vierzig Namen waren es schließlich. Sie würden kommen! Wer wollte es sich erlauben, abzusagen?

Zum ersten Mal tauchen die beiden Buchstaben auf: AH

Einer fehlte – natürlich! Er mußte unbedingt AH anrufen, ihn einladen, ihm hier eine feste Bleibe einrichten. In der Kapelle. AH, der Kamerad, mußte mindestens sechs Monate im Jahr hier verbringen – bei ihm – mit ihm. Die Kapelle war ideal. Wollte er nicht sogar einmal Pfarrer werden, bis die Geschichte mit dem Lateinunterricht dazwischen kam? Unangenehme Sache das, dachte der Padrone. Lange her. Die Zeit heilt alle Wunden, sagt man. Diese auch? Irgendetwas war zurückgeblieben, bis heute. Aber es war auch der Beginn ihrer Freundschaft. AH nannte es etwas angestaubt, schnurrig, Kameradschaft. Für den Padrone war es Freundschaft. Er, AH, würde die Seele des Betriebes werden. Sozusagen eine Idealbesetzung. Ganz egal, wer von den anderen kam, solange er, AH, da war. Das war ein Schaffer, trotz seines hohen Alters. Der konnte arbeiten und er sagte ihm, dem Padrone, die Wahrheit. Die anderen waren Angsthasen, trauten sich nichts, man wußte ja nie, aber AH nahm kein Blatt vor den Mund. Plötzlich sehnte er sich nach dem melodischen Singsang von AHs Dialekt. Die rheinisch, hessische Mundart. Mund-Art, schönes Wort eigentlich und bei dem Gedanken wurde ihm ganz weich ums Herz. Mund – Art. Ach wenn er jetzt da wäre, der Gute oder er, der Padrone, dort, bei ihm.

Einmal, Ende der Fünfziger, an einem unendlich friedlichen, heißen Sommernachmittag, hatten sie in AHs Bude auf dem Bett gelegen und vom nahen Fluß wehte das rhythmische Aufschlagen der Ruderblätter herüber und dazwischen die seltsam gepressten Kommandos des Schlagmanns. Sonst war nichts zu hören. Nur dieses „Zisch! und Zisch! und Drei! und Zisch!*" AH hatte zur Decke gestarrt und der

Kamerad, der damals noch der „kecke Zwersch" war und nicht der Padrone, hatte zur Decke gestarrt und beide hatten gedacht: so könnte es bleiben, für immer und der kecke Zwersch hatte sich das ‚Wenn ich zum Augenblicke sage, verweile doch, du bist so schön.' verkniffen, aber AH hatte irgendwann leise vor sich hin gesagt: „Wenn isch zum Aacheblikke saache, verweile doch, du bist so scheen." Bei jedem anderen hätte der Padrone „Schnauze" gebrüllt oder er hätte mit einem Marmeladenglas oder einem Buch, nach dem Frevler geworfen, ihn bestraft, für diese Frechheit: Erstens falsch zitiert und zweitens zum falschen Zeitpunkt gesprochen.

AH aber durfte den Augenblick – „Aachenblikke" - zerstören. Das war mehr als Kameradschaft, das mußte mehr als Kameradschaft sein, viel mehr.

Jetzt stand der Padrone am Fenster und schaute Richtung Norden. Alles wird gut, wenn er hier nicht mehr so allein sein würde. Unten huschte die Köchin über den Hof. Gina, ach Göttchen, ist die vorhin erschrocken. Die nimmt alles eins zu eins. Die versteht keine Gesten. Ich möchte niemand um mich haben, der so heißt und so dabei aussieht. Basta! Was weiß die denn, was bei mir abgeht, wenn ich den Namen Gina höre, dachte der Padrone. Man muß den Leuten beizeiten zeigen, wo es lang geht, es zeigen, sonst tanzen sie einem auf der Nase herum. *Quaqueo?* Von wegen. Ich bin doch nicht von vorgestern.

Der Gedanke an AH hatte ihn schwermütig werden lassen. Er legte sich aufs Bett, versuchte das Aufschlagen der Ruderblätter aufs Wasser zu hören, es gelang nicht. Es gab hier keinen Fluß in der Nähe, nichts wehte herüber. Er würde sich die Erinnerung, ja die Jugend, hierher holen. Nächstes Jahr sollten hier die Ruderblätter aufs Was-

ser schlagen und einer sollte im Zimmer sein und ‚Aachenblikke' sagen. Der Padrone erhob sich mit Schwung vom Bett, ging aus dem Zimmer, polterte, die Treppe hinunter, trat aus dem Haus und schritt, zurück zum Olivenhain und deklamierte dabei laut und übertrieben pathetisch: „Wenn isch zum Aacheblikke saache...!". Er schritt aus, jede andere Bezeichnung wäre falsch gewesen. Er schritt aus. Mit erhobenem Kopf, Brust raus, Bauch rein. Irgendetwas fehlte. Vielleicht eine Peitsche? Eine Reitgerte? Ein Stock? Dann wären die Hände beschäftigt, und er könnte damit zeigen, es zeigen: Geh du dahin! Mach du das da! Sehr gut! Also: Stock besorgen.
Als er auf der Wiese angekommen war, zupften die Arbeiter an den Bäumen der vorletzten Reihe herum. Viele Kisten standen auf den Wagen. Er meinte ein gezischtes, deutsches „Achtung!" zu hören, auch schien der Verwalter Antonio, genannt Totó, besonders böse nach ihm zu schielen. Vielleicht war die Frau aufs Feld gekommen und hatte von dem kleinen Zwischenfall im Haus erzählt.
„Reg' dich nicht auf, ich hab' sie ja nicht geschlagen", sagte er in Richtung Antonio, genannt Totó, nahm sich eine Leiter, stellte sie an einen noch nicht abgeernteten Baum, unter dem bereits ein Netz ausgelegt war, bestieg die Leiter, fiel, da er sie nicht steil genug gestellt hatte, mit der Leiter durch ein paar dünnere Zweige in den Baum hinein, wurde von einer dicken Astgabel aufgefangen, quetschte sich den Mittelfinger der rechten Hand zwischen Leiterholm und Ast, verbiß sich den Schrei, schwankte auf der viel zu schräg stehenden Leiter, die sich unter seinem Gewicht mächtig bog und begann, nach dem er zwei, dreimal flach ein- und wieder ausgeatmet hatte, Oliven zu zupfen. Einzeln, jedes Blättchen, das versehentlich mitgerissen wurde, fein säuberlich aussortierend, den

zunehmenden Schmerz im Mittelfinger der rechten Hand begrüßend. Der gequetschte Finger war ein erster Schritt in die richtige Richtung, eine erste Wunde, ein erstes Zeichen seiner Initiation. Wie viele Verletzungen mochten die Arbeiter um ihn herum haben, dachte er. Wie viele Glieder hatten sie gelassen, im Lauf der Jahre, in denen sie von Ort zu Ort gezogen waren? Erniedrigte und Beleidigte. Ja, wir sind alle Erniedrigte und Beleidigte, dachte der Padrone. Theaterleute und Erntearbeiter.

Hatte er die Hand voll Oliven, steckte er diese in die Tasche, bis ihm eine Arbeiterin, frech und mit großer Geste, von unten herauf bedeutete, er solle die Oliven einfach in das Netz fallen lassen, dazu war dieses schließlich da! Außerdem zeigte sie auf die Leiter, auf der er unsicher stand, sagte irgendetwas, lachte ordinär und ging weg. Der Padrone zupfte ein bißchen an den Oliven herum, allein, bis der Baum, sein Baum, an die Reihe kam, Opfer eines Teils der Truppe wurde, die über ihn herfiel. Auf drei Leitern verteilt, in einer raffiniert geformten Choreographie, rissen die Männer und Frauen schnell die oberen Oliven von den Ästen. Der mit der Säge schnitt, ritsch – ratsch, einen weit in die Höhe ragenden Ast ab. Im mittleren Bereich störte der Padrone ein wenig, aber die Künstler kamen zurecht, umstiegen ihn, füllten das Netz, rutschten von den Leitern, schulterten diese und tänzelten zum nächsten Baum.

Er, der Padrone, stand, gefährlich hin- und herwankend, auf seiner Leiter und hielt sich an einem Ast fest. Der Mittelfinger der rechten Hand schmerzte. Er blickte stolz auf das anschwellende Stück Fleisch. Die Arbeiter hatten ihm einen kleinen Zweig mit Oliven gelassen. Das war demütigend. Der Padrone stand in dem zerrupften Baum und spürte, wie seine Wut, das Tier im Bauch, die bei dem

Gedanken an die illustre Gesellschaft, die nächstes Jahr seinen Anweisungen folgend, hier auf den Bäumen stehen würde und – vor allem, mit dem Schmerz im Mittelfinger seiner rechten Hand, auf die er immer wieder, wie eine leichte Kriegverletzung blickte, – verflogen war, wie diese Wut über die Truppe, die ihn immer noch ausschloß, wieder hochkam. Mühsam kletterte er nach unten, suchte den Verwalter Antonio, genannt Totó, fand ihn und fragte, sich zur Ruhe zwingend, seine rechte Hand mit dem gequetschten Finger steil nach oben haltend, wann die erste Fuhre zur Mühle gehen werde. Morgen – vielleicht, antwortete der Verwalter Antonio, genannt Totó, unbestimmt. Wann morgen, fragte der Padrone scharf zurück. Ganz früh, wir werden sehen, wich der Verwalter Antonio, genannt Totó, aus.

Warum schlag ich ihn nicht einfach tot, dachte der Padrone. Das Tier fauchte. Er nahm sich vor, morgen ganz früh aufzustehen und zur Mühle zur fahren. Am besten mitten in der Nacht. Wir werden ja sehen. Dann ging er zu den Wagen, auf denen die Kisten, immer zwei übereinander, gestapelt waren und begann diese zu zählen, laut und in der fremden Sprache. Einmal verzählte er sich, sagte auf deutsch „Scheiße!", begann von neuem, wechselte auch bei den Zahlen ins Deutsche, was sofort dazu führte, das einige der Arbeiter lautmalerisch in die für sie völlig fremde Melodie mit einfielen, wobei sie sich einen besonderen Spaß daraus machten, die vielen Zisch- Ch- und Z-Laute zu wiederholen, mit ihnen zu spielen, diese dann zu einer Art Kanon formten, bis die seltsame Kakophonie im Gelächter derer, die keine Ordnung mehr in ihre Zungen brachten, unterging und er, der Padrone, dem dies hier alles gehörte, völlig durcheinander war und nicht mehr wußte, was nach der Zahl Drei-

undneunzig kam: Vierundneunzig. Vierundneunzig Kisten, prall gefüllt mit schwarzen und grünen Oliven standen auf dem Wagen. Wieder stapfte der Padrone in Richtung Haus davon. Ohne Gruß. Irgendeiner in den Bäumen sagte „Seise!". Der Finger schmerzte immer mehr. Er betrachtete das blau und rot angelaufene dicke Ding an seiner rechten Hand. Erfahrungen machen, dachte er, richtige Erfahrungen machen und kein Als ob mehr und lächelte.
Im Haus rief er nach der Frau des Verwalters, wobei ihm zunächst der richtige Name nicht einfiel. „Maria!" schrie er, aber niemand rührte sich. Es gab keine Maria und die, die auf den Namen Gina getauft worden war, vor achtundzwanzig Jahren in einem kleinen Dorf in den Abruzzen, dachte nicht daran, dem Padrone, nach der Begegnung am Nachmittag, noch einmal allein, ohne den Schutz ihres Mannes, gegenüber zu treten.
Der Padrone suchte in der Küche nach Verbandszeug und Jod. Die Wunde, so sehr er sie als Auszeichnung verstanden wissen wollte, mußte versorgt werden. Er suchte im Bad, fand auch dort nichts, wickelte sich ein nasses Taschentuch um die immer stärker pochende Hand, ging in sein Schlafzimmer, legte sich aufs Bett, schlief sofort ein und wachte auf, als es draußen dunkel geworden war. Er schwitzte. Der Schmerz am Finger, der sich über die ganze rechte Hand ausgebreitet hatte, dumpf, pochend, überdeckte alles andere: den Hunger, das Tier in seinem Bauch, die Kopfschmerzen. Er öffnete ein Fenster und hörte den Gesang, die Rufe, das Gelächter der Truppe. Feierabend. Er schloß das Fenster, legte sich aufs Bett und versuchte, an etwas anderes zu denken. An was? An nächstes Jahr? An AH? Irgendetwas mußte mit der rechten Hand geschehen.

Wie ein Mensch, den im Halbschlaf eine Wunde quält, wollte er die schmerzende Stelle gewaltsam aus seinem Körper reißen, aber nachdem er sich besonnen hatte, wurde ihm bewußt, daß er selber diese Stelle war. Er mußte sich also nur bemühen, die Schmerzen zu ertragen und das versuchte er.*

Ihm war heiß, er war allein. Er stand auf, öffnete das Fenster, legte sich aufs Bett und wünschte sich, jetzt mitten unter den müden, aber fröhlichen Erntearbeitern zu sitzen, mit ihnen zu trinken, zu singen, zu lachen.

Alles hallte wider von den markanten Rhythmen des ausgelassenen Liedes, das Pfiffe, wildes Aufkreischen und Händeklatschen begleitete.*

Auch schienen einige singend ums Haus zu gehen. Seltsamer Brauch, dachte er. Welche bösen Geister sollen vertrieben werden? Welche Gunst der Götter wollte man sich für den nächsten Tag erbitten?

Finsterstes Mittelalter und schieres Heidentum mischten sich da.

Interessant, dachte er.

Aber nicht alle aus der Truppe tranken, sangen, pfiffen und lachten. Die Jüngeren strichen ums Haus, durchsuchten die Gebäude nach Brauchbarem. Alles konnte man verkaufen, in der nächsten Stadt, auf dem nächsten Markt oder mit nach Hause nehmen, am Ende der

Saison. Der Gesang diente zur Tarnung und zur Verständigung. Der Padrone hatte nicht bemerkt, daß während des Tages immer mal wieder ein, zwei Arbeiter fehlten. Wie sollte er auch? Sie waren auf Tour gewesen, sondierten die Lage, erkundeten Haus und Hof für ihre nächtlichen Raubzüge. Natürlich hatten die Arbeiter die Mitteilung der Frau des Verwalters, sie werde das Haus, in dem ein wild um sich schlagender Padrone wohne, nicht mehr betreten, registriert und waren, während der Padrone auf der wackeligen Leiter stand, um so frecher durch die Zimmer des ersten und zweiten Stockes geschlichen. Hier gab es reichlich Beute. Die vielen Bücher, die überall in hohen Regalen die Wände bedeckten, interessierten sie nicht. Bücher waren schwer und brachten nichts ein. Sie suchten nach Radioapparaten und Staubsaugern, nach elektrischen Zahnbürsten, nach Photoapparaten, Besteck und Teppichen. In einigen Zimmern lagen die Teppiche drei- und vierfach übereinander. Kleine, bunt gemusterte, edle Teppiche. Die waren gut zu verkaufen. Also gingen die jungen Männer in der Nacht, während der Padrone auf seinem Bett lag und dem Gesang der Truppe lauschte, auf leisen Sohlen durch die Zimmer, rollten jeden zweiten Teppich ein, banden ihn mit einem Schnürchen zusammen, warfen ihn vorsichtig aus dem Fenster, horchten ab und zu, ob sich im Haus etwas bewegte, achteten auf den Gesang. Schamlos konnten die, die unter den Fenstern singend Wache hielten, in ihrem Dialekt, singend mitteilen, daß die Luft nach wie vor rein war.

Hatten sie genug Diebesgut beisammen, verstauten sie alles in den abseits vom Lager stehenden Fahrzeugen, gingen zu den anderen zurück, setzten sich ans Feuer und stimmten, kräftig, in den Gesang ein. Je lauter, desto fetter die Beute.

Der Padrone, der zu hören gelernt hatte in den Theatern Europas, registrierte diesen lauter werdenden Gesang. Obwohl er nicht verstand, was die Leute da sangen und obwohl es da einiges zu korrigieren und zu verbessern gegeben hätte, erfreute er sich an den einfachen, kraftvoll gesungenen Liedern dieser Menschen. Was hätte man nicht alles formen können aus diesem Material, mit ein bißchen gutem Willen und genügend Zeit, aus diesen sich ihrer Kunst gar

nicht bewußten Menschen, dachte er. Die Hand tat jetzt furchtbar weh und störte beim Zuhören.
Im nächsten Jahr, wenn die Deutschen zur Ernte kommen werden, wird es keine so schönen Lieder geben. *Der Mond ist aufgegangen* unter Olivenbäumen? Das ich nicht lache. Aber sie, die Vornehmen und die weniger Vornehmen, die Reichen und die Armen, die Bedeutenden und die Unbedeutenden, werden meinen Anweisungen folgen. Werden tun, was ich von ihnen verlange. Das war ihm wichtiger, als diese Truppe aus einer anderen Zeit und aus einer anderen Welt, die er nicht zu fassen bekam, die er totschlagen mochte und dann wieder liebte, ob ihrer ungebrochenen Fähigkeit zum deutlichen Ausdruck. Komödianten? Komiker? Erntearbeiter? Die ohne jeden Respekt, seine Bäume zerstörten, ihn verspotteten und verhöhnten, für ihn spielten – und die jetzt so schön und gefühlvoll zu singen wußten.
Er mußte weinen. Natürlich weinte er keine echten Tränen, das konnte er nicht, dann hätte er ja Schauspieler werden können. Er weinte gewissermaßen trocken, in sich hinein, war gerührt vom Gesang, hatte ein bißchen Selbstmitleid und mußte an zu Hause denken.
Gott weiß es, ich liebe meine Heimat, ich liebe sie so innig, ich konnte im Zug gar nicht aus dem Fenster sehen. Ich mußte immerzu weinen.*
Auf jeden Fall durfte in der Heimat nie jemand erfahren, wie man ihm hier zugesetzt hatte. Die Verletzung am rechten Mittelfinger würde vernarbt sein bis zum nächsten Jahr. Die Narbe würde als Zeichen bleiben und er würde sie jedem, der danach fragte, gerne zeigen. Und er würde Geschichten um diese Narbe herum erfinden. Geschichten vom heldenhaften Kampf um jede einzelne Olive aus

seinen Bäumen, die man ihm wegnehmen, mit anderen vermischen, zu unreinem Öl vermanschen wollte. Er hatte unter Einsatz von Leib und Leben dagegen gekämpft. Natürlich mit Erfolg. Aber den Verwalter Antonio, genannt Totó, mußte er bei nächster Gelegenheit entlassen. Keine Zeugen. Ihn und diese komische Frau mußte er rausschmeißen.

Er hatte Hunger, er müßte eigentlich etwas essen. Er wurde nicht versorgt. Noch ein Entlassungsgrund. Er war zu müde, um aufzustehen, in die Küche zu gehen und sich etwas zum Essen zu suchen. Der Gesang der Arbeiter wurde nach und nach schwächer. Einzelne Stimmen verabschiedeten sich zur Nachtruhe und schließlich blieb nur noch eine Art Nachtwächter übrig, der mit seinem dünnen Sprechgesang, seltsam leiernder Ton, die anderen vor den Feinden der Nacht beschützte. Irgendwann hörte der Padrone auch diese Stimme nicht mehr.

Es wurde bereits hell als er endlich einschlief und die Sonne knallte mächtig ins Zimmer, als er aufwachte, sofort vom Bett sprang, ein bißchen taumelte, aus dem Zimmer stürzte, aus dem Haus rannte, zum Auto, sich ins Auto setzte und losbrauste. Viel zu schnell fuhr er, zuerst auf der staubigen Schotterstraße, die zu seinem Stück Land gehörte, dann auf der geteerten Landstraße in Richtung Stadt.

DAS THEATER HAT NOCH IMMER DIE BESTEN SPRÜCHE UND
ANTON PAWLOWITSCH IST EINER DER GRÖSSTEN DES METIERS

„Das Öl! Mein Öl!" Mehr konnte er nicht denken. „Diese Verbrecher, die Schweinebande." Das Tier in seinem Bauch fauchte, trieb ihn zur Eile. Einmal, als er an einer sehr unübersichtlichen Stelle zum Überholen ansetzte und einen Gang runter schalten wollte, versagte ihm die rechte Hand den Dienst. Sie lag auf dem Schaltknüppel, führte aber den gegebenen Befehl nicht aus. Er überholte trotzdem, quetschte sich mit heulendem Motor zwischen zwei Lastwagen, wurde angehupt, wollte zurückhupen, auch dabei versagte die Hand den Dienst. Er nahm die linke Hand vom Lenkrad, hupte wild, der Wagen kam ins schlingern, wieder wurde gehupt, hinter ihm und von den Entgegenkommenden. Er brachte den Wagen wieder in die Spur, dachte, scheiß Huperei, das werde ich euch abgewöhnen, dachte, schöner Gedanke, einem ganzen Volk das Hupen abgewöhnen, lachte in sich hinein, zum Tier in seinem Bauch, bekam ein halbwildes Knurren zurück, versuchte seine rechte Hand zu bewegen, was mißlang. Die linke Hand noch einmal vom Steuer zu nehmen, war ihm zu riskant und so fuhr er den Rest der Strecke im dritten Gang. Auf der langen Geraden, die, vierspurig ausgebaut, die Stadt ankündigte, wurde er mühelos von allem, was sich auf vier Rädern bewegte, mit einem herzhaften Hupen überholt. In der Stadt kannte er sich nicht aus, er mußte nach dem Weg fragen, wurde zweimal in die falsche Richtung geschickt, landete schließlich auf dem Hof einer Ölmühle, stieg aus, suchte nach seinem Verwalter Antonio, genannt Totó, dem verdammten Verwalter Antonio, genannt Totó, – und fand ihn nicht. Er fragte nach seinem Öl, niemand wußte etwas. Schließlich sagte ihm ein altes, zahnloses Männlein, auch den verstand er kaum, daß es noch eine Ölmühle gebe, am anderen Ende der Stadt. Das Männlein schaute mitleidig auf den Padrone, strich ihm leicht über den rechten Oberarm, zeigte auf seine geschwollene Hand und schickte ihn mit einer einfachen und deutlichen Geste weg.

Wieder im Auto überlegte der Padrone, ob dieser alte Mann Mitleid mit ihm gehabt hatte. Mitleid mit ihm! Augenblicklich saß das Tier in seinem Hals. Brüllte. Mitleid mit mir!? Der Gedanke brachte ihn so in Rage, daß er das Gaspedal ganz durchtrat. Das Tier brüllte, der Motor brüllte. Dann nahm er den linken Fuß vom Kupplungspedal, der Wagen machte einen Satz nach vorne und krachte gegen eine halbhohe Mauer. Er bekam einen Schlag ins Genick. Stille. Er wartete.

Lopachin: Ich kann alles bezahlen! *

Das Tier hatte sich vor Schreck verkrochen, Feigling, der Hals tat weh, aber die rechte Hand ließ sich wieder bewegen. Er startete den Motor, legte den Rückwärtsgang ein, lies den Motor aufheulen, übersah eine Eisenstange, bremste, legte den ersten Gang ein und schoß vom Hof. Das alte, zahnlose Männlein stand in der Tür und schüttelte den Kopf.

Ich kann alles bezahlen!

Er suchte den Weg zur anderen Ölmühle, wo sie seit Stunden seine Oliven zermanschten, mit irgendwelchem minderwertigen Dreck vermischten, schlechtes Öl daraus pressten, die Hälfte stehlen würden.

Ich kann alles bezahlen!

Von wegen. Als er die Mühle am anderen Ende der Stadt endlich gefunden hatte, mußte er ein Stück in der nun schon heißen Sonne zu

Fuß gehen. Hof, Einfahrt und Straße waren voll gestellt mit Lieferwagen, Lastwagen, Traktoren mit Anhängern. Alle warteten darauf, ihre Ladung in die große Schütte kippen zu können. Die Fahrer standen im Schatten ihrer Fahrzeuge, rauchten, unterhielten sich, lasen Zeitung. Verschwitzt war er, der Padrone, immer noch in den selben Klamotten, in denen er nun schon einen Tag und eine Nacht verbracht hatte. Hunger hatte er. Er hatte ja nichts mehr gegessen, seit gestern Mittag, unter den Olivenbäumen. Mittagstisch von des *Cotrone* Gnaden. Gestern Mittag! Wie die Zeit vergeht.

Als er den seltsamen Geruch in der Ölmühle einatmete, diese Mischung aus ranzigem Öl, angefaulten Oliven und etwas Drittem, das er nicht zu erkennen vermochte, wurde ihm schlecht.

Er mußte kotzen. Das Tier mußte kotzen. Ein bißchen lauter als nötig, ein bißchen vulgärer, als selbst an diesem Ort schicklich gewesen wäre, stellte er sich an eine Wand und würgte. Das war so seine Art. Er mußte immer ein bißchen mehr machen, sonst übersah man ihn. Andernorts wurde das verstanden, hier wurde es bestaunt und die, die ihn erkannten, die Mitglieder der Truppe, die seine Oliven geerntet und heute morgen die Kisten vom Wagen geladen hatten und jetzt an die Wände gelehnt, rauchend, auf weitere Anweisungen ihres Chefs warteten, schauten amüsiert auf dieses ulkige Zirkuspferdchen, das ihnen überall eine Gratis-Vorführung spendierte. Im Olivenhain, in der Ölmühle, wo auch immer. Auf einen der Zuschauer, dessen Gesicht ihm bekannt vorkam, ging der Padrone, kaum hatte er sich den Mund abgewischt, zu, fragte, nach dem Verwalter Antonio, genannt Totó, bekam eine Richtung gewiesen, wieder mit einer dieser übertrieben ausgeführten Gesten, mußte eine schmierige, steile Leiter hinabsteigen, rutschte an der ersten Sprosse aus, konnte sich gerade noch mit der rechten Hand am Geländer festhalten und spürte augenblicklich den stechenden Schmerz im dick geschwollenen Fleischklumpen, der seine rechte Hand war. Er mußte sich setzen, ein, zwei Minuten. Als er wieder aufstand, hatte er einen großen, schmutzig braun-grünen, sattelförmigen Fleck auf der Hose. Man konnte denken, er sei den ganzen Tag schon auf dem Pferd unterwegs gewesen oder auf einem Esel. Aber der Esel war er selbst. Die Ölpresse arbeitete auf Hochtouren, dampfte und zischte und machte einen Höllenlärm. Der Verwalter Antonio, genannt Totó, redete lebhaft und laut auf den Chef der Truppe ein und dachte nicht daran, das Gespräch beim Anblick des Padrone zu unterbrechen. Dieser verschwitzte, fette, kleine Kerl, der immer irgendwo im Weg stand, die Arbeit behinderte, der ihn gestern von der Leiter geworfen hatte, der seine Frau schlagen wollte, der immer ankündigte, er sei pünktlich und überall zu spät kam und dazu aussah wie einer von den Akrobaten, die zwölf Stunden auf der Leitern geturnt, die Nacht im Freien geschlafen, frühmorgens noch ein paar vereinzelt stehende Bäume abgeerntet, mit einer Fuhre in die Mühle gefahren waren, Dutzende Kisten in die Schütte geleert, die leeren Kisten wieder auf die Wagen gepackt und sich dann irgendwo hingesetzt hatten, um eine Zigarette zu rauchen. Dies alles hatte der Padrone aber in den letzten vierundzwanzig Stunden nicht getan, dachte der Verwalter Antonio, genannt Totó. Gestern Vormittag wollte er, der stolze Padrone, ihn, den Verwalter Antonio, genannt Totó, verprügeln. Dann hatte er, der stolze Padrone, beleidigt abseits gesessen und Blättchen aus den Kisten sortiert. Nach dem Mittagessen hatte sich der stolze Padrone, von einem Becher Wein betrunken, unter einen Baum gelegt, war eingeschlafen und sie mußten, als dieser Baum an der Reihe war, ein Netz über ihn legen, um weiter arbeiten zu können. Eine der Frauen hatte dem schlafenden Padrone einen Olivenzweig in den Hosenschlitz gesteckt, was alle mit freudigem Lachen und den eindeutigsten Bemerkungen und Gesten kommentierten. Hätte nur noch gefehlt, daß einer der Arbeiter den unter dem Baum liegenden Padrone, der mit offenem Mund, aus dessen linkem Mundwinkel gelber Sulper floß, schnarchend, mit einem Olivenzweiglein, daß ihm aus der Hose wuchs und zwar genau an der Stelle, an der andere Männer zwei Eier und einen Schwanz haben, fotografiert hätte. Aber den Fotoapparat stahlen die Jungen erst in der Nacht. Gott sei Dank. Als der Padrone dann endlich aufwachte – der Verwalter Antonio, genannt Totó, hatte den Zweig inzwischen entfernt – war er abgehauen, Richtung Haus gegangen, hatte dort offensichtlich seine Frau beschimpft und versucht sie zu schlagen – warum, wußte sie nicht zu berichten, da der Padrone ihre Sprache so unvollkommen beherrschte – war nach zwei Stunden wieder zu den Bäumen gekommen, hatte sich bei dem Versuch, mitzuhelfen, lächerlich gemacht und an der rechten Hand verletzt. Hatte wieder die Ernte gestört, ihn mit Fragen nach der Ölmühle geärgert und er, der Verwalter Antonio, genannt Totó, mußte sich den Rest des Tages und die halbe Nacht die derben Witze der Truppe über diesen „Padrone" anhören. Nachts räumten die Jungen dann das Haus aus. Ihm war es egal. Er lag mit den anderen im Gras, wurde von einer nicht mehr ganz jungen Arbeiterin mit Wein versorgt und als er einmal nach ihrem Busen griff, ließ diese, nach einem kurzen Blick zum *Cotrone*, es geschehen, lächelte und sagte, mehr gibt es aber nicht. Dieser Bestechung hätte es allerdings nicht bedurft. Sollten sie dem aufgeblasenen Deutschen das Haus leer räumen. Geschieht ihm recht. Er, der Verwalter Antonio, genannt Totó, mußte sich das Jahr über die respektlosen Bemerkungen des Padrone gefallen lassen, der sich immer an etwas beteiligen wollte, immer zu irgendetwas dazugehören wollte, der immer irgendetwas Neues ausprobieren wollte, etwas verbessern, was man seit Jahrhunderten so gemacht, was er von seinem Vater, der ebenfalls Verwalter war und der von dessen Vater, der auch Verwalter war, so beigebracht bekommen hatte.

Der Padrone sollte eines seiner vielen Bücher lesen und darüber mit anderen reden, wenn sie kamen, aus der Stadt, die Fremden, die ihn leutselig ansprachen, seiner Frau applaudierten, wenn sie einen Teller Spaghetti auf den Tisch stellte oder nachmittags auf der Terrasse Tee servierte. Er pfiff auf diesen Applaus. Er machte die Arbeit, für die er bezahlt wurde. Dazu gehören. Lächerlich. Zur Truppe der durchs Land ziehenden Erntearbeiter gehörte der Padrone jedenfalls nicht. Die arbeitete seit Jahren zusammen, jeder wußte, was er zu tun hatte und wenn es Fragen gab, richtete man diese an den Chef und nicht an diesen Kerl, der immer finster dreinblickte, wie der Leibhaftige, und neuerdings den gequetschten Finger an der rechten Hand, umwickelt mit einem schmutzigen Taschentuch, mit besonderem Stolz vor sich hertrug. Der sich nicht wie ein Padrone kleidete, nicht wie ein Padrone roch, nicht wie ein Padrone benahm und nicht wie ein Padrone sprach.

Nun stand er also in der Ölmühle vor ihnen, die letzte seiner Oliven war vor Stunden verarbeitet worden, und versuchte mit seiner hohen, lauten, sich überschlagenden Stimme, den Lärm zu übertönen. Der *Cotrone* drehte sich, nachdem er den Padrone von oben bis unten gemustert hatte, von diesem weg, der Verwalter Antonio, genannt Totó, gab dem Padrone mit einer Handbewegung zu verstehen, daß

er nichts hörte. Beides, das Wegdrehen und die offensichtlich gelogene Geste, die beiden hatten sich ja gerade noch unterhalten, brachte den Padrone sofort wieder in Rage. Das Tier war weder hellwach. Er wollte dem *Cotrone*, diesem provozierend ruhigen, eitlen Arschloch, der scheinbar immer wußte, was zu tun war, an die Gurgel gehen, als neben ihm ein Ventil zischte und sehr heißer Dampf gegen seinen Hals geblasen wurde. Mit der linken Hand bedeckte er sofort die brennende Stelle, trat einen Schritt zur Seite, betrachtet etwas blöde glotzend das Maschinenteil, das sich augenblicklich wieder schloß, verfolgte die Leitung, die von dem Ventil weg nach oben führte, die Kopfbewegung erinnerte ihn an den Kontakt mit der Mauer, und erblickte gerade noch eine Gestalt, die sich am Ende der Leitung von einem Handrad entfernte. Achtung! Achtung! dachte er, suchte einen Wasserhahn, fand einen, tränkte das Taschentuch, das lose um seine rechte Hand gewickelt war, mit kaltem Wasser, klatschte es gegen die brennende Stelle am Hals und wickelte es dann wieder um die rechte Hand. Hals und Hand schmerzten, er hatte Hunger, war in der kurzen Zeit, seit der er in der Mühle war, zweimal schwer beleidigt worden und wollte wissen, was mit seinen Oliven passiert war.
Verwalter Antonio, genannt Totó, und der *Cotrone* hatten sich in der Zwischenzeit ein ruhigeres Plätzchen gesucht, außerhalb des Gebäudes, neben einem betonierten Geviert, in das, durch ein kleines Loch in der Wand, die ausgepreßte, schmutzig braune Olivenpampe fiel. Dort fand sie der Padrone nach einiger Zeit und fragte den Verwalter Antonio, genannt Totó, wann seine Oliven, seine Oliven! gepreßt würden. Er fragte präzise und grammatikalisch korrekt und bekam zur Antwort, daß das Öl, sein Öl! abgefüllt vor der Mühle stehe. Seit

Stunden. Man habe nur auf ihn gewartet, damit er die Arbeit bezahle, dann könne man aufladen und zurückfahren.

Die Arbeit bezahlen. Kein Mensch hatte ihm das gesagt. Er hatte natürlich nicht daran gedacht, soviel Geld mitzunehmen. Der Verwalter Antonio, genannt Totó, nannte eine Summe, die dem Padrone sehr hoch erschien, aber da alles bereits vor Stunden erledigt worden war, konnte er nicht mehr nachprüfen, ob exakt gewogen, ob seine Oliven getrennt von anderen gepreßt, ob die Presse vorher gründlich gereinigt und ob auch tatsächlich das ganze Öl aus seinen Oliven in die für ihn bereitstehenden und von ihm gekauften Behälter geschüttet worden war oder ob die Mühle sich einen Anteil abgezweigt hatte oder ob etwa Öl von fremden Oliven mit seinem Öl vermischt worden war. Und doch mußte er jetzt die hohe Summe bezahlen, sonst bekam er sein Öl nicht.

Ich kann alles bezahlen!

Also fragte er den Verwalter Antonio, genannt Totó, wo die nächste Bank sei, bekam, natürlich, eine unklare Antwort, stieg die schmierige Treppe im Maschinenraum wieder nach oben, ging durch den Wiegeraum, trat vor das Gebäude, erblickte ein Dutzend großer, glänzender Behälter, ging auf sie zu und sah, daß sich sofort zwei Gestalten aus dem Schatten lösten, zwei der Erntearbeiter, die sich durch einen einfachen Kostümwechsel in zwei kleine Ganoven verwandelt hatten, und ebenfalls auf die Behälter zugingen. Ja, ja, dachte der Padrone, nun plötzlich sehr müde und sehr hungrig, ich nehme euch schon nichts weg und dann sofort, was heißt hier, ich nehme euch nichts weg? Das Zeug gehört mir, mir! Er schlug sich mit der Faust der linken Hand an die Brust. Zweimal. Ihr Verbrecher!

Aber er war zu schlapp, um sich wirklich aufzuregen. Das Tier in seinem Bauch war müde und hungrig. Die rechte Hand schmerzte und die Sonne brannte heiß auf die rote Stelle am Hals. Er versuchte sich zu erinnern, wo er sein Auto geparkt hatte, ging die Reihe der wartenden Lastwagen entlang, fand sein Auto und sah erst jetzt, wie stark die Frontpartie bei der Berührung mit der Mauer beschädigt worden war. Ausländischer Schrott. Sein Auto war zugeparkt. Die Schlange der Fahrzeuge hatte sich natürlich bewegt, seit er in der Mühle war und jetzt stand ein großer, alter Lastwagen vor seinem Auto und der Fahrer war weit und breit nicht zu sehen. Also mußte er zu Fuß in die Stadt gehen. Er wechselte die Straßenseite, sodaß der rote, brennende Fleck am Hals im Schatten war und ging, mit weit ausholenden Schritten, den Oberkörper ein bißchen nach vorne gebeugt, am Rand der sehr befahrenen Straße entlang. Es war Mittagszeit und die Einheimischen fuhren nach Hause, zum Essen und zum Schlafen. Daran durfte er gar nicht denken. Essen und Schlafen. Jedes zweite Auto hupte ihn an, einige riefen etwas aus den Fenstern, er schrie zurück, manchmal mußte er stehen bleiben oder in den Graben treten, weil die Wagen so knapp an ihm vorbeirasten, daß er vom Luftsog ein Stückchen mitgerissen wurde. Einer ganzen Nation das Hupen abgewöhnen.

In der Stadt ging es besser. Die Straßen hatten Bürgersteige und die Häuser warfen Schatten. Angenehm. Der erste Bankautomat war außer Betrieb, als er in die Bank eintreten wollte – mit Schmackes sozusagen – stieß er sich den Kopf. Die Tür war verschlossen, die Bank hatte zu. Mittagspause. Als er die Gestalt, die sich im Glas der verschlossenen Tür spiegelte, sah, drehte er sich erschrocken von ihr weg. Ein dreckiger, verwahrloster Kerl, ein wahrer Ritter von der traurigen Gestalt, dessen rechte Hand mit einem schmutzigen Tuch umwickelt war, unrasiert, ohne Kopfbedeckung, mit einem großen roten Fleck am Hals, an der Stirn blutend. Das war ekelerregend. Er drehte sich weg. Der Padrone wandte sich von seinem eigenen Spiegelbild ab.

Der nächste Bankautomat war auf der gegenüberliegenden, von der Sonne beschienenen Straßenseite. Die Sonne schien direkt auf den Bildschirm, er konnte, auch wenn er mit seinem Körper einen Schatten bilden wollte, nichts erkennen. Er war zu klein und die Sonne stand zu steil am Himmel. Also versuchte er zu erahnen, auf welche Tasten er zu drücken hatte, vertippte sich zweimal, beim dritten Mal wurde seine Karte eingezogen. Diese Bank hatte natürlich auch geschlossen. Drei Stunden Mittagspause. Was sollte er bis dahin machen? Drei Stunden, dachte er. Würde er diese drei Stunden, die er nun warten mußte, um seine Karte zurückzuverlangen, um von seinem Konto das Geld abheben zu können – mußte er diese drei Stunden, aus denen bestimmt vier wurden, vielleicht sogar fünf, da er ja zurück zur Ölmühle würde laufen müssen, dort das Geld abzuliefern hatte, dann mit den Arbeitern, die sicher provozierend langsam die Behälter auf den Wagen laden und besonders langsam und behutsam zurück fahren würden – mußte er diese fünf Stunden zusätzlich bezahlen? Fünf Stunden mal... Wie viele Arbeiter waren es eigentlich, die seit gestern morgen seinen Besitz verwüsteten? Er hatte sie nie gezählt. Schwerer Fehler! Zwanzig, fünfundzwanzig? Fünf Stunden mal fünfundzwanzig, mal... Welchen Stundenlohn hatte er eigentlich vereinbart? Das Blut stieg ihm in den Kopf, die Wunde am

Hals brannte wie Feuer, er geriet in Panik. Fünf mal fünfundzwanzig, mal . . . Das mußte sich doch ausrechnen lassen, verflucht! Wie hoch war der Stundenlohn? Dann fiel ihm ein, daß die Leute nach Gewicht bezahlt wurden, nach dem Gewicht der geernteten und in Kisten gefüllten Oliven. Aber: ich war ja beim Wiegen der Kisten nicht dabei! Ich wollte, aber ich konnte nicht. Ich habe zu lang geschlafen und jetzt stehe ich hier, in diesem Kaff, vor einem Bankautomaten, der gerade meine Karte verschluckt hat, in der prallen Sonne und warte, bis dieses faule Pack wieder zu arbeiten beginnt. Die Wartezeit für diese Komiker würde er nicht bezahlen! Soviel stand fest.

Er blickte um sich, die Straße war jetzt leer. Er schwitzte. Der Schweiß floß ihm in Bächen den Rücken herunter. Er war zu fett, deshalb schwitzte er so. Er war zu fett und er hatte Hunger. Er wechselte die Straßenseite, ging im Schatten an den Häusern entlang, suchte ein Restaurant und wurde vom Kellner, der in der Tür stand, abgewiesen. Das Restaurant war zu fein, um so verdreckte Kerle wie ihn zu bedienen, das hatte ihm der Kellner mit einer klaren, unmißverständlichen Geste klargemacht – und Gesten verstand er sofort, das hatte er aus dem Theater für das richtige Leben mitgenommen. Also ging er weiter, zum nächsten Lokal, bei dem kein Kellner vor der Tür stand, um ihn abzuweisen. Der große Gastraum war vollbesetzt mit zu Mittag essenden Gästen. Eine Frau kam ihm entgegen, vier Teller in beiden Händen und wies ihm mit dem Kopf – einen Platz an. Nein, sie wies ihm die Tür. Das war's. Mehr Lokale, die mittags Essen anboten, gab es in diesem Ort nicht. Schließlich fand er einen Lebensmittel-Laden, der über Mittag nicht geschlossen hatte. Ein Hund kläffte ihn an, als er durch die Plastikbänder an der Eingangstür stolperte. Jetzt wäre das Tier in seinem Bauch von Nutzen gewesen. Jetzt hätte es zurückkläffen können, zurückfauchen, sich den Köter schnappen und in Stücke reißen können. Aber das Tier in seinem Bauch rührte sich nicht. Die Frau im Laden kümmerte sich nicht um den Hund, schaute nur genau, was dieser seltsame Fremde, dessen Kopf kaum über die Theke reichte, von ihr wollte. Der Hund kläffte weiter, der Padrone zeigte auf zwei in Folie gewickelte, belegte Brötchen und verlangte eine Cola. Die Frau nannte den Preis, der Padrone bezahlte, die Frau bedeutete ihm, er solle draußen vor dem Laden warten. Der Padrone verließ den Raum, der Hund hörte auf zu kläffen, die Frau brachte ihm das Gekaufte, ging zurück in den Laden, schloß die Tür von innen und drehte den Schlüssel zweimal um. Der Padrone suchte sich einen Platz im Schatten, setzte sich auf eine hohe Bordsteinkante und verschlang das erste Brötchen mit ein, zwei Bissen. Ein pappiges, aufgeweichtes Etwas, das eigentlich nach nichts schmeckte, aber das war ihm egal. Dann versuchte er die Dose zu öffnen, brach mit seinen dicken Fingern den kleinen Hebel an der Oberseite ab, fluchte, versuchte mit dem Daumen der rechten Hand das Blech einzudrücken, was natürlich nicht gelang. Er wickelte das zweite Brötchen aus der Folie, verschlang auch dieses beinahe mit einem Bissen, kaute kaum, schlang es einfach hinunter, rülpste einmal und suchte irgendetwas, mit dem er die Dose öffnen konnte. Einen Stock oder einen Stein. Er fand einen Stein, schlug damit auf die Oberseite der Dose, schlug kräftiger. Die Dose hatte endlich ein Loch, aus dem eine braune, schäumende Flüssigkeit spritzte, ihm ins Gesicht und über Hemd und Jacke. Die Dose war nur noch halb voll, die braune Flüssigkeit lauwarm. Er trank sie in zwei Schlucken, ritzte sich dabei die Oberlippe an einem Stück aufgebogenen Blech,

blutete ein bißchen, schleuderte die leere Dose weit von sich, schrie laut „Aua!", da es in der rechten Hand lichterloh brannte. Den Stein behielt er seltsamerweise in der linken Hand, legte ihn neben sich, betrachtete ihn liebevoll, sprach mit ihm, wobei das Sprechen einige Mühe bereitete, die Oberlippe schwoll schnell an. Wurde er jetzt verrückt? War das doch nicht das richtige Leben für ihn? Wer weiß schon, was das richtige Leben ist? Er schlief ein.
Der Verwalter Antonio, genannt Totó, der nach ihm gesucht hatte – die Mühle wollte das Geld, die Truppe wollte weiterziehen, weiterziehen zur nächsten Plantage – fand ihn schließlich in der Sonne liegend, schlafend. Der Verwalter Antonio, genannt Totó, rüttelte den Padrone wach, zeigte auf den Lastwagen, mit dem er gekommen war und hieß den Padrone einsteigen. Der Padrone war vielleicht nicht verrückt geworden, aber er hatte jetzt einen Sonnenstich. Ihm war schlecht und auf der kurzen Fahrt von seinem Mittagsschlafplatz zur Bank, die inzwischen wieder geöffnet hatte, mußte er sich zweimal übergeben. Zweimal lehnte er sich aus dem Fenster auf der Beifahrerseite. Jedes Mal hielt der Verwalter Antonio, genannt Totó, an, wartete, bis der verunstaltete Kopf des Padrone wieder erschien und fuhr dann weiter. Wie die Kutscher in Salzburg, dachte der Padrone. Die lassen ihre Pferde auch anhalten, wenn sie scheißen müssen. Er wußte nicht genau, warum er ausgerechnet jetzt daran denken mußte. Salzburg. Er mußte nicht scheißen, er mußte kotzen.
Der Verwalter Antonio, genannt Totó, schaute ihn von der Seite an und dachte, daß der Padrone, sein Padrone, entweder kotzen mußte oder Leute schlug oder im Freien schlief, unter einem Olivenbaum oder mitten auf der Straße oder einen Wutanfall bekam. Außerdem sah er aus wie ein Schwein. Seltsame Menschen kamen da aus dem

Norden zu ihnen. Vielleicht waren nicht alle so, aber er kannte nur diesen, der da neben im saß und fürchterlich stank.

Der Verwalter Antonio, genannt Totó, hielt vor einer Bank, fragte den Padrone nach dessen Bankkarte, Konto-Nummer, Geheimzahl. Der Padrone, der immerhin noch ein Gespür dafür hatte, daß er in seinem Zustand die Bank nicht würde betreten können und nannte dem Verwalter Antonio, genannt Totó, alle notwenigen Zahlen.

Der Verwalter Antonio, genannt Totó, stieg aus dem Lastwagen, ging in der Bank und kam nach einiger Zeit mit einem prall gefüllten, großen braunen Umschlag und der EC-Karte des Padrone wieder. Beides reichte er dem Padrone, startete den Motor und fuhr zur Ölmühle.

Ich kann alles bezahlen.

Dort angekommen, ließ der Verwalter Antonio, genannt Totó, den Motor laufen, nahm dem Padrone den Umschlag, den dieser während der Fahrt in der Hand gehalten hatte, halb hoch, wie ein kleines Papierfähnchen, wieder ab, rief den herumlungernden Erntearbeitern zu, sie sollten die Behälter aufladen, ging in den Wiegeraum, bezahlte, kam zurück, gab dem Padrone den dünner gewordenen Um- schlag, der ihn wieder mit der linken Hand halb hoch hielt und fuhr zurück zum Hof. Als sie an einem einsam und verlassen, seltsam verquer am Straßenrand abgestellten Kleinwagen vorbeifuhren, erkannte der Padrone sein Auto, dessen Frontpartie schwer beschädigt war, nicht wieder.

Ich kann alles bezahlen.

Auf dem Gut angekommen, hielt der Verwalter Antonio, genannt Totó, mit dem Lastwagen bei dem bereits wartenden Teil der Truppe, nahm dem Padrone, der während der Fahrt gerne noch ein paar mal gekotzt hätte, aber der Magen gab nichts mehr her, den Umschlag wieder ab, entnahm diesem das verbliebene Bündel und gab dem *Cotrone* das Geld. Der zählte die Scheine, schimpfte, wedelte mit dem Bündel in der Luft herum, drohte dem Verwalter Antonio, genannt Totó. Der *Cotrone* wollte, mit einem deutlichen Hinweis auf die lange Wartezeit, mehr Geld. Der Verwalter Antonio, genannt Totó, wehrte dies mit dem Verweis auf die fette Beute des nächtlichen Raubzugs ab. Das Spiel war aus. Zwei Fremde standen sich gegenüber und blickten sich lange in die abgeschminkten Gesichter. „In zehn Minuten seid ihr verschwunden, sonst rufe ich die Polizei", sagte der Verwalter Antonio, genannt Totó, schon wieder hinter dem Steuer des Lastwagens sitzend. Der *Cotrone* hatte verstanden: Die Vorstellung war beendet. Sie waren wieder die Fremden, die Geduldeten, vor denen man seit Jahrhunderten die Kinder ins Haus holt und die Türen fest verschließt. Sie mußten weiterziehen. Er sammelte seine Leute, sprach zu ihnen, alle lachten, dann verbeugten sie sich in Richtung Padrone, einmal, zweimal, und gingen, sich wie hinter einem geschlossenen Vorhang bewegend, ungeordnet, miteinander redend, zu zweit, zu dritt, allein, in Richtung Straße, wo ihre Wagen standen.

Doch nicht so schlecht, der Verwalter Antonio, genannt Totó, dachte der Padrone mit dem nun leeren Umschlag in der Hand. Wie der plötzlich mit den Leuten umspringt. Donnerwetter! Vielleicht sollte ich ihn doch behalten. Sehr viel mehr konnte er an diesem allmählich zu Ende gehenden zweiten Tag der Olivenernte nicht mehr denken.

Mühsam, ohne Gruß und ohne ein Dankeschön an den Verwalter Antonio, genannt Totó, stieg er aus dem Lastwagen, schleppte sich ins Haus, in sein Schlafzimmer in den ersten Stock hinauf, legte sich aufs Bett, bereit, wieder eine Nacht in seiner verschmutzten Kleidung zu verbringen. Der Kopf tat ihm weh, der Hals spannte, ihm war schlecht, die Oberlippe war jetzt so stark angeschwollen, daß er gar kein „Dankeschön" an den Verwalter Antonio, genannt Totó, herausgebracht hätte. In der rechten Hand pochte es, aber nicht mehr so heftig wie zuvor oder bildete er sich das nur ein?

Jacke, Hemd und Hose erzählten in Farbe und Geruch die Geschichte der letzten sechsunddreißig Stunden: Schweiß, Altmännerschweiß, von dem er gar nicht glauben mochte, daß es sein eigener war. Wahrscheinlich war er den Arbeitern zu nahe gekommen oder dem Verwalter oder dessen Frau. Erde und Gras vom Olivenhain, Blut und zerdrückte Oliven, Maschinenöl aus der Mühle und das Olivenöl vergangener Generationen. Dann der Dreck von der Straßen aus dem Kaff, in dem er vergeblich versucht hatte, Geld aus einem Bankautomaten zu ziehen, der Name des Städtchens wollte ihm partout nicht einfallen. Wieder Blut, vielleicht aus der angeritzten Oberlippe, Cola, braun und klebrig, etwas Undefinierbares, vielleicht war er angepinkelt worden, als er auf der Straße eingeschlafen war, vielleicht von dem Köter, der ihn in dem Lebensmittelladen angekläfft hatte. Schließlich Reste der Brötchen.

Er müßte jetzt etwas essen und vor allem viel trinken. Er lag auf seinem Bett, in den Klamotten des Tages und des Tages davor, draußen war es dunkel geworden. Einmal schlief er ein, wachte auf, öffnete die Augen, sah alles nur halb, das Halbe aber dafür doppelt, schloß die Augen wieder, alles drehte sich, er wollte sterben.

Er stand auf, ging zur Tür, öffnete die Tür, trat in den Flur, rutschte aus und fiel der Länge nach hin. Ein Fluch, den er gerne herausgebrüllt hätte, kam als lehmiges, breiiges Etwas über seine geschwollene Lippe und tat weh. Er tastete auf dem Boden herum, fand ein paar Porzellanscherben, eine so spitz und scharf, daß er sich sofort schnitt – in die rechte Hand. Außerdem war da etwas Klitschiges, naß und lauwarm, etwas Aufgeweichtes, das sich anfühlte wie voll gesaugtes Brot, ein Tablett, ein Glas, seltsamerweise unbeschädigt, halb gefüllt mit Flüssigem. Irgendein Idiot hatte ihm etwas zu Essen vor die Tür gestellt, wahrscheinlich während er schlief und er war auf dem Weg ins Badezimmer drübergefallen. Die rechte, geschwollene Hand blutete, aber die Schwellung wurde jetzt kleiner. Auch hörte das Pochen auf und irgendwann gerann das Blut an der rechten Hand. So tief war der Schnitt mit der Porzellanscherbe nicht. Daran sollte er nicht sterben, daran nicht.

Der Padrone schleppte sich zurück zum Bett, er hatte vergessen, warum er aufgestanden war, ließ sich fallen, mit den Armen zuerst, krachte auf den Steinfußboden und sank in eine tiefe Ohnmacht.

So fand man ihn am nächsten Morgen. Der Verwalter Antonio, genannt Totó, war durchs Haus gegangen. Er hatte auch den abendlichen Imbiß bereitet, nicht ohne Sorgfalt, Suppe, Brot, Wasser, Tee, und vor die Tür gestellt, da auf sein Klopfen niemand reagiert hatte. Jetzt fand er die Reste seiner Mühen auf dem Boden vor dem Schlafzimmer des Padrone verteilt, dazu getrocknetes Blut. Die Tür war offen, der Padrone lag vor dem Bett in einer seltsam gekrümmten Haltung. Der Verwalter Antonio, genannt Totó, betrat das Schlafzimmer des Padrone nicht. Stattdessen ging er schnell hinunter in den

großen Eßraum, zum Telefon, wählte eine Notruf-Nummer und wartete, am großen Tisch sitzend, auf Hilfe.
Die kam schnell. Ein Krankenwagen, zwei Helfer, ein Arzt, der umgehend die richtigen Dinge anordnete. Der Padrone wurde ins nächstliegende Krankenhaus gebracht. Im Krankenhaus wäre er, wenn er ansprechbar gewesen wäre, gefragt worden, ob er privat oder gesetzlich versichert sei und er hätte, wäre er durch Ohnmacht und eine geschwollene Oberlippe nicht behindert gewesen, geantwortet:

Ich kann alles bezahlen!

DAS TREFFEN DER EHEMALIGEN

ZWEI ÄLTERE HERREN SITZEN ZUSAMMEN, EIN GAST AM NEBEN-
TISCH IST AUCH DABEI (ÖSTERREICHISCH „ADABEI"). ALSO SIND SIE
ZU DRITT. IM HINTERGRUND, NOCH GANZ UNDEUTLICH,
EINE GROSSE, SCHLANKE, JUNGE FRAU, DIE KELLNERIN. SIE KANN
GUT ZUHÖREN. WIR WERDEN IHR SPÄTER WIEDER BEGEGNEN.

Sie saßen in einem viel zu großen Lokal, an einem viel zu großen Tisch: zwei Herren in fortgeschrittenem Alter, schweigsam, vollbärtig, der eine, seltsam abwesend, weißhaarig, der andere. Einmal waren sie Kollegen. Man wollte ein bißchen über vergangene Zeiten plaudern. Am Nebentisch einer, der immer da saß.
„Wir sitzen hier sozusagen auf gepackten Koffern", sagte der am Nebentisch.
„Die Geschäftsführung hat Insolvenz angemeldet, die Immobilie wird verkauft. Alles kippt in Richtung Mitte. Seltsam. Die halbe Stadt entleert sich. Na ja, bis dahin, business as usual und die Gehälter zahlt das Finanzamt. Fräulein, Ich hätte gern noch mal ein Gläschen von dem Chablis."

DER SPRINGER ODER EINSPRINGER.
OHNE DEN GEHT BALD GAR NICHTS MEHR.

Der Weißhaarige hatte sich in den letzten Jahren einen Namen als Springer oder Einspringer gemacht, auch ganz kurzfristig, wie er immer betonte. Wenn's irgendwo brennt in den Theatern der Hauptstadt, eine Krankmeldung zwei Stunden vor Beginn der

Vorstellung ins Haus flattert oder ein Zug Verspätung hat, das Flugzeug nicht aus der Warteschleife kommt, kann man ihn auf dem Handy, das ihm seine Frau kurz vor ihrem Tod gekauft hatte, anrufen und ihm Theater, Stück, Rolle und Abendgage durchgeben. Ist er mit dem Angebot einverstanden, setzt er sich ins Taxi, läßt sich auf dem Weg zum Theater zu Hause vorbeifahren, schnappt sich den entsprechenden Band aus seiner umfangreichen Bibliothek, verschafft sich während der Fahrt zum Theater, je weiter, desto besser, einen ersten Überblick, läßt sich am Eingang absetzen, vom Taxifahrer eine Quittung geben, geht durch die wartende Menge, schaut, ob er von denen, die da auf den Einlaß warten, jemanden kennt, denkt: ohne mich müßtet ihr alle wieder nach Hause gehen, sucht hinter der Bühne den Abendspielleiter, läßt sich von diesem die paar Gänge und die Striche in seiner Rolle zeigen und drückt dem Nervösen – warum eigentlich nervös? – einen vorbereiteten Zettel mit dem Text für die Ansage vor dem Publikum in die Hand. Es kommt ihm vor allem darauf an, daß sein Name richtig, laut und deutlich ausgesprochen wird. Er hat da im Laufe der Jahre so seine Erfahrungen gemacht. Der Abendspielleiter gibt ihm im Gegenzug einen Umschlag mit der bereits am Telefon vereinbarten Gage, der Schauspieler überprüft in aller Ruhe das Eingetütete (er arbeitet nur gegen Vorauskasse in bar), und setzt sich dann in die Kantine. Mitunter trifft er dort auf Kollegen und Kolleginnen, die im selben Stück für einen Abend andere, kurzfristig zu ersetzende Parts übernehmen. Man plaudert vor dem Auftritt, tauscht Erfahrungen aus, teilt sich den neuesten Klatsch mit, trinkt Kaffee oder anderes und hört mit halbem Ohr auf die Durchsagen des Inspizienten. Wohltuende Routine. Die Techniker grüßen mit einem heiteren „Wird

schon schiefgehen!" Erhöhte Spannung im Zuschauerraum. Beinahe ist man versucht zu sagen, die Leute kommen, wegen der zu erwartenden, erhofften kurzfristigen Umbesetzungen. Ein Horst Sulzer in einer Moritz-Patuffke-Inszenierung? Na das ist doch was. „Jubel!"
„Wobei ich nie ein Stück verraten habe. Ich nehme das Metier, unser Metier, trotz allem, immer noch sehr, sehr ernst! Im Gegensatz zu vielen anderen Kollegen. Was soll ich auch sonst machen? Ich hab's so gelernt."
Der Weißhaarige lächelte müde.
„Im Übrigen verdiene ich mittlerweile das Dreifache von dem, was *er* uns gezahlt hat. Und ich war immer in der Gruppe der Spitzenverdiener. Wenn auch selten durch die Aufgabe gerechtfertigt."

Pause.

Die junge Kellnerin, groß, knabenhaft schlank, Schauspielschülerin, brachte Tee.

Pause.

„Natürlich wußte ich, daß ich nie sein Richard sein würde oder gar sein Faust. Aber ich habe die Rollen gelernt, gearbeitet und meiner Frau, Gott hab' sie selig", er blickte tatsächlich nach oben, „vorgespielt. Und die hat mit mir dann Kritik gemacht und ich habe mir alles in ein kleines Büchlein geschrieben und an der Rolle weitergearbeitet und es ihr dann wieder vorgeführt. Manchmal haben wir jahrelang an einer großen Sache gearbeitet, zu Hause, in meinem, in unserem Wohnzimmer."

Pause.

„Ich hatte Zeit. Und es hat mir geholfen zu überleben. Als Künstler, als Schauspieler, als Mensch."
Der Vollbärtige rührte in seiner Teetasse.

Pause.

„Ich war immer überzeugt vom Ensemblegedanken, habe uns immer verteidigt, nach außen – und hätte doch gern einmal etwas Großes gemacht – mit *ihm*! Wenn wieder ein anderer Kollege den Zuschlag bekommen hatte, lag ich oft tagelang im Bett, bewegungslos. So stelle ich mir den Tod vor, habe ich gedacht. So würde ich den Tod spielen."

Pause.

„Meine Frau hat mich dann wieder zum Leben erweckt. *Auferstanden aus Ruinen* hat sie mit ihrer schönen Stimme gesungen. Auch so eine Vergeudung, daß die nur in unserem Wohnzimmer zu hören war, diese glockenhelle, kräftige Stimme. Na, ja, *Auferstanden aus Ruinen*, hat sie immer gesungen, wenn ich wieder in der Tür stand, mit irgendeinem Textbuch unterm Arm. *Auferstanden aus Ruinen*. Vielleicht hätte ich tatsächlich nach drüben gehen sollen. Wer weiß, was da aus mir geworden wäre?"
Der Vollbärtige blickte auf, sah dem Weißhaarigen in die Augen, der sich, offensichtlich verwirrt, mit der rechten Hand durchs Haar fuhr.

Pause.

„Noch heute reicht mir ein Blick auf die ersten Zeilen einer einmal gearbeiteten Rolle und alles ist wieder da. Meistens gehe ich ohne Buch auf die Bühne. Perlen vor die Säue. Am Anfang dachten die Kollegen, ich hätte in der Aufregung den Text vergessen, erfanden mitten in der Szene Abgänge, um beim Inspizienten nach meinem Buch zu fragen. Sie wollten mir helfen. Nichts da! Ich brauche keine Hilfe! Ich habe gelernt, mir selbst zu helfen, den Kopf über Wasser zu halten, auch wenn es viele gab, die . . ."
Jetzt ging ihm die Kraft aus.

Pause.

„Aber den Lear, den spiele ich noch, da gehe ich jede Wette ein! Und sei es in . . . ach, was weiß ich wo. Ganz egal."

Pause.

„Alles hat seine Zeit, mein Lieber."
Das wirkte wie Balsam auf die geschundene Seele des Weißhaarigen und war auch so gemeint.
„Ja, alles hat seine Zeit."

Schweigen.

Während der langen Jahre gemeinsamer Arbeit, war man sich nicht immer so philosophisch gelassen begegnet. Man hatte sich gegenseitig die Frauen weggeschnappt, sprach eher zurückhaltend von des einen Leistung auf der Bühne, war verwirrt und reagierte bockig auf des anderen Kommentare aus dem Zuschauerraum. Man gehörte zusammen und ging sich doch aus dem Weg, soweit dies möglich war.

Jetzt, im Alter, war man bereit, milde zu lächeln, bemühte sich darum, hilfsbereit zu sein, es kostete ja nichts mehr.

„Und, was gibt es Neues aus dem Ausland?"

„Andrej, einsam und verlassen, kratzt auf seiner Geige, die ein Flügel ist, und schnitzt kleine Rähmchen aus Olivenholz."

Schweigen.

Der Vollbärtige lächelte wissend.

„Ach ja, der Flügel. Das alte Ding. Warum er den mitgenommen hat?"

„Aus Sentimentalität."

„Aber er war nie sentimental. Hart, unnachgiebig, verletzend, störrisch, zynisch"

„Zynisch war er nicht, zumindest nicht in seinen guten Jahren."

„Na gut, ironisch, bitter, kalt!"

„Egozentrisch!"

„Sich der Sache hingebend, mit Haut und Haaren!"

„Sarkasmus Meier!"

„Klug, gebildet, immer neugierig!"

„Besserwisserisch!"

„Zartfühlend!"

„Gemein!"

„Die Hosen gestrichen voll!"

Schweigen

„Eitel und geizig!"
„Großzügig!"
„Böse!"
„Gerecht und unbestechlich!"
„Nachtragend, vor allem, nachtragend!"

Schweigen.

„Puh, das hat gut getan. Jetzt ist mir wohler", sagte der Weißhaarige ein bißchen erschöpft.
„Ich brauch das ab und zu. Schade, daß er das nicht gehört hat."
„Wir hätten in seiner Anwesenheit nicht so gesprochen, das weißt du sehr genau."
„Aber ich bitte dich, mein Lieber, natürlich hätten wir! Oder – hätten wir nicht? Nein, wahrscheinlich hätten wir nicht so gesprochen."

Schweigen.

„Der alte Flügel, was hat er denn sonst noch mitgenommen?"
„Alles hat er mitgenommen, sein ganzes Leben", sagte der Vollbärtige.
„Möbel, Bücher. Erinnerungen. Freundschaften, Feindschaften. Geheimnisse. Alles. Und die schönen Teppiche, sein ganzer Stolz."

Schweigen

„Ach, ist das traurig."

Schweigen.

Der vom Nebentisch hält eine Rede, weiss alles,
kommt richtig in Fahrt,
leider hört keiner zu.

„Er war ein Großer", mischte sich der vom Nebentisch ein. Die Stimme des Publikums. Ein Zuschauer, Verehrer, Freund, einer der gerne dazugehört hätte, einer der unermüdlichen Zwischenträger, einer der vielen Gedemütigten, einer, in dessen Erzählungen das Große erhalten blieb.
„Ich habe alle seine Arbeiten gesehen, mehrfach! Alle seit neunzehnhundert... ach, vergessen... was weiß ich. Er war ein Großer und die Welt hat ihn ungerecht behandelt. Das ist meine Meinung. Wahrscheinlich war er sogar der Größte. Und wer damals nicht in dieses Theater gegangen ist, der hat etwas verpaßt. Der konnte gar nicht mitreden. Der hat nichts verstanden. Das war einmalig, *er* war einzigartig. Ich meine, nichts gegen euren ganzen Verein, aber ohne *ihn* wäre der Laden doch nach kurzer Zeit auseinander geflogen. Oder?"
Der Weißhaarige lächelte verlegen, der Vollbärtige zupfte sich am Bart und überlegte, wie er hier möglichst schnell und ungeschoren wieder rauskommen würde. Aber es war zu spät. Der vom Nebentisch schwärmte bereits von seinen Erlebnissen, Erleuchtungen, von

einzelnen Rollen, Bühnenbildern, Kostümen, konnte ganze Akte längst versunkener Aufführungen wieder aufscheinen lassen, wobei er nie vergaß, die anwesenden Herren lobend zu erwähnen.
Der Vollbärtige rutschte unruhig auf seinem Stuhl hin und her.
„*Groß und klein*. Wie häßlich solche Vergleiche sind. *Er* war ein Großer seines Metiers. Manche sagen für zehn, fünfzehn Jahre, sei *er* der Größte gewesen. Das ist eine lange Zeit. Das ist enorm. *Er* hätte dieses Urteil weit von sich gewiesen. *Er* wollte nicht verglichen werden, ich weiß, er wollte nicht Teil des Ganzen sein. *Er* folgte niemandem nach und niemand folgte ihm nach. Er schuf sich sein eigenes Haus und als *er* es verließ, gab es niemanden, hört ihr, n i e m a n - d e n, der, n a c h *ihm, ihn* hätte ersetzen können."
„Des isch ein Faakuum", grunzte der Vollbärtige.
Der vom Nebentisch blickte einen Moment etwas irritiert, war aber schon so in Fahrt, daß er gar nicht dazu kam, über diese seltsam rätselhafte Bemerkungen des Vollbärtigen, die ins Innere des Tempels führte, nachzudenken.
„*Er* folgte niemand nach und niemand folgte *ihm* nach. *Er* schuf Unglaubliches, Faszinierendes, tief Wahres, ewig Währendes. Aber was heißt das schon in diesem flüchtigen Metier – Theater. Allgemeiner Untergang ohne Verfeinerung der Künste? Von wegen, hier war es, das Raffinement. Und wie! *Er* wußte viel, wollte immer mehr wissen und wußte immer alles besser. Das merkte man sofort, auch wenn man nur ein Außenstehender war, ein Adabei, wie ich." Der vom Nebentisch lächelte schief.
„Ein Adabei. Mein Gott, wie viele Nächte habe ich mit euch am Tisch gesessen und die Gespräche über die Proben und die Vorstellungen aufgesogen. Am Anfang war es ja Politik, alles öffentlich zu

diskutieren. Jeder durfte mithören und mitschwätzen. Warum nicht? Später ging's dann vornehmer zu, aber da gehörte ich schon dazu. Sozusagen zum Inventar. Was denkt ihr, wie mir jedes Mal das Herz hüpfte, als ihr euch ganz selbstverständlich zu mir an den Tisch gesetzt habt, nach der Vorstellung. *Er* war ja nie dabei. *Er* ging immer nach Hause. War wahrscheinlich auch ganz richtig so. *Er* kümmerte sich um alles, mischte sich in alles ein, korrigierte, befahl, beleidigte, schonte weder Material noch Mensch, einschließlich sich selbst. Im Austeilen war *er* groß, im Einstecken weniger und später, als ihm die Kraft ausging, verlor *er* diese Fähigkeit ganz."
Der vom Nebentisch hatte jetzt das letzte bißchen Zurückhaltung abgelegt. Er sprach wie ein Eingeweihter.
„Alles geschah im Interesse der Sache, die seine Sache war und die *er* zur Sache aller machen wollte. Viele verließen ihn früh, wenige kehrten zurück. Viele wurden zerstört, wechselten das Metier, kehrten wieder zurück und scheiterten wieder. Andere verbogen sich in seiner Nähe dermaßen, daß sie nur noch als Automaten funktionierten. Sehr gut funktionierten, denn *er* duldete kein Mittelmaß bei der Arbeit. Wieder andere wurden krank, verschwanden in der Krankheit, tauchten wieder auf, verschwanden wieder. *Er* gewöhnte sich an diesen Rhythmus, bediente sich der Rekonvaleszenten, die gleich wieder zu Patienten werden konnten, solange es ging."
Der Vollbärtige dachte, da erfüllt sich einer spät einen lange gehegten Wunsch, zu spät allerdings. Endlich wird er zu einem Teil des Ganzen, zum Mitgestalter, Mitschöpfer. Er wollte das alles gar nicht hören. Der Weißhaarige blickte aus dem Fenster, ins Weite. Er dachte an seine Frau und an die vergangenen Zeiten. Seine Augen waren ganz blank und würden sich sicher bald mit Tränen füllen.

„Er war ein Meister der genauen Lektüre, mochten die Zeichen auch undeutlich, verschüttet, verwittert sein. Er konnte sie entziffern, geduldig und überaus klug. Er konnte Stücke, große Stücke, gute Stücke, Satz für Satz lesen und lesen lassen und darauf aufmerksam machen, was da drin, innen drin, versteckt war. Vertrautes sah man wie zum ersten Mal, lachte über die eigene Dummheit, freute sich über den Zugewinn."

Das war dem Vollbärtigen dann doch zu viel, daß da einer so tat, als sei er dabei gewesen, womöglich einen wirklich dabei Gewesenen verdrängte, womöglich ihn? Der Vollbärtige stand auf und ging zur Toilette. Der Gast vom Nebentisch, ganz Produktionsleiter und Chefhistoriker in Personalunion, durch nichts abzulenken, sagte kurz, „Zweite Tür links", und fuhr dann fort:

„Die Schauspieler, angeregt durch diese genaue Lektüre, probten mit Lust und *er* führte sie mit unendlicher Geduld weit hinaus ins Unbekannte. Lieferte Material – vielbespotteter Begriff – einfach so, aus dem Ärmel geschüttelt. Von wo *er* sich die Dinge holte, blieb ein Rätsel. Lesen, vor allem das Lesen dicker Bücher, macht *ihn* nervös. Hat *er* mir mal erzählt. Nach zwei, drei Seiten habe *er* das unstillbare Bedürfnis, das Gelesene mit anderen zu besprechen. Er wolle weitergeben, es verarbeitet sehen. Alles solle in Bewegung sein. Das hat er mir im Vertrauen einmal gestanden."

Jetzt wurde es auch dem Weißhaarigen unangenehm. Dieses Anwanzen, dieser intime Ton holte ihn aus seiner fernen Welt zurück. Er blickte zu dem Gast am Nebentisch, öffnete den Mund und sagte „Entschuldige mal, mein Lieber, aber . . "

Weiter kam er nicht. Der vom Nebentisch bemerkte gar nicht, daß der Weißhaarige etwas einzuwenden hatte.

„Nie wieder hat man Schauspieler auf einer Bühne gesehen, die so genau wußten, was sie zu tun und vor allem, zu lassen hatten. Zu lassen!"
Jetzt hämmerte er mit der Faust auf den Tisch.
„Jeder Gang saß. Jede Geste machte Sinn, wie man neuerdings in falschem Deutsch sagt. Jeder Satz war gedacht. Früchte *seiner* Arbeit."
Der vom Nebentisch war begeistert, vor allem von sich selbst. Wie das so selbstverständlich aus ihm herausfloß; es fließt einfach. Der Vollbärtige war immer noch auf der Toilette, na ja, dachte der vom Nebentisch, alter Mann, das dauert. Der Weißhaarige blickte aus dem Fenster. Also lehnte sich der vom Nebentisch zurück, drehte den Kopf in Richtung Kellnerin und hob die Stimme ein wenig an.
„*Er* war der Einzige seines Metiers, der sich weiterentwickelt hat. Das nahm man *ihm* übel. Erste und späte Arbeiten nebeneinander gehalten, verrieten vielleicht, vielleicht denselben Respekt vor der Vorlage, sonst aber lagen Welten zwischen den jeweiligen Inszenierungen. Die Welt dreht sich, sie dreht sich verdammt schnell und er reagierte darauf.".
Wieder wollte der Weißhaarige intervenieren, irgendetwas zurechtrücken, was man doch so nicht gesagt lassen konnte, aber er kam nicht dazwischen. Ihm fehlte die Kraft, mit der Hand auf den Tisch zu hauen, sein Blick war verschwommen. Er sah, daß der Vollbärtige nicht auf seinem Stuhl saß.
„Ist er schon gegangen?"
„Der mußte mal pinkeln."

Tief Luftholen: die grosse Schlussapotheose

Die Rede des Gastes vom Nebentisch wurde jetzt, da er keine unmittelbar Beteiligten mehr ansprach, ungenauer, blumiger. „Das Zeitgenössische, das manche bei *ihm* so gern einklagten, lag nie in einem wie auch immer gearteten Umgang mit den Moden des Tages. *Er* zeigte uns den Abstand. Den Abstand zwischen dem Gebrause auf dem Boulevard und dem, was auf der Bühne entstand – Abend für Abend neu und unerwartet. Ein Abstand, der immer größer wurde, übrigens. Das war seine Zeitgenossenschaft. Immerwährendes Gestrampel auf der Stelle oder gar bloße Verpackung waren *ihm* zuwider. *Er* stemmte sich dagegen und hielt es lange aus. Zehn Jahre mindestens. Das ist eine sehr lange Zeit. Dann duckte *er* sich und verschwand. Tauchte irgendwann, irgendwo wieder auf, als ein Verwandelter unter gleichem Namen, hinterließ ein paar Duftmarken hier und da, verlegte sich beinahe vollständig aufs Musikalische, auf andere Sprachen, auf andere Länder. Der große Volksregisseur begann noch einmal von vorne, in anderen, ihm fremden Sprachen. Das konnte nicht gut gehen. Die Kraft fehlte und die Liebe."
Hier machte der vom Nebentisch eine kleine Kunstpause, hielt gleichsam die Luft an, und blickte der Kellnerin in die Augen.
„Fortan plünderte *er* die Häuser, an denen *er* arbeitete, nur noch aus. Überzog deren Möglichkeiten in allen Abteilungen, hinterließ tiefe Wunden, die nicht mehr heilen wollten. Verbrannte Erde."
Der Vollbärtige kehrte an seinen Platz zurück, setzte sich und legte, zum Zeichen des baldigen Aufbruchs, seinen Geldbeutel auf den Tisch. Der vom Nebentisch bedauerte, daß der Vollbärtige seine flammende Rede über die Wandlungen des Großen verpaßt hatte, ja,

daß er eigentlich alles verpaßt hatte, drehte sich wieder zu den beiden älteren Herren und sagte dem Vollbärtigen direkt ins Gesicht, wobei ihm der Ton seiner Rede ärgerlicher geriet, als ihm lieb war:
„Nur wenige hielten noch zu *ihm*!
Viele verließen *ihn* früh, viel zu früh!"
Was ging das den Kerl überhaupt an, mochte der Vollbärtige denken. Was weiß der denn schon?
„*Er* selbst wußte doch am besten, daß alles, was *er* in späten Jahren machte, nur ein fernes Donnergrollen jenes mächtigen Blitzes war, den *er* einmal zu entzünden die Kraft hatte. Man zwang *ihn*, sich auf Verhältnisse einzulassen, die *er* längst überwunden glaubte. *Er* mußte Arbeitsbedingungen akzeptieren, die *er* Jahrzehnte zuvor abgeschafft hatte. Anfangs wehrte *er* sich, dann fand *er* sich damit ab, merkte, daß *er* sich in Zukunft würde einrichten müssen, in dieser neuen, *ihm* fremd gewordenen Welt.
Er arbeitete weiter, was sollte *er* auch sonst tun? Das Scheitern war schon immer Teil seines Schaffens, von Anfang an. *Er* wußte das, jeder wahre Künstler weiß das. Das ist vielleicht das wirklich Große an ihm: Anderen flog alles zu, andere hatten Glück, bekamen Preise, waren leicht, bemühten sich um wenig und bekamen alles. *Er* mußte um jeden Millimeter kämpfen. Vieles blieb liegen, viele Wünsche blieben unerfüllt. Immer gab es Opfer und immer ein Ziel. Und immer gab es Götter: Die Antike, Shakespeare und Tschechow! Wahre Götter, unnahbar, letztlich. Einigen wagte *er* sich nicht zu nähern, betete sie aber regelmäßig an.
Anderen brachte *er* das Opfer, ihre Texte nur in fremden Sprachen, nicht in seinem geliebten Deutsch, zu inszenieren. Wieder anderen baute *er* Tempel, groß und schön und weit und hoch, wie sie bis

dahin niemand für diese Götter gebaut hatte. Und aus den Ruinen dieser Tempel wird *er* einst he . . ."
Der vom Nebentisch war jetzt aufgestanden, wollte dem Gesagten mit einer großen raumgreifenden Geste Nachdruck verleihen, als ganz in der Nähe ein Telefon klingelte – laut, sehr laut, schnarrte und klingelte und schnarrte und klingelte. Der Weißhaarige blickte auf, kramte in der linken Jackentasche nach seinem Handy, fand es, meldete sich mit Vor- und Zunamen, hörte, bat den vom Nebentisch mit einer kleinen, nicht unfreundlichen Geste, um etwas Geduld, hörte weiter.
„Bitte? Nathan!"
Dann folgte ein künstlich hinaus gezögertes, seine Erregung unterdrückendes „Ja, das geht", dann hörte er wieder zu.
„Ich bin pünktlich im Theater. *Auf Wiederschön.**"
Ende des Telefonats.
„Nathan! Endlich! Wart' ich schon lange drauf. Tja, ich muß los. Man wünscht den Kollegen ja nichts Böses, aber Nathan . . . Hätte ich übrigens auch gerne gespielt, damals, unter *seiner* Regie. Aber das Stück wurde ja als höherer Blödsinn entlarvt. Ich erinnere mich an die Diskussionen. Ich hab sie noch alle, die Protokolle. Manchmal, wenn ich nachts nicht schlafen kann, lese ich ein bißchen darin herum."
„Ach, die Protokolle, die berühmten Protokolle von den Sitzungen, die hätte ich auch mal gern gelesen. Die müßte man doch veröffentlichen", meinte der Gast vom Nebentisch eifrig.
„Die nächsten hundert Jahre unter Verschluß!" fuhr der Vollbärtige heftig dazwischen. Für ihn wurde es jetzt Zeit sich zurückzuziehen.
„Bis zum nächsten Mal."

Man verabschiedete sich voneinander. Ob es ein nächstes Mal geben würde?
Der vom Nebentisch war müde. Eigentlich hatte ihm niemand zugehört. Nicht einmal die junge, große Kellnerin. Die Welt ist ungerecht. Vor dem Lokal stand der Weißhaarige und wartete auf ein Taxi. Der Vollbärtige zupfte den Weißhaarigen am Ärmel und flüsterte: „Er war böse, ein abgrundtief böser Mensch. Er hat uns gequält, beleidigt, uns zu Alkoholikern gemacht, zu kranken Menschen, zu Abhängigen. Uns gegeneinander ausgespielt, gedemütigt, aus uns Lügner gemacht und Schleimscheißer. Niemand war mehr ehrlich, weder zu sich, noch zu den anderen, schon gar nicht zu ihm. Entweder man gehorchte oder man ging unter. Dazwischen gab es nichts. Mord und Totschlag. Ja, er hat tatsächlich Großes vollbracht. Vielleicht wird man es nie wirklich würdigen, weil man es nicht an Wände hängen kann, weil es immer nur der Abend war, den man miterlebt haben mußte, gemeinsam mit anderen. Er war für Jahre der Einzige in unserem Metier, der zu einer großen, allumfassenden Geste in der Lage war, und sie gelang ihm für eine gewisse Zeit. Irgendwann fehlte dann die Kraft. Damals war sie da, die Kraft und ich hatte Angst, maßlose Angst vor ihm und ich habe heute noch Angst vor ihm und ich bin froh, daß ich ihm nie, nie wieder begegnen muß!"

Sprach's und ward verschwunden.

Ich, Gretchen

VON DER DRITTEN ZUR ERSTEN PERSON,
VOM ER, SIE, ES, ZUM ICH.
ICH LESE ZEITUNG, ICH MUSS IMMER MAL WIEDER AUF DIE TOILETTE,
ICH WILL ZUM THEATER UND ICH FREUE MICH
AUF DIE EWIGE STADT UND AUF DAS, WAS DANACH KOMMT.

Gretchen ist einundzwanzig Jahre alt, Studentin, und aus Geschmacksgründen nur minimal tätowiert. Sie lebt lustig, mal abgesehen von den Studiengebühren, der lästigen Wohnerei und dem gelegentlichen Zahnarztbesuch, die leider alle Geld kosten. Weil ihre Eltern winzig kleine Angestellte sind und außerdem noch andere Kinder haben, muß Gretchen, um sich Studium, Bude und Zähne leisten zu können, mit drei Jobs jonglieren. Am Samstag darf sie in der Videothek an der Kasse jungen Männern erklären, daß zu spät zurückgebrachte Pornos Nachgebühren kosten. Am Montag beschweren sich aufgebrezelte Broker-Tanten im Bistro an der Börse bei ihr, daß der Toast nach nassen Socken schmeckt. Am Mittwoch muß sie sich im Call-Center einer großen Versicherung konzentrieren, damit sie Herrn Doktor Maurer mit Herrn Oberländer beziehungsweise Herrn Oberländer mit Herr Direktor Hollenbach verbindet*

So hatte es in der Zeitung gestanden und Hans, der angenehmere meiner beiden Mitbewohner, der demnächst in einen anderen Roman verschwinden wird, er heiratet Ina und zieht in eine Dachwohnung am Basler Platz*, hatte das Stück ausgerissen, fein säuberlich, nur die paar Zeilen vom Rest des Artikels getrennt und auf den Küchentischen gelegt. „Glückwunsch! Stehst schon in der Zeitung. Immerhin!", hatte er an den Rand geschrieben. Hat beim Frühstück an mich gedacht. Schön. Hans wird mir fehlen. Ich überflog das

Gedruckte im Stehen und mußte laut lachen. Dann meldete sich mein Inneres. Ich war spät dran. Es grummelte schon ganz leicht. Also nahm ich das Stückchen Papier vom Tisch, schlüpfte in die Schuhe, nahm den Schlüssel vom Brett und weg war ich. Auf der Straße las ich den kleinen Text noch einmal. Mein Herr Dr. Maurer heißt Beierlein und der Direktor ist eine Frau. Das Andere aber deckt sich ziemlich genau mit dem was mich so umtreibt – Vorsicht Fahrradfahrer! – Auch die Sache mit dem Zahnarzt, den ich schon deshalb regelmäßig aufsuche, weil der Sprechapparat wichtiges, vielleicht sogar wichtigstes Handwerkszeug für unsereinen ist. Im Unterschied zum Gretchen aus der Zeitung, sitze ich allerdings an zwei Tagen in der Woche im Call-Center und stehe am Wochenende drei Schichten in der Videothek durch und ich kellnere zweimal die Woche, nachmittags. Das aber nur vorübergehend. Damit ich demnächst für einen Monat in Richtung Süden abdüsen kann, um fremde Sprache; fremde Sitten und fremde Gebräuche zu lernen und um danach, zehn Tage bei einem wahren Meister in die Geheimnisse des Metiers eingeweiht zu werden. Das kostet natürlich Geld, viel Geld, vor allem die zehn Tage auf dem Lande sind atemberaubend teuer. Aber ich will das! Unbedingt! Und so packe ich drauf, was irgend geht, auch wenn ich manchmal im Bus oder in der U-Bahn einschlafe – und wie durch ein Wunder, immer an der richtigen Haltestelle wieder aufwache. Das Semester ist eigentlich gelaufen, das Rollenstudium, zweimal die Woche abends, kein Problem. Muß aber auch sein. Der Meister hat verlangt, daß jeder, der bei ihm antanzen will, mindestens drei verschiedene Dinger, das heißt drei verschiedene Vorsprechrollen drauf hat. So war das übermittelt worden, ansonsten sollten die Kandidaten möglichst

jung sein – das bin ich. Er wolle sich nicht mit diesem verbogenen Schrott abgeben, der nach drei, vier Jahren Schule ins erste Engagement geht. Fürs Leben und fürs Theater von Anfang an verloren. Das war natürlich nicht so übermittelt worden. Ich hörte es ein paar Wochen später, bei der Begrüßung durch den Herrn, der das so sagte, daß keiner von uns wußte, ob er nun bereits zu diesem verbogenen Schrott gehörte oder noch nicht. Außerdem hatte er darauf bestanden, daß nur Schüler, also keine Lehrer, zu ihm kämen. Er könne diese gescheiterten Typen, diese Versager, dieses theaterfremde Pack, dem nicht einmal in Memmingen eine Regie angeboten werden würde, nicht ausstehen.
Den Zettel auf Augenhöhe in der rechten Hand haltend, den einen oder anderen Satz zum wiederholten Male überfliegend, dappelte ich im Slalom zur U-Bahn-Station. Den Schritt beschleunigend, wenn es im Bauch wieder unruhiger wurde. Ich bin eine langsame Leserin. Ich muß alles zwei- oder dreimal lesen, um einigermaßen zu erfassen, was da im Einzelnen steht. Auch muß ich mir immer wieder klar machen, wann ich wo, wie und, was meine Innereien betrifft, möglichst schonend, von A nach B komme, mir immer wieder das sogenannte große Ganze ins Gedächtnis rufen, dann geht es besser. Außerdem ist es mir schon als Kind leicht gefallen, zweispurig durch den Tag zu gehen, etwas zu träumen, zu spielen, Gedanken zu denken, die mit dem Alltäglichen nichts zu tun haben. Ich kann mir die Haare kämen oder die Schuhe putzen oder ein Brot essen und etwas ganz anderes geht mir dabei im Kopf herum. Auch das gehört zum Handwerkszeug einer Schauspielerin und ist so wichtig, wie ein gut geölter Sprechapparat.
Beim dritten Lesen dachte ich: Das Zeitungsgretchen arbeitet in

einem *Bistro an der Börse*, ich dagegen bediene, mittwochs und freitags, in einem großen Lokal, das einmal bessere Tage erlebt hat. Hat sich eigentlich schon mal jemand darüber beschwert, daß der Toast nach nassen Socken schmeckt? Hat überhaupt schon mal jemand Toast bestellt? Ich glaube Toast steht gar nicht auf der Karte. Aber einer hat mal gesagt, der Tee schmecke nach eingeschlafenen Füßen. Da mußte ich lachen.

Auf dem Bahnsteig kritzelte ich, Zeitungsausschnitt auf angewinkeltem linkem Oberschenkel, Zahnarzt an den Rand des Artikels. Dann fuhr der Zug mit viel Getöse in den Bahnhof ein und der Wind riß mir das Stückchen Papier aus der Hand, wirbelte es zum Tunnelausgang hin, wo es, mir mit einer kleinen Pirouette noch einmal zuwinkend, in der dunklen Röhre verschwand. Schade, dachte ich. Na ja, den Zahnarzt-Termin behalt ich im Kopf und wichtig ist, daß ich in einer guten Woche in einer anderen U-Bahn in einer ganz anderen Stadt sitzen werde und ganz besonders wichtig ist, daß ich jetzt rechtzeitig zur Arbeit komme und sich nichts rührt, da unten, in meinem Gedärm.

IN DER EWIGEN STADT, SO VIELE KLEINE MENSCHEN

„Un' abonnamento mensile – per favore." Der junge Mann hinter dem breiten Tresen grinste schief, sagte etwas zu seinem Kollegen, der neben ihm einen älteren Herrn bediente, sagte etwas, was ich nicht verstand, der Kollege aber offensichtlich sehr wohl, denn er lachte meckernd, was wiederum den älteren Herrn neben mir dazu veranlaßte, beide jungen Männer scharf zurecht zu weisen. Auch diese Zurechtweisung verstand ich nicht, spürte aber am Ton, in

dem der ältere Herr im dunkelgrauen Anzug zu den beiden Verkäufern sprach, daß er sich irgendetwas, was mit mir zu tun haben mußte, verbat. Worauf der von mir angesprochene junge Verkäufer das Gewünschte unter der breiten, niedrigen, mit unzähligen glänzenden Zeitschriften belegten Theke hervorholte, mir zeigte und einen Preis nannte. Ich gab ihm einen Schein, viel zu groß, den er, ganz unbeeindruckt von der Autorität des älteren Herrn neben mir, mit abfälliger Geste annahm, mir das kleine Kärtchen reichte, zusammen mit dem Wechselgeld und zwar so, daß ich mich weit über die Theke beugen mußte. Reichen, zureichen, ist eigentlich nicht der richtige Ausdruck. Es war eher ein Anlocken. Vielleicht erhoffte sich der junge Mann einen Blick in den Ausschnitt meines weit über den Oberkörper hängenden Herrenhemdes, die ersten drei Knöpfe waren offen. Sozusagen als Entschädigung für den allzu großen Schein, mit dem ich das Monatskärtchen bezahlen wollte. Aber bei mir gibt es nichts zu sehen. Selbst ohne das enge Unterhemdchen, das ich mehr aus Gewohnheit, denn aus Notwendigkeit trug, hätte ich ihm, der mich jetzt freundlich lächelnd anschaute, nichts bieten können.
Flach wie 'n Brett, hatte meine Mutter immer gesagt. BMW: Brett mit Warze, nannte das mein Bruder. Später fügte er Bohnenstange hinzu oder er sagte hochmütig: „Es kam eine lange Dürre" oder „Matthäus 8, Vers 22". Gymnasiastenhochmut.
Der Verkäufer, geübt in den kleinen Spielchen des Alltags, mehr war das ja nicht, merkte natürlich sehr schnell, daß bei mir nichts zu holen war, verlor augenblicklich das Interesse und sprach, über mich, die ich nach vorne Gebeugte, hinweg, den nächsten, hinter mir stehenden Kunden an. Einen schlanken, elegant im dunkel-

blauen Anzug gekleideten, kleinen Mittvierziger, der sich während der Beugebewegung offensichtlich mit meinem Hinterteil beschäftigt hatte. Zumindest zeigte sein Blick in diese Richtung, als ich mich mit einem leise gesprochenen „Grazie" aufrichtete und umdrehte. Der Mittvierziger hob den Kopf, immer weiter, immer weiter, blickte mir ins Gesicht und war überrascht. War er überrascht, eine Frau vor sich zu sehen? Auch mein Hinterteil ist nicht breit und auffordernd ausladend, sondern schlank und abweisend schmal.

War ich zu groß für seinen Geschmack? Ganz bestimmt. Er mußte in einem für ihn unangenehm steilen, beinahe schmerzhaften Winkel den Kopf oben halten, um mir in die Augen sehen zu können. Das hielt er nicht lange aus. Der ältere Herr neben mir sagte: „Scusate", was vielleicht als Entschuldigung an alle oder für alle und alles gemeint war und verschwand in der Menge. Der Verkäufer sagte etwas zu dem Mittvierziger und beide lachten – laut. Ich hörte das Lachen nur noch aus der Ferne. Der Strom, der zwischen den Zügen und Untergrundbahnen Hin- und Hereilenden, hatte mich aufgenommen und fortgetragen und ich war ohnehin der glücklichste Mensch der Welt. Ich hatte gerade in einer großen Stadt, in einem fremden Land, in einer mir, bis auf zwei, drei Wörter, unbekannten Sprache, eine Monatskarte für alle Busse und U-Bahnen und Züge gekauft und war fest entschlossen, bereits am ersten Tag, jetzt sofort, soviel wie möglich von dieser Freiheit Gebrauch zu machen. Ich stieg die Stufen hinab, zur *Linea A* in Richtung *Lepanto* und weiter. Irgendwann, einer Laune folgend, würde ich in einen Bus umsteigen, bis zur Endstation fahren, warten, bis der Fahrer seine Pause beendet hatte und dann wieder in Richtung Innenstadt zurückfahren. Ich war aufgeregt, wie ein kleines Kind und ich war stolz, einen Monat in dieser Stadt leben und lernen zu dürfen. Stolz, weil ich es mir, nach dem Unterricht, selbst erarbeitet hatte: die Reise mit dem Zug, die Gebühr für die Sprachschule, die Miete für das Zimmer und ein paar, sehr knapp bemessene, Kröten für den täglichen Gebrauch. Das Zimmer in dem hohen, schmalen Mietshaus, direkt neben einem Busdepot, nahe der U-Bahn-Station, war klein, die Matratze lag auf dem Boden, dafür war sie lang genug und Schreibtisch und Schrank waren offenbar neu angeschafft worden. Die junge Frau, die Vermieterin, arbeitet tagsüber in irgendeinem der unzähligen Ministerien, fuhr mit dem Motorroller durch die Stadt, hatte seltsam dünnes Haar, durch das deutlich ihre Kopfhaut schimmerte, sagte „Ohh!", als wir uns zum ersten Mal gegenüberstanden. Ich hatte gerade meinen schweren Koffer aus dem engen Fahrstuhl gewuchtet und suchte nach dem richtigen Namensschild an einer der vielen Türen, als sich gleich die erste, rechts, öffnete. Sie streckte mir die Hand entgegen und lachte, ich lachte auch, sie sagte etwas, was sich sicher auf meine Körpergröße bezog, was ich aber nicht verstand. Eigenartig, wie viel ich von der fremden Sprache kapierte, ohne die einzelnen Wörter, die einfachen und die komplizierten Redewendungen, die abfällig hingeworfenen Bemerkungen oder den treffenden Kommentar, wirklich zu verstehen.

Bei meiner ersten Fahrt als frisch gebackene Besitzerin einer Monatsnetzkarte, war ich tatsächlich bis *Lepanto* gefahren. Warum weiß ich nicht mehr. Vielleicht hatte mir der Name der Station gefallen oder war es die klangliche Nähe zur Levante? Mit der U-Bahn in den Orient! Erwartete mich da oben ein orientalischer Basar? Eine Moschee? Die Lockrufe eines Muezzins? Arabische Teppichhändler standen auf den Stufen die nach oben, ins Helle führten und boten ihre Ware an. Eine alte Frau hielt mir mit einer verkrüppelten Hand Plastikspielzeug entgegen und Afrikaner, sozusagen aus dem Herzen der Finsternis, in bunten Kostümen, die Trommeln, Taschen und Schals ver- kaufen wollten, große, wunderschöne Menschen, lachten mich an. Ihre Rufe wurden lauter, als ich ihnen entgegentrat, auch wechselten sie in ihre Muttersprachen, riefen sich etwas zu, in der Sprache ihrer afrikanischen Kindheit. Alle waren sie ganz aufgeregt und bildeten einen gar nicht so großen Kreis um mich. Die Araber klopften heftig auf die Teppiche, die über ihren Schultern hingen und die Afrikaner schlugen auf die kleinen Trommeln. Als ich einfach weiterging, zur Bushaltestelle hin, öffnete sich der Kreis wie selbstverständlich. An der Bushaltestelle stand ich in mitten einer Gruppe kleiner Einheimischer. Ich kam mir vor wie die Tante im Kindergarten, die mit ihren Schutzbefohlenen einen Ausflug macht. Ein Bild für Götter. Die Afrikaner trommelten weiter aus der Ferne und lachten mir zu, die Araber hatten das Interesse verloren und warteten auf den nächsten Kunden. Ich wartete gemeinsam mit den anderen auf den nächsten Bus. Die Männer benahmen sich wie ein bißchen wie Kinder. Ganz aufgeregt sprachen sie miteinander, liefen durcheinander, taten sich wichtig. Beinahe hätte ich gerufen: „Nun haltet doch mal die Klappe!" oder „Wenn ihr euch nicht anständig benehmt, dann gehen wir sofort wieder zurück!".

Groß und klein. Wie groß sind die Chancen auf ein Engagement für eine Frau mit 187 cm Körpergröße, in einem Metier, in dem der durchschnittliche jugendliche Liebhaber 175 cm, soll ich sagen klein ist? Romeo oder Ferdinand oder Tusenbach einen halben Kopf kleiner als die dazugehörige Julia, Louise oder Irina? So flache Schuhe gibt es doch gar nicht. Alles im Sitzen oder im Liegen spielen? Auch

komisch. Oder auf einer Treppe, er immer zwei Stufen über ihr?
Den neuen Regisseuren, den jungen und nicht mehr ganz so jungen
Wilden, ist die Körpergröße der Schauspieler egal. Eigentlich sind
denen Schauspieler sowieso egal.
„Da trägt dein Ferdinand eben immer einen Schemel mit sich rum.
Lauren Bacall und Humphrey Bogart, geil! Das ist doch schon die
halbe Miete. Gleich Vertrag machen. Laß die dämliche Schule sausen, das bringt sowieso nix." So hatte einer zu mir gesprochen, dem
ich vorsprechen wollte. Er hatte eine Sonnenbrille auf und säuerlich
nach was weiß ich. Es war morgens um elf. Ich wollte aber die
Schule nicht sausen lassen.
Ich kann warten, allerdings nicht zu lange. Die Louise spielt man
nicht mehr mit fünfunddreißig und die Irina schon zweimal nicht –
oder?
Dann kam der Bus. Viere auf einen Streich, die sich, mit viel Gehupe und Geschubse, in die Einbuchtung der Haltestelle drängelten.
Beinahe hätte ich allen zugerufen: wir nehmen den zweiten, den
Achtundachtziger. Na ja, wen das mit der Schauspielerei nichts wird,
kann ich immer noch Kindergärtnerin werden. Die entsprechenden
Impulse habe ich ja offensichtlich.

Der Fremde im Bus,
gross, offener Hemdkragen, Anzug, braune Halbschuhe, keine Strümpfe, selbstbewusst.

Es war dann ganz unwichtig, ob der Bus aus der Stadt hinaus oder
in die Stadt hinein fahren würde. Er fuhr überhaupt nicht. Er stand,
wie die anderen drei Busse und der gesamte Verkehr um uns her-

um. Im Bus war es heiß. Der Busfahrer lag mehr, als daß er saß, über sein Lenkrad gebeugt. Er wußte, daß das dauern würde. Irgendwann sagte eine Frau etwas, schimpfte, wurde laut. Ein Mann fiel ihr ins Wort. Er sprach die mir fremde Sprache selber wie ein Fremder und weil er die einzelnen Wörter weniger schnell und weniger elegant aussprach, nichts zusammenzog und nichts verschluckte, verstand ich erstaunlich viel. Etwas das nach Chauffeur oder *Macchina* oder *Principessa* oder *Scusate* klang. (Das hatte ich heute schon einmal gehört). Machte der Mann sich lustig über die junge Frau? Entschuldigte er sich, im Namen aller, daß er ihr, der *Principessa*, keine *Macchina* mit *Chauffeur* zur Verfügung stellen konnte und daß es in einem Bus in der Millionenstadt, zumal wenn alle möglichst schnell nach Hause wollten, anders zuging als bei Vittorio Emanuele? Wer war Vittorio Emanuele? Ein König? Verwechselte ich da etwas? Hieß die nächste Station so und riet der Fremde der Einheimischen, an dieser Station auszusteigen? Fremd war er, der Mann, das ließ ihn die Einheimische, die Wortgewandte, in der nächsten Replik spüren. Mit beißendem Spott, von dem ich wieder kein einzelnes Wort verstand: aber der Ton, der Sound, klang so deutlich nach Verachtung, ja nach Haß, daß kein Zweifel möglich war, was die Frau dem Fremden entgegen schrie. Einzelne Fahrgäste reagierten, einer versuchte mäßigend einzugreifen, ein anderer stimmte der Frau zu. Hatte sie gesagt, was will der Ausländer? Macht er sich lustig über uns? Sie erntete mehr Zustimmung, als Ablehnung, in dem engen Bus. Der Gemeinte wehrte sich unbeeindruckt und ich bewunderte seinen Mut. Vielleicht war er erst seit ein paar Jahren im Land oder gar seit ein paar Monaten, dann hatte er die fremde Sprache sehr schnell gelernt, vielleicht arbeitete er hart zwölf, vierzehn Stunden am Tag, und verhielt sich so, wie zivilisierte Bürger sich in Europa verhalten sollten: Rede und Gegenrede, pro und contra. Er wies auf etwas hin, mit seinen sprachlichen Mitteln, vielleicht war es zu Beginn sogar als Scherz gemeint, vielleicht wollte er die junge Frau ein bißchen aufheitern, mit ihr während der mühsamen Wartezeit im heißen Bus ein bißchen flirten, sich und der Frau die Zeit angenehmer machen. Er war groß, schlank, gut gebaut, dunkle Augen, schwarze Haare. Ein großer Mann, dachte ich, schön. Als er dann feststellen mußte, daß der jungen Einheimischen gar nicht nach Scherzen zu Mute war, hielt er dagegen, der Ton wurde schärfer und schnell war der Bus in zwei ungleich große Lager gespalten. Offener Haß schlug ihm nun entgegen. Schnell breitete sich ein ungeordnetes Geplapper zwischen den Sitzenden und den Stehenden aus, aggressiv fegten die Laute von Mund zu Mund und meine Fähigkeit zu assoziieren und zu kombinieren, aus der Muttersprache Bekanntes herüberzuholen ins Unbekannte oder einfach Neues zu erfinden, war schnell erschöpft. Ich bekam sogar ein bißchen Angst, das Herz begann zu klopfen. Ich schwitzte, der Schweiß lief mir aus den Achselhöhlen die Seiten hinunter. Ich schaute zum Fahrer, drängelte mich nach vorne, bis ich unmittelbar hinter ihm stand. Er kümmerte sich nicht um den Streit im seinem Wagen. Er saß da, übers Lenkrad gebeugt und schaute nach vorne. Ich sprach ihn an, sagte: „Open, please!" und er drückte, ohne den Kopf zu bewegen, ja, ohne den linken Arm bewegen zu müssen, mit dem Mittelfinger auf einen roten Knopf, die Vordertür sprang zischend auf und ich stolperte ins Freie. Ein Schreihals weniger, mochte er denken, obwohl ich gar nichts gesagt hatte.

Der Bus hatte sich nicht aus der Haltestelle heraus bewegt. Ich setzte mich auf eine Bank. Mir war heiß, ich schwitzte. Ich atmete heftig und ärgerte mich, daß ich englisch gestammelt hatte. Warum immer englisch? Wahrscheinlich hätte der Fahrer die Tür auch aufgemacht, wenn ich gesagt hätte. „Können Sie bitte die Tür öffnen, mir ist schlecht." Das wäre dann ein richtiger Satz gewesen, in einer Sprache die ich einigermaßen beherrsche und auch der Fahrer, obwohl er vielleicht kein Wort verstand, hätte, an der Art, wie ich es sagte, am Ton, verstanden, worum ich ihn bat und das entsprechende getan. Am meisten ärgerte ich mich aber darüber, daß ich nicht Partei für den Fremden ergriffen hatte. Aber, was hätte ich sagen sollen und in welcher Sprache? Ich war schweißgebadet und die gute Laune war verflogen. Das naive, euphorische Gefühl der Freiheit war wie weggeblasen. Ich stand auf, ging über den breiten Bürgersteig in eine Bar, trat an den Tresen und bestellte ein Bier.
„Una Birra!"
Das *per favore* vergaß ich. Ich hörte mich kaum reden, meine Ohren waren belegt, gedämpft, es rauschte, ich mußte schlucken. Die Männer, die am Tresen standen, traten ein bißchen zur Seite. Der Mann hinter dem Tresen brachte ein ausländisches Bier in der Flasche und ein Glas. Ein einheimisches Bier vom Faß wäre billiger gewesen, um die Hälfte billiger, aber wie bestellt man das? Ich werde es lernen.
„Ahhhh!"
Der erste Schluck tat wohl. Die Männer um mich herum lachten und rückten wieder etwas näher. Einer prostete mir zu. Ich nahm Flasche und Glas und setze mich an eines der Tischchen zur Straße hin. Es war angenehm. Das war schon richtig, daß ich hier war. Das hatte schon alles seine Richtigkeit. Die anstrengenden Nachtschich-

ten im verrauchten Lokal, der Unterricht am Tage, immer müde, immer schlecht gelaunt, immer unbefriedigend, irgendwie, und dem was ich wollte, nie genügend. Das war jetzt vorüber. Weit weg. Das hier war eine andere Welt und was ich gerade erlebt hatte, war eine erste kleine Lehrstunde in Sachen große, weite Welt. Wahrscheinlich nahm ich alles zu schwer. Vielleicht würden der Mann und die Frau nach drei Stationen gemeinsam aussteigen, irgendwo in einer Bar wie dieser hier, etwas trinken, sich für den Abend verabreden, zusammen ins Bett gehen, irgendwann heiraten und dann ein Leben lang jedem, der es hören wollte, erzählen, wie sie sich kennengelernt hatten: Es war einmal ein Bus, der im Stau stand und in dem sich eine Frau darüber beschwerte, wie eng und heiß es war und wie schlecht die Menschen in diesem Bus rochen und ein Mann, ein Ausländer, natürlich, ihr empfahl ihr, im nächsten Leben doch als Prinzessin zur Welt zu kommen, da könne sie dann mit einer Limousine, mit Chauffeur, durch die Stadt kutschieren und in der Limousine würde es sicher besser riechen und es wäre kühler und sie könne sich, allein, im bequemen Polster, ihren Träumen hingeben und wenn sie nicht gestorben sind ...
Das Bier zeigt Wirkung, dachte ich. Aber der Mann hat mir gefallen. Erst war es ihm wahrscheinlich ganz selbstverständlich, der Rede der Frau zu antworten und dann, als ein Teil der Fahrgäste ihm widersprach und gegen ihn Partei ergriff, hatte er den Mut, dem standzuhalten. Er ist nicht ausgestiegen, nicht weggelaufen. Er hat sich entschieden, in diesem Land, in dieser Stadt zu leben und zu arbeiten und sich nicht vertreiben zu lassen, weder aus dem Bus, noch aus dem Land und schon gar nicht von den Einheimischen. Eher würden er und die anderen, die ins Land gekommen waren, die Einhei-

mischen vertreiben. So läuft das doch. Mal sehen, wer der Stärkere ist – auf Dauer. Und ich, dachte ich finster, ich würde mich das nächste Mal auch nicht vertreiben lassen und ich würde das nächste Mal nicht irgendein infantiles Englisch stammeln und ich würde dem Mutigen beispringen und während ich das dachte, schlug ich mir dreimal mit der flachen Hand gegen die Brust und stand auf – und blickte dem Mutigen in seine dunklen Augen und dachte, endlich ein großer Mann und erschrak. Es kribbelte hinter der Stirn und das bedeutete, daß ich einen roten Kopf bekam und ich dachte, ich bin hier, um die Sprache zu lernen und in einem Monat beginnt der vielleicht wichtigste Teil meiner Berufsausbildung und ich bin Schauspielerin und ich dachte Freiheit und im Bauch begann es zu rumoren und die Augen suchten schon nach der Toilettentür. Der Fremde aus dem Bus stand, während mir all dies und noch viel mehr, was ich wieder vergessen habe, durch den Kopf ging, vor mir, schaute mir in die Augen, lächelte, blickte dann wieder ernst. Der fremde Mann sagte etwas in der auch ihm eigentlich fremden, aber von ihm ganz gut beherrschten Sprache und als ich es nicht verstand, weil ich mich auf anderes konzentrieren mußte, sagte er: „I would like to see you again!"

Wo führt das hin, dachte ich. Ins Unbekannte. Vielleicht sollte ich einfach gehen, einfach rausgehen, ihn stehen lassen, den Fremden. Aber: ich hatte das Bier noch nicht bezahlt und er würde mir sicherlich nachgehen und mich auf offener Straße um irgendetwas bitten, was ich dann wieder nicht verstand und dann kam mir in den Sinn, daß ich mir gerade eben geschworen hatte, bei nächster Gelegenheit nicht gleich wieder davonzulaufen und außerdem hatte ich den Mut des Fremden im Bus bewundert und jetzt hatte er den Mut gehabt, mir nachzugehen, mich anzusprechen, mir gegenüberzutreten. Ich setzte mich wieder und sagte: „Please, no English." Er setzte sich und sagte nichts.

Schweigen.

Der Fremde bestellte sich einen Kaffee und ich trank den Rest Bier. Ich wollte aber gar nicht benebelt werden oder die Zeit füllen oder sonst etwas tun, was „man" so tut, in diesen Situationen. Also stellte ich das Glas wieder auf den Tisch und blickte den Fremden an. Ich dachte, hoffentlich sagte er jetzt nicht, wie er heißt und was er macht und wo er wohnt. Er tat es nicht. Er antwortete auf das *prego* des Kellners, der den Kaffee brachte, mit einem einfachen „Grazie" und sah mich an. Er blickte mir ins Gesicht. Der Schmelz, der sich vorhin mit seinem Ernst gemischt hatte, war verschwunden. Ruhig und entspannt war sein Gesicht geworden: große Nase, dunkle Augen, tief innen drin, feste Stirn und festes Kinn, schwarzes Haar, das wild in der Gegend herum stand, glatt rasiert. Eigentlich mehr das Gesicht für einen Bart, dachte ich. Ein Oberlippenbart oder ein Vollbart oder sonst etwas. Geht mich doch gar nichts an, schoß es mir durch den Kopf. Spinnst du? Ich zwang mich sitzen zu bleiben. Der Fremde blieb fremd. Wunderbar. Was mach ich jetzt? Ich kann ja nicht ewig hier sitzen und ihn nur anschauen. Zumal das Anschauen, vor allem das in die Augen blicken nicht so einfach ist. Plötzlich entwickeln sich Geschichten um einen herum, auf die sich der eine oder der andere nachher beruft. Ich stand auf und er stand auf und wieder konnten wir uns auf gleicher Höhe in die Augen blicken und das war angenehm, sehr angenehm sogar und beinahe gleichzeitig sagten wir:

„Domani, same time?"
„Domani, same time!"
Lächerlich, dieses Kauderwelsch. Da ich nicht wußte, was in der fremden Sprache „hier" heißt, zeigte ich auf den Tisch, ging dann zum Tresen, bezahlte das Bier, drehte mich noch einmal zu ihm hin und sagte
„Ciao."
„Ciao."
Ich trat auf die Straße und ging ein paar Schritte und mußte auf einmal lachen, weil das Rumoren im Bauch verschwunden war, und lachte laut und herzlich und sprang sogar ein bißchen in die Luft, was gar nicht nötig gewesen wäre, da ich sowieso viel größer war, als alle um mich herum. Die glotzten mich jetzt an, was mir aber egal war und einer, ein kleiner, sprang neben mir her, sprang in die Luft, wenn ich in die Luft sprang und lachte, wenn ich lachte und sagte etwas, wahrscheinlich wollte er mich dazu überreden, mit ihm ins Bett zu gehen, was die anderen um uns herum ebenfalls zum Lachen brachte, aber auch das war mir egal und als es mir zu viel wurde, mit dem kleinen Mann, gab ich ihm mit einer schwungvollen Drehung, ganz aus dem Körper heraus, so wie man das lernt auf der Schauspielschule, eine Ohrfeige, die sich gewaschen hatte, ja, die den kleinen Mann von den Beinen holte und augenblicklich verstummte das Lachen. Ganz still war es plötzlich geworden, aber keiner beschwerte sich, keiner trat auf mich zu. Vielleicht hatte der kleine Mann, der jetzt auf dem Bürgersteig saß und sich mit der rechten Hand die rechte Backe hielt, es ein bißchen zu toll getrieben, mit seinen Ferkeleien und der Knall der Ohrfeige hatte den Anderen, die den frechen Zwerg angefeuert hatten, wieder daran erinnert, daß sie nicht im

Theater, sondern sich auf einer öffentlichen Straße waren, auf der andere Gesetze herrschen, als auf einer Bühne. Da lacht man nicht und pfeift und johlt und applaudiert ganz offen, wenn ein grober Kerl zu einer Frau schamlose Sachen sagt. Ich drehte mich in dem Kreis, der sich in der Zwischenzeit um mich und den einige Meter entfernt auf dem Bürgersteig Sitzenden, gebildet hatte, einmal um meine eigene Achse, soviel Schauspielerin war ich längst, verbeugte mich knapp, sagte „Scusate!" und trat ab.

Beim Frühstück, das mir meine kleine Wirtin mit dem dünnen Haar in der Küche bereitet hatte: Ein Teebeuteltee, lauwarm, ein Glas Orangensaft, eiskalt und irgendetwas Gummiartiges: Brot? Marmelade in kleinen Döschen, wahrscheinlich aus der Kantine des Ministeriums mitgehen lassen, erzählte ich die kleine Geschichte. Meine Zimmerwirtin sprach wie ihr der Schnabel gewachsen war und ich hörte einfach zu. Da wir beide in unserer Muttersprachen redeten, verstanden wir alles und nichts. Wir gingen gemeinsam aus dem Haus. Sie schwang sich mit einem Lachen auf den Motorroller und ich ging zur Bahnstation.

„Ci vediamo domani."

„Ci vediamo domani."

Sie nickte bestätigend und ich hatte das Gefühl, noch vor der ersten Schulstunde, eine im Lande übliche und von jedermann gebrauchte und verstandene Redewendung gelernt zu haben.

Gespräch über das Theater. Auf der Toilette. Wo sonst?

Zum Unterricht kam ich natürlich zu früh. Ich bin oft zu früh dran, stehe dann am verabredeten Ort herum oder drehe noch eine Runde um den Block, und wenn es nicht so ist, wenn ich, mit oder ohne Grund, auf Glockenschlag oder gar zu spät irgendwo erscheine, meldet sich, bereits auf dem Weg, sobald ich denke, ich komme zu spät, mein Inneres. Mit Geräuschen der unangenehmsten Art macht sich das Gedärm bemerkbar, erst noch leise grummelnd, dann schnell deutlicher, mit ersten Krämpfen im Unterleib. Dann bekomme ich gewaltige Schweißausbrüche und muß sofort die nächste, öffentlich zugängliche Toilette aufsuchen, was mich an seltsame Orte führt: Finanzämter, Gerichte, Universitätsseminargebäude, Hallenbäder, Kaufhäuser. Diese allerdings nur in allergrößter Not, da dort die Toiletten entweder im obersten Stock liegen oder hinter irgendeiner Abteilung, meist bei den Spielwaren, im letzten Eck versteckt sind. Das bedeutet immer ein Rolltreppenhinaufhetzen, ein sich an Dickem mit mindestens drei Plastiktüten – in jeder Hand sich – vorbeidrückenden, ein Suchen, ein Fragen, das zur Qual wird, und nur mit übermenschlicher Kraft gelingt es mir, gegen mich selbst ankämpfend, dafür zu sorgen, daß der Damm solange nicht bricht, bis ich mich in eine der Kabinen eingeschlossen habe, wo ich mit Mühe und buchstäblich im letzten Moment, denn seltsamerweise will das, was raus will, immer schneller raus, je näher man dem ersehnten Ort kommt, Hose und Unterhose abstreife, herunterreiße, um mich dann mit Getöse, Donner und Explosionen zu entleeren. Das Wort „Donnerbalken" war mir früh vertraut und die Bezeichnung leuchtet mir bis heute ein. Da spielt es dann keine Rolle, ob links oder rechts „besetzt" ist, ob sich jemand neben mir verdruckst abmüht nur ja keinen laut von sich zu geben oder eine ein Fetzchen Klopapier möglichst lautlos abreißt, um ein kleines Tröpfchen – das da ist, wo es nicht hingehört – abzutupfen. Auf solche Vornehmheiten Rücksicht zu nehmen, habe ich keine Zeit. Sobald ich sitze, geht es los und manchmal auch schon etwas früher, um nicht zu sagen, zu früh, aber darüber wollen wir den Mantel des Schweigens legen.

Einmal sagte eine Frau als das erste Krachen verhallt war: „Hatsi!" und ich mußte in all meiner Qual lachen und in das Lachen hinein, entleerte ich mich mit viel Getöse ein zweites Mal und spürte Erleichterung. Die Spülung rauschte sehr lang.

„Drei Pfund ohne Knochen", hörte ich von draußen und dann fragte sie, ob ich Hilfe brauche und ich antwortete: „Nein, aber vielen Dank und entschuldigen sie."

„Oh, never mind. Ist doch schön, wenn man so loslegen kann. Ich wollte ich könnte das auch. Bei mir dauert das immer Stunden und dann fällt irgendein lächerlicher Schafsköttel in den Trichter."

Trichter, das war gut, Trichter und Donnerbalken, und ich mußte wieder lachen und aus dem Lachen wurde ein Donnern und aus den Donnern ein seltsamer zwölftoniger Trompetenstoß, den ich, da mir das nun doch allzu peinlich wurde, durch Muskelbewegungen zu steuern versuchte. Aber da gab es nichts zu steuern. Das Instrument spielte wann es wollte.

„Wenn sie das in den Griff kriegen, können sie im Zirkus auftreten."

Sie sagte das ganz trocken und ich mußte so herzhaft lachen, daß alle Kontrolle im wahrsten Sinne des Wortes flöten ging und ein originelles Wechselspiel zwischen Lachen und Trompeten anhub und in eine erste Pause hinein, einer Art Generalpause, denn plötzlich war es ganz still geworden, sagte die Frau:

„Schiss Moll. Bravo!" und „Was machen sie denn beruflich?"

„Ich bin Schauspielerin."

Das war nicht ganz korrekt, aber, so dachte ich, spielt das hier eine Rolle?

„Oje, da haben sie bestimmt vor jedem Auftritt so eine Attacke." Wenn ich das Geräusch richtig deutete, versuchte sie ein Fenster zu öffnen.

„Eben nicht. Das ist ja das seltsame. Im Theater ist alles in Ordnung, deshalb will ich das ja unbedingt machen – unter anderem. Nur bei den dämlichsten Verabredungen, so wie heute, mit irgendeinem Wohnungsfritzen, wo es wahrscheinlich sowieso um nichts geht, wir schauen und nicht mal eine Bude an, da knallt bei mir die Sicherung durch, 1000 Watt oder Volt oder was."

„Ampère" sagte die Frau, das Wort französischer als ein Franzose betonend.

„Der Stromstärke wird in Ampere gemessen."

„Nur weil mir ein Bus vor der Nase . . ." weiter kam ich nicht, dann mußte ich der Tatsache Tribut zollen, daß ich sozusagen zu lange die Luft angehalten hatte. Als der Donner sich im Trichter sozusagen vergurgelt hatte, mit einem furchterregenden, mir bis dahin unbekannten Nachgrollen, mußte ich laut stöhnen und die Frau fragte sehr vorsichtig, wobei sie leise an die Kabinentür klopfte: „Wissen sie, was einer der bedeutendsten Sätze in der Theaterliteratur ist?"

Wollte sie mich ablenken? Auf andere Gedanken bringen? Ich antwortete ebenso vorsichtig.

„Sein oder nicht sein?" Jetzt mußte sie lachen, dann bollerte es enorm gegen die Tür und mit tiefer Stimme raunte jemand:

„Herrgott, wer scheißt denn hier so lange?"

Pause.

Vor Schreck war mir etwas zugeschnappt. Was wohl?
„Zuckmayer, Hauptmann von Köpenick! Wunderbar. Spielt natürlich auf einer Herrentoilette."
„Der Hauptmann ist ja schon mal von einer Frau gegeben worden."
„Ja, ja. Sein oder Nichtsein ist auch schon von einer Frau gesagt worden. Gar nicht schlecht, übrigens. Und verstummfilmt hat Mann es doch auch schon mal mit einer Dame. Der Rest ist Schweigen."
Wieder krachte es unter mir.
„Kann man bei ihnen ja nicht behaupten. Na ja, wie gesagt, ich beneide sie darum."
Und dann fing die Unbekannte an zu erzählen, was sie in ihrem Leben schon alles versucht habe, um gut kacken zu können, wie sie das nannte. Wieviel „Doktors" sie deswegen schon konsultiert habe, die Ernährung vollständig umgestellt, nur noch Hülsenfrüchte und Trockenobst und Weizenkleie, daß es ihr zu den Ohren raus komme und Sport, jede Menge Sport, Fahrradfahren und Schwimmen. Geholfen hat eigentlich nichts.
„Ich wiege jetzt 58 Kilo und bin einssechsundsechzig groß. Bin fit wie ein Turmschuh, aber kacken kann ich immer noch nicht richtig. Wie groß sind sie denn?"
„Einsfünfundachtzig."
Auch das war nicht die ganze Wahrheit und sie antwortete nicht mit dem üblichen „Ohho!", sondern fragte nach meinem Körpergewicht, worüber ich aber keine genaue Auskunft geben konnte und stattdessen ‚normal' sagte.
„Tja, was man so alles normal nennt, heutzutage."

„Ja, was man so alles normal nennt. Außerdem bin ich viel zu groß für meinen Beruf."

„Wieso?"

Das klang ein bißchen naiv.

„Schauspieler sind doch groß, zumindest wirken sie groß, wenn man sie auf der Bühne sieht."

„Ja auf der Bühne! Aber stellen sie sich mal nach einer Vorstellung an den Bühneneingang. Da werden sie sich wundern, was für Zwerge da an ihnen vorbeihuschen."

„Zwerge oder Zwerginnen?"

„Beides, aber eigentlich mehr Zwerge. Da ist man jedes Mal überrascht."

„Mann und Frau."

Aber ich hätte hier noch Stunden sitzen und mich mit der Frau unterhalten können. Sie machte so einen patenten Eindruck. Patent, war das richtige Wort, dachte ich und suchte nach Klopapier. Meine Verabredung war bestimmt weg, aber ich fühlte mich leicht, befreit, ein bißchen erschöpft. Jetzt begann der unangenehmerer Teil der Sitzung: das Reinigen. Zuerst mich und dann die Schüssel, den Trichter.

„Oje, da gibt's ja gar kein Klopapier."

„Geduld, Geduld. Ich gehe mal ins Erdgeschiß und hole dort Klopspapier." Ich wartete. Was ist das für eine seltsame Frau, dachte ich. Unterhält sich mit mir über Gott und die Welt, während ich hier sitze und es krachen lasse, als ob es die natürlichste Sache von der Welt wäre. Ist es ja vielleicht auch? Wer weiß. Will die was von mir? Ist das eine neue Variante? Variante von was? Blödsinn.

Sie kam zurück und tatsächlich kullerte eine halbvolle Rolle Klopapier unter der Tür durch.

„Oh, danke!"

„Bitteschön."

Ich hob die Rolle auf und als ich die ersten Blätter abreißen wollte, sah ich, das da eine e-mail Adresse draufstand. Zuerst dachte ich, das diese Werbeheinis nun auch die letzte unbedruckte Seite in unserem Leben erobert hatten, bis ich feststellte, sozusagen, kurz bevor ich das Papier seiner eigentlichen Bestimmung zuführen wollte und dann wäre das Geschriebene bestimmt für immer unleserlich und damit verloren gewesen, ich also feststellte, daß da mit flinker Hand eine e-mail Adresse drauf geschrieben war, und: „Halten Sie Ihren Auspuff sauber!" Irgendein guter Geist sagte mir, daß das die Adresse der patenten Frau vor der Tür sein mußte und entgegen aller meiner guten Vorsätze, und dem Ratschlag auf dem Fetzen Klopapier in meiner Hand, wischte ich ganz schnell mein Hinterteil ab, zog die Hose hoch, entriegelte die Kabinentür und trat nach draußen. Aber da war niemand. Nur das geöffnete Fenster klapperte. Ich weiß noch, daß ich aus der Toilette rannte, in irgendeinem Flur stand, mich umschaute, Vermutungen anstellte, wie die Frau, von der ich wußte, wie groß sie war und wieviel sie wog, wohl aussehen mochte. Aber von denen die da standen, hätte es keine sein sollen. Keine paßte zu der Stimme. Die waren entweder zu häßlich oder sie rauchten oder sie unterhielten sich mit einem dicken Mann. Schade, dachte ich, das Blatt Klopapier, an den Ecken ausgefranst, mit der Adresse in der rechten Hand haltend. Ich schaute auf das beschriebene Blatt, faltete es zweimal und steckte es in die rechte Hosentasche. Ich stand etwas verloren und traurig da, roch irgendwann einmal an meinen Händen, was mich daran erinnerte, von wo ich gerade gekommen war und ging zurück in die Toilette, reinigte mit Bedacht die Schüssel, den Trichter, auf dem ich gesessen hatte, wusch mir ausführlich die Hände, betrachtete mein Gesicht, trocknete die Hände mit einem Papierhandtuch und ging meines Weges. Wohin, das habe ich vergessen, aber an die Stimme der Frau und das was sie gesagt hatte, muß ich heute noch denken und wenn es allzu schmerzhaft wird, gewissermaßen geburtsähnliche Dimensionen annimmt, ich mich über der Schüssel krümme und denke, jetzt geht's zu Ende, dann sage ich laut oder leise, so wie es mir gerade möglich ist, „Schiss Moll! Bravo!" oder „Trichter" oder „Hatsi!" oder „Drei Pfund ohne Knochen" und dann muß ich lachen und mit dem Lachen kommt dann die nächste Welle und die Schmerzen lassen nach und ich trockne mir die Tränen aus den Augen und denke: Ich werde dir ewig dankbar sein, Schwester, für deine guten Worte, du Unbekannte, Kluge, du Theaterkennerin, du Menschenkennerin, du Elektrikerin, du Wortgewandte, Humorige, du Spielerin, du patente Person. Dich hätte ich gerne kennengelernt. Vielleicht wäre ich sogar einige Zeit mit dir durchs Leben gegangen? Wieso hat sie ihre e-mail Adresse hinterlassen? Die Adresse führte ins nichts. Statt einer Antwort, kam ein Fehlerbericht. Vier, fünfmal hatte ich es versucht. Vergeblich. Hatte sie sich in der Eile verschrieben? Wohl kaum. Vielleicht war es nur ein Hinweis, eine Empfehlung, wie man Leben sollte? einsiedler@gxm.de. Das Klopapierblatt habe ich mir eingerahmt. Es hängt über meinem Schreibtisch. Die e-mail Adresse habe ich reserviert und benutze sie als Tagebuch-Zugang. Ich schreibe, wenn ich abends die Ereignisse des Tages notiere, das Wichtige und das Unwichtige, mir selbst eine Mail unter einsiedler@.gxm.de. Seltsam oder?

Der Papst – oder?

Zu meiner ersten Unterrichtstunde im Institut an der *Piazza Bologna*, erschien ich zu früh und so blieb es mir erspart, als ersten Raum dieser Schule, mit der Damentoilette nähere Bekanntschaft machen zu müssen. Gott sei Dank, wie ich später einmal feststellte. Da war die Situation allerdings so entspannt, daß ich in Ruhe einen anderen Ort suchen und finden konnte. Hätte ich damals, am ersten Tag, zuerst auf die Toilette gemußt, dieses ekelhaft verkommene Kabuff, mit seiner dünnen, kaum verschließbaren Tür, wäre ich sofort wieder gegangen und hätte auf den Unterricht verzichtet? Wohl kaum! Dafür hatte ich bereits im Voraus zuviel bezahlt und außerdem war ich nicht zum Kacken in dieses Land gekommen, sondern um die Sprache zu lernen und mich vorzubereiten auf zehn wichtige Tage bei einem der Großen unseres Metiers.

An den eigentlichen Unterricht kann ich mich kaum erinnern. Die Klasse setzte sich aus den üblichen Verdächtigen zusammen, das was man erwarten konnte bei sogenannten Sprachschülern, plus einer lokalen Eigenart: zwei katholische Priester, einer aus Sri Lanka und einer aus Korea, die mit viel Fleiß die Sprache lernen wollten. Außerdem saß eine Ordensschwester aus Indien an einem der Tische, in Uniform, schüchtern und klein. Der Rest: Kanadier, die untereinander Englisch sprachen, ein alter Mann, Ein Rentner, der es sich leisten konnte, den September hier zu verbringen und dem die andere Sprache am Ende der vier Wochen so fremd war, wie zu Beginn. Er war immer der Erste in der Klasse und war der letzte, der sie am Nachmittag verlies. Er versuchte mit denen, die dieselbe Muttersprache hatten, außerhalb der Unterrichtszeit Verabredungen zu treffen, aber die, die er ansprach, waren viel jünger als er und hatten andere Interessen. Aus Mitleid habe ich mich einmal mit ihm zu einem Kaffee nach dem Unterricht getroffen. Aber Mitleid ist ein schlechter Ratgeber in diesen und anderen Dingen, und als ich den unbeholfen und irgendwie verquer mit sich und der Welt mir gegenüber sitzenden alten Mann eine Weile beobachtet hatte, ein Gespräch war kaum möglich, und ich spürte, wie der Widerwille, an diesem Ort mit dieser Person zu sein in mir aufstieg, trank ich schnell meinen Kaffee aus, sagte, ich müsse noch Vokabeln pauken, wunderbare Ausrede, bezahlte den Kaffee, entschuldigte mich, verabschiedete mich und ging und als ich auf der Straße stand, tat es mir leid und ich dachte daran, noch einmal umzudrehen und mich wieder zu dem alten Mann zu setzen und dann ärgerte ich mich darüber, daß es mir leid tat und ich dachte, was geht dich der alte Trottel an. Ich stand herum, während ich dies dachte und wenn der Alte mich beobachten würde, dächte er wahrscheinlich, die weiß auch nicht was sie will, die blöde Funzen, so spricht man in dem Land, aus dem er kommt, über Frauen und dieses „Funzen", half mir, zwei Schritte zu gehen und dann drei und dann vier und dann zwanzig und dann war ich weg und mußte daran denken, daß der Alte erwähnt hatte, daß man am Donnerstag, morgens um sieben Uhr, in der deutschen Kirche, *Campo santo tedesco*, im Vatikan, was so eine Art exterritoriales Gebiet mitten im Gottesstaat sei, weshalb man eigentlich ungehindert hineinkönne, an den Schweizer Garden vorbei, wenn man Deutsch spreche, in dieser Kirche also könne man morgens um sieben, immer donnerstags, eine Frühmesse, er sagte Frühmette, besuchen, die ein berühmter Kardinal halten würde und das sei schon was, so eine berühmte Persönlichkeit hautnah zu erleben.

Das nahm ich mir vor: am Donnerstagmorgen um sieben in die Frühmette auf den *Campo santo tedesco,* mitten im Vatikan.
Was ich heute noch weiß, von dieser morgendlichen Exkursion? Erstens gab es einen frühen Kaffee in einer Bar, da meine Vermieterin sich weigerte, so früh aufzustehen um mir das Frühstück zu bereiten und allein durfte ich in ihrer Küche nicht herumfuhrwerken. Also trank ich in aller Herrgottsfrühe in der ewigen Stadt mit ein paar Arbeitern einen Kaffee am Tresen, aß ein Butterhörnchen und achtete nicht auf das Gezwitscher der Herrschaften um mich herum. Zweitens: Die auffallend schönen Ministranten und Helfer, die sich um den kleinen Mann vor dem Altar versammelt hatten und Drittens: ich hatte mich, da ich nicht katholisch war, also mit all den Wandlungen und anderem nichts anzufangen gewußt hätte, nach hinten an die Rückwand der Kirche, neben eine geschlossene, niedere Tür gestellt, und eben diese Tür hatte sich am Ende der Zeremonie, als der Segen an alle erteilt war, wie von Geisterhand geöffnet und der kleine Mann, im Schlepptau all die gut aussehenden Männer, von denen einer mir im Vorbeigehen direkt in die Augen gesehen hatte, was er ohne Mühe konnte, da er genauso groß war wie ich und ich den Blick ohne Scheu erwidert hatte, worauf ich ganz stolz war, der kleine Mann also, war, aufrecht gehend, durch diese Tür verschwunden, während all die anderen sich sehr tief bücken mußten, um ohne sich den Kopf zu stoßen, durch den Bogen zu kommen. Macht er das extra, mußte ich denken. Der berühmte Kardinal, mit einem allgemeinen Lächeln auf den Lippen, war an mir vorbeigerauscht ohne mich eines Blickes zu würdigen. Einer Ordensschwester die neben mir stand und die, bevor die kleine Prozession an mir vorbeizog, eifrig einen Stuhl weggeräumt hatte, etwas,

was ich erst nicht, dann aber sehr wohl verstand, nickte der kleine Mann freundlich zu und die Ordensschwester antwortete mit einem eleganten Knicks und ich überlegte, ob ich auch einen Knicks machen sollte, aber da waren alle schon die Tür verschwunden. Viel zu lang hatte es gedauert, bis ich mir die Knicks-Bewegungen in Gedanken zurecht gelegt hatte, dann war der Blick des großen Mannes dazwischen gekommen und dann war der letzte Ministrant, allem Anschein nach wirklich der jüngste, durch die Tür verschwunden, die sich hinter dem Letzten wieder ganz lautlos schloß und mir blieb nur noch zu denken, daß so ein Knicks nicht aus dem Hirn, sondern von Herzen kommen muß und ich blickte neidisch zu der Ordensschwester neben mir, aber die stand nicht mehr da. Wo war sie hin gegangen? War sie auch durch die Tür verschwunden? Mittlerweile war die Kirche beinahe leer und einer, der ein bißchen offiziell aussah, mit einer Mütze mit schwarzem Lackschirm, wartete auf mich, bis ich durch die breite Tür die Kirche verließ. Im Hinausgehen sagte der Mann etwas zu mir, deutet auf meinen Kopf und schloß mit lautem Krachen hinter mir die beiden Türflügel.

Jahre später, saß ich, von einem Vorsprechen kommend, im Zug, als der „Zugchef" per Lautsprecher mitteilte, daß jener kleine Mann, dessen Frühmette ich an einem Donnerstagmorgen um sieben Uhr in der Kirche des *Campo santo tedesco* mitten im Gottesstaat besucht hatte und der mit all seinem Gefolge so nah an mir vorbeirauschte, zum Papst gewählt worden war. *Habemus Papam*. Immerhin, ich habe den Papst, der aufrecht durch eine kleine Tür gehen kann, während alle anderen gebückt durch diese Tür hindurch gehen müssen, diesen Papst habe ich hautnah erlebt und mußte an den Alten denken, dem ich den Hinweis auf die Frühmette verdankte und den ich so schnell habe sitzen lassen, damals, in dem Café und der jetzt, vielleicht, vor dem Fernseher sitzt und denkt, den habe ich erlebt, hautnah, gelobt sei Jesus Christus, Amen. Vielleicht sitzt er aber auch nicht mehr, weil er nämlich schon tot ist. Na, ja, so lange ist das auch noch nicht her, aber sicher ist er schon verreckt, dachte ich und erschrak und dachte: Warum bist du denn so böse? Und dann erinnerte ich mich, daß der Regisseur, dem ich hatte vorsprechen wollen, von dem ich mal etwas gesehen hatte, was mich interessierte, zumindest ein bißchen, dieser Regisseur hatte bei der Begrüßung gesagt: „Und es kam eine lange Dürre." Da habe ich mich auf dem Absatz umgedreht, bin grußlos aus dem Raum gegangen, wissend, daß ich nun die Reise werde selbst bezahlen müssen und sich allmählich herumsprechen würde, wie zickig ich bin, die mußt du gar nicht einladen und so weiter. Und während der ganzen Fahrt versuchte ich mir einzureden, daß ich nicht schon wieder weggelaufen sein, sondern, daß es eine Grenze gibt, ein Maß für alles. Mir von irgendeinem Dämlack die Sprüche anhören zu müssen, die mir schon mein Bruder jeden Morgen aufs Butterbrot geschmiert hatte, jahrelang, das hatte mit Weglaufen nichts zu tun. Dieses und ähnliches dachte ich, bis die Durchsage mit der Papstwahl kam. Wir haben jetzt einen Papst, der mir bis zum Bauchnabel geht, ungefähr, aber der ist Papst und ich bin eine Schauspielerin ohne Engagement und überhaupt überlege ich, ob ich Schauspielerin sein will, in diesem verkommenen Metier, in diesem Drecksgewerbe und wieder erschrak ich und dachte ich: Warum bist du denn so böse? Und dann dachte ich an die vier Wochen in der großen Stadt und an die zehn Tage die darauf folgten und ich hätte mir gewünscht, daß jetzt einer neben mir sitzen würde, dem ich das alles noch mal erzählen könnte, der ab und zu meine Hand halten oder mir etwas zu trinken anbieten würde und an dessen Schulter ich einschlafen würde, wenn mich die Erzählung zu sehr angestrengt hätte, denn anstrengend ist dieses Erinnern und jeder braucht doch jemanden, an den er sich anlehnen kann, wie es in dem kleinen Lied heißt.

Und wie komme ich jetzt wieder zurück, ins Klassenzimmer, an einem dieser heißen Vormittage im September? Ganz einfach. Bevor der eigentliche Unterricht begann, habe ich versucht zu erzählen, was ich an dem Morgen bereits gemacht hatte. Mit Hilfe der Lehrerin, die das ganz wunderbar fand, das jemand einfach drauflos plapperte, etwas loswerden wollte, mit diesen sehr beschränkten Mitteln und von dem Tag an, begann der Unterricht, außerplanmäßig, jeden Morgen mit dem Bericht eines Schülers über etwas gerade Erlebtes. Es wurde viel gelacht, da fast alles was da gesagt wurde, grammatikalisch falsch war, die Lehrerin bog sich manchmal vor lachen, aber das nahm keiner übel. Das war eine gute Übung, sorgte für Entspannung und vertrieb alle bösen Geister aus der Klasse. Der Unterricht machte Spaß, die verzwickten grammatikalischen Hürden wurden leicht genommen. Zum Unterricht komme ich leicht, aber wie komme ich wieder zu dem jungen Mann, dem Mutigen, den ich am meinem ersten Tag in der großen Stadt, mit der gerade erworbenen Monatskarte für alle öffentlichen Verkehrsmittel in der Tasche beobachtet hatte, wie er sich mannhaft als Fremder gegen feindselige Einheimische behauptet hatte und der mir dann nachgegangen war und mit dem ich mich für den Nachmittag des folgenden Tages verabredet hatte. Zu dieser Verabredung war ich zu früh erschienen. Absichtlich. Ich wollte möglichst wenig öffentliche Toiletten in dieser Stadt kennenlernen. Ich war zu früh und ich suchte mir ein

Plätzchen auf der Straße, von wo aus ich die Bar und den Tisch, der als ich ankam von anderen besetzt war, beobachten konnte.
Ich stelle es mir so vor: Er kommt, pünktlich. Er vertreibt die Leute, die an dem Tisch sitzen. Er trägt einen grauen Anzug, offenes Hemd, keine Krawatte und – keine Socken. Denke ich mir, ich kann es von der Straße aus nicht erkennen. Er setzt sich auf denselben Stuhl wie gestern, er bestellt einen Kaffee und wartet. Er sitzt ganz ruhig da. Schaut nicht auf die Uhr. Er trinkt den Kaffee und irgendwann bezahlt er und steht auf und geht. Er dreht sich nicht um, auch auf der Straße nicht. Er geht aufrecht zur Bushaltestelle, in der ich gestern eingestiegen bin und vielleicht wird er sich wieder wehren müssen, gegen irgendwas.
Lauf ich wieder weg? Nein. Ich geh gar nicht erst hin.

Mal was anderes.

ZEHN KLEINE NEGERLEIN...

...DA WAREN ES NUR NOCH FÜNF, VIER, DREI, ZWEI, EINE. EINER NACH DEM ANDEREN VERSCHWINDET, DIE KÖCHIN VERSCHWINDET AUCH. DER PADRONE HÄLT EIN MANUSKRIPT GEGEN DIE LAMPE. ETWAS SCHEINT DURCH, WAS ER EIGENTLICH KENNEN MÜSSTE – ABER ER KANN SICH GAR NICHT ERINNERN. OBWOHL SIE DABEI WAR, WIRD DIESE GESCHICHTE NICHT VON GRETCHEN ERZÄHLT.
AH SITZT IN DER KAPELLE UND LIEST.

ANKUNFT

Einmal machte der Padrone, als er sich im fremden Land einigermaßen eingerichtet hatte, einen *deal* mit der Schauspielschule in ***: Die Anfänger-Klasse, erstes Semester, sollte zu ihm kommen, in seine *pädagogische Provinz*, um mit ihm zu arbeiten. Er entwarf ein Programm für zehn Tage und kalkulierte die Kosten. Man einigte sich. Vier Stunden am Vormittag, gemeinsames Mittagessen, vier Stunden am Nachmittag, gemeinsames Abendessen, danach Zeit für Lektüre und zur freien Verfügung. Zwei, drei Exkursionen zu ausgewählten Kunstwerken in der Region waren geplant, einmal wollte er mit der Rasselbande in die Hauptstadt fahren.
Als die Klasse ankam, sah er fünf junge Männer und fünf junge Frauen, albern, ausgelassen, ein bißchen unaufmerksam, ein bißchen selbstverliebt, einige mit Laptoptaschen um die Schulter, andere mit schwerem Rucksack, die Männer mit eleganten Rollis. Sie machten nicht gerade einen übertrieben neugierigen Eindruck auf das, was da auf sie zukommen würde. Er packte fünf von ihnen in sein Auto –

die anderen würde Antonio, genannt Totó versorgen – und raste los. Während der halsbrecherischen Fahrt durch enge Kurven, über Berg und Tal, sprach er kein Wort. Angekommen, führte er die fünf Schüler durch die Gebäude, verteilte die Zimmer, versammelte alle, die zweite Gruppe war inzwischen ebenfalls eingetroffen, zur Eile mahnend, zu einem ersten gemeinsamen Abendessen, hielt zwischen Suppe und Pasta, eine kleine Rede, erinnerte – in aller Bescheidenheit – die „jungen Kollegen" daran, wer da vor ihnen stehe, riet zu mäßigem Alkoholkonsum und bat um Disziplin; sonst sei das Programm nicht zu schaffen. Er appellierte gleich am ersten Abend an die Moral der Truppe, was die meisten falsch verstanden. Der Padrone erläuterte den Stundenplan, einige kicherten eigenartig kindisch, und schickte die jungen Menschen um zehn Uhr ins Bett. Es war dunkel und ungewöhnlich ruhig. Das hatte er ihnen zur Information gleich zur Nachtruhe mit auf die Zimmer gegeben: die nächste Ansammlung von Häusern, inklusive einer Kneipe, sei zu Fuß nicht erreichbar.

„Zumindest nicht für so schlaffe Zeitgenossen, wie ihr das offensichtlich seid."

Auch das war falsch verstanden worden.

NOCH EINE DIE GUT ZUHÖREN KANN: DIE KÖCHIN GINA, DIE SICH EMANZIPIERT, EIN EIGENES LEBEN BEGINNT, ZU EIGENER URTEILSKRAFT FINDET, OHNE DASS DER PADRONE NOTIZ DAVON NIMMT.

Zwei besonders Schlaue hatten noch während des Abendessens mit Gina Kontakt aufgenommen. Beide gutaussehend, blond, groß gewachsen, ein bißchen dumm, sprachen mit ihr englisch, was Gina sehr genoß. Dazu muß man wissen, daß die Köchin Gina – im Rahmen einer, noch vorsichtig betriebenen, Absetzbewegung, zunächst einmal von ihrem Mann, später vielleicht von den Männern überhaupt – seit einem halben Jahr, wöchentlich zweimal, abends in die Kreisstadt fuhr, um dort Englisch zu lernen. Sie empfand es als angenehm weltläufig und irgendwie selbstverständlich, mit diesen beiden ihr bis vor zwei Stunden noch völlig unbekannten, wohlriechenden Männern aus dem Ausland, englisch zu sprechen. Ein Hochgefühl packte sie, eine Ahnung, was das Leben auch sein konnte, außer Kartoffeln schälen und Böden schrubben. Dem fadenscheinigen Charme der Fremden, der sich bei dem einen auf eine Handbewegung, mit der rechten Hand durch die vollen Haare streifen – von vorne nach hinten – und bei dem anderen auf einen – ausführlich vor dem Spiegel geübten – sogenannten fragenden Blick beschränkte, dieser Art Charme, war sie (noch) nicht gewachsen. Die langen Kerls rochen einfach zu gut; im Gegensatz zu ihrem Mann Antonio, genannt Totó, der immer muffelte: entweder aus dem Mund oder nach altem Schweiß oder nach Pisse oder nach Tier und der nichts dagegen unternahm. Sie sah ihn immer seltener und war darüber überhaupt nicht traurig. Er stand früh auf, ging mit einer seiner Flinten in den Wald und besorgte im Lauf des Tages die Arbeit auf dem Hof. Sie sprachen wenig miteinander und manchmal, wenn er ins Zimmer trat, erschrak sie und dachte für einen Moment, ein Fremder stünde vor ihr. Einmal hatte sie in der Stadt ein Plakat der Volkshochschule gesehen: Englisch für Anfänger. Sie fragte den Padrone, ob er ihr zweimal die Woche freigeben würde. Der schaute an ihr vorbei und sagte schnell ja. Der Unterricht wurde von einem Engländer, der in dem abgelegenen Landstrich seine

zweite Heimat gefunden hatte, erteilt. Die Klasse stand nach dem Unterricht in einer Bar zusammen, man trank ein bißchen und machte Witze. Auch das war etwas Neues für Gina. Einmal stand der Engländer neben ihr und sprach mit ihr. Sie hörte aufmerksam zu, versuchte alles zu verstehen, was da im fremden Idiom zu ihr gesagt wurde, bis sie merkte, daß der Lehrer in ihrer Muttersprache auf sie einredete. Sie mußte lachen, griff im Lachen nach seinem Oberarm, was ihr Gegenüber als Aufforderung nahm, Aufforderung zu was? Der Engländer bezahlte für beide, sie verabschiedeten sich von den anderen und verließen das Lokal. Sie gingen schnell über die Straße in das Haus gegenüber, in dem der Lehrer wohnte und als die Köchin des Padrone merkte, was da jetzt geschehen sollte, umarmten sie sich bereits stehend im Schlafzimmer des Engländers. Auch das war etwas Neues und sie wollte es so.
Sie riecht komisch, dachte der Engländer, sie riecht schlecht, nach Landwirtschaft, Küche, billiger Seife und siebzig Prozent Kunstfaser. Die Köchin Gina träumte und als sie aus ihren Träumen erwachte, lag sie, halb halbnackt unter der Bettdecke des Engländers, der neben ihr schlief. Ein fremder Mann, der beim Schnarchen zweistimmig Pfiff. Sie schlug zweimal das Kreuz und stand auf. Sie zog sich an, fühlte das Klebrige an ihrem linken Oberschenkel, schlich, ohne sich umzudrehen aus der Wohnung, fuhr nach Hause, zog sich aus, wusch sich, legte sich neben ihren Mann und hörte sein Schnarchen: einstimmig, eintönig, wie das Leben mit ihm, und beschloß, den Engländer näher kennen lernen zu wollen. Dienstags und donnerstags.
Fortan ging sie nach dem Unterricht mit den anderen für eine Stunde in die Bar, trank, plauderte, hörte Musik. Das war jetzt das

Leben: eine Melodie aus einem anderen Land mit einem Mann aus einem anderen Land, dessen Sprache sie nicht wirklich verstand, aber sie zeigte Interesse. Für eine Stunde war es laut in der Bar, Menschen standen um sie herum, redeten, lachten, rauchten. Antonio, genannt Totó war weit weg, der Padrone war weit weg, die Küche war weit weg. Der Engländer drängte nach dem dritten Bier, das er beinahe in einem Zug leerte, zum Aufbruch. Zuerst war es ein Spiel, mit vielen, kleinen, zufälligen Berührungen, Blicken, Küssen in die Luft. Warum nicht? Sie war fremd hier. Sie war niemandem Rechenschaft schuldig. Dann bestellte sich der Lehrer noch ein Bier, seine Bewegungen wurden kantiger, fester. Sie ergab sich, lachte auf der Straße, lachte in seiner Wohnung, wollte ein bißchen Musik machen, er zog sie ins Schlafzimmer, sie wehrte sich zuerst, dann wollte sie zärtlich sein, da war er schon hinüber, über den Jordan. Er roch ihren Atem, drehte sich zur Seite und schlief ein. Sie weckte ihn, beschwerte sich bei ihm, beschimpfte ihn. Das tat ihr dann leid. Wenn er englisch sprach, war alles vergeben und vergessen. Englisch war die andere, die neue Welt. Das Weite, das Offene. Als sie einmal erwähnte, daß sie bei einem Deutschen arbeite, verzog sich das Gesicht des Engländers zu einer häßlichen Fratze. In Zukunft würde sie nichts mehr erzählen. Er mochte die Deutschen offensichtlich nicht.

Ihr Mann Antonio, genannt Totó, mochte die Deutschen. Sie liebte den Engländer und verachtete ihren Mann. So what? Sollte sie zu den Deutschen besonders garstig sein, um ihren Mann zu ärgern? Einmal hatte der Padrone sie bereits ermahnt, sie solle zu den Gästen freundlicher sein, sonst würde er ihr die beiden freien Abende streichen. Darüber war sie so erschrocken, daß sie, sobald ihr auf dem Hof jemand Unbekanntes begegnete, zu lächeln begann. Die anderen wunderten sich.

Ach ja: Der Verwalter Antonio, genannt Totó, war natürlich weder totgeschlagen noch entlassen worden. Nach der ersten Olivenernte hatte der Padrone mit dem ihm ein *gentlements agrement* geschlossen, das dem Verwalter Antonio, genannt Totó, lebenslang garantierte, seine Arbeit auf dem Gut des Padrone tun zu dürfen und zudem seiner Jagdlust, wann immer er dies wollte und dringende Arbeiten, wie etwa das Einbringen der Olivenernte, ihn nicht davon abhielten, nachgehen zu dürfen. Außerdem war der Köchin Gina, Frau des Verwalters Antonio, genannt Totó, garantiert worden, so lange sie wolle, auf dem Gut des Padrone arbeiten zu dürfen. Wozu lernst du diese fremde Sprache, hatte sie ihr Mann einmal gefragt. Vielleicht will ich auswandern, hatte sie geantwortet, wie immer das in ihrem Heimatdialekt und bei der Maulfaulheit, die sein ihrem Mann gegenüber nach wie vor pflegte, geklungen haben mag. Der Verwalter Antonio, genannt Totó, hatte dies nicht ernst genommen und ließ der Frau ihren Willen.

Dienstags und donnerstags gab es zum Abendessen Kaltes. Die Tatsache, daß die Frau immer später von den Schulstunden nach Hause kam, bemerkte ihr Mann nicht. Er ging um zehn ins Bett, sein Tag begann früh, um vier Uhr morgens und er hatte einen tiefen, gesunden Schlaf. Als sie den ungewöhnlichen Vorschlag machte, getrennte Schlafzimmer einzurichten, sie störe ihn doch bestimmt, wenn sie spät vom Unterricht nach Hause käme, kratzte er sich am Kopf, verwies auf die zwei Zimmer, in denen sie wohnten und fragte, wie sie sich das vorstelle. Sie könne doch auf dem Sofa in dem vorderen Zimmer schlafen, zumindest dienstags und donnerstags. Er sagte, mach was du willst und ging zu den Schweinen. Sie schlief also an zwei Tagen in der Woche im vorderen Zimmer auf dem Sofa, genoß ihren Sieg, war fest entschlossen, aus den zwei Tagen, vier zu machen und dann fünf und so weiter. Sie malte sich aus, wie die Möbel umgestellt werden würden, erwischte sich bei dem Gedanken, eine eigene Wohnung in der Stadt zu mieten und lachte darüber. Dienstags und donnerstags verabschiedete sie sich immer öfter bereits am späten Nachmittag vom Padrone, bummelt an Schaufenstern vorbei, betrachtete die Auslagen, besorgte sich ein kleines Heftchen, stellte Listen zusammen mit den Dingen, die sie sich kaufen würde, wenn es soweit war. Anfangs dachte sie noch an den Engländer. Was dem wohl gefallen würde? Dann verlor sie ihn bei der allmählichen Herausbildung eines eigenen Geschmacks aus den Augen, obwohl sie weiter fleißig seinen Unterricht besuchte und anschließend mit ihm auf dem breiten Bett in seiner Wohnung herumstrampelte.

Immer zufriedener mit dem Ergebnis übrigens, da sie irgendwann einmal das Kommando übernommen hatte und der Mann unter ihr zu einer Art Sparringspartner für Zukünftiges wurde. Sie übte für das richtige Leben, das irgendwann einmal kommen würde. Dann wurde ihr, sozusagen von heute auf morgen, der Engländer körperlich unangenehm, ja unerträglich.

Sie schüttelte seinen Arm ab, wenn er in der Bar zum Aufbruch mahnte und sagte ihm einmal, vor versammelter Mannschaft, daß es aus sei. Basta!. In der Folge ignorierte der Lehrer sie im Unterricht. Irgendwann wagte eine Mitschülerin über den Kopf des Lehrers hinweg, Gina, die Übergangene, laut und deutlich nach einer Antwort zu fragen. Plötzlich war es ganz still im Klassenzimmer. Die

Antwort kam, war richtig und wurde beklatscht. Die Nächste sprach ihre Nebensitzerin an, diese antwortete, man sprach Englisch miteinander und der Lehrer saß da und schwieg.

Der Unterricht wurde zu einem Gespräch unter Schülern, bei dem die Mutigen, den Lehrer, der nun einer von vielen war, zur Korrektur aufforderten, zu mehr aber nicht. Die Mutigen, das waren Mütter, Frauen aus der kleinen Stadt, die der täglichen Sorge um das knappe Geld, den Problemen mit den Kindern, für diese Stunden, zweimal in der Woche, entkommen wollten. Ungeheure Dinge ereigneten sich.

Die Klasse der örtlichen Volkshochschule, Grundkurs Englisch für Anfänger, hatte Spaß am Unterricht und an sich bekommen. Gina genoß das Zusammensein mit den anderen und sie war froh, daß sie rechtzeitig mit dem Engländer Schluß gemacht hatte. Einmal lud sie die Klasse, ohne den Lehrer, auf das Anwesen des Padrone ein, führte sie herum, zeigte die Gebäude, den Garten, die Kirschbäume, vor denen sie sich besonders lange aufhielten, und, so schien es, obszöne Bemerkungen machten und bekochte und bediente ihre Mitschüler anschließend stundenlang. Antonio, genannt Totó beobachteten sie dabei mißtrauisch aus der Ferne. Hätte der Padrone ein Auge für seine Angestellte gehabt, hätte er bemerkt, wie sehr sich Gina in diesen Monaten verändert hatte. Sie war schlanker geworden, kleidete sich anders, vorteilhafter, war fröhlicher, gleichgültiger. Ihr Gang hatte etwas Federndes bekommen. Sie fuhr jetzt gerne Auto, auch weite Strecken, was ihr immer ein Gräuel war, sie freute sich, Teil des ganzen zu sein, sprach gerne mit den Menschen beim Einkaufen und zu anderer Gelegenheit. Sie saß oft und gern über ihren Englisch-Büchern, erledigte ihre Hausaufgaben pünktlich und gewissenhaft. Auch entwickelte sie ein anderes Gespür für ihre Muttersprache, lernte, wenn man so will, gemeinsam mit der fremden, die eigene neu. Sie lieh sich Bücher aus der kleinen öffentlichen Leihbücherei aus, war bald Stammkundin dort. Die Abende, die nicht mit Englisch-Unterricht belegt waren, verbrachte sie lesend. Die ganze Welt zwischen zwei Buchdeckeln. Was kann es schöneres geben.

Nun sprach sie also mit diesen beiden jungen Männern englisch. Die Deutschen wollten sich natürlich nur den Zugang zu den Fleischtöpfen, besser, zu den Weinvorräten des Hauses sichern und das funktionierte eben am besten über den Umweg eines kleinen Flirts mit dem weiblichen Personal. Gina fand bereits am ersten Abend Gefallen an dem Trubel. Sie stellte gerne die eine oder andere zusätzliche Rotweinflasche auf den Tisch. Gegen den Willen des Padrone, der die Anzahl der pro Abend zur Verfügung stehenden Flaschen festgelegt, die Größe der zu reichenden Portionen bestimmt hatte.
Am ersten Morgen saß gut die Hälfte der Gäste beim Frühstück, ein weiteres Viertel schaffte es zur ersten Unterrichts-Stunde, der Rest blieb vorläufig in den Betten.
Man saß an einem großen Tisch im Stall. Der Padrone überlegte, ob er durchzählen lassen sollte und verwarf den Gedanken beim Blick in die verschlafenen Gesichter wieder. Was für häßliche Menschen habe ich mir da ins Haus geholt, dachte er und begann mit dem, was er sich für den Vormittag vorgenommen hatte: Er erläuterte noch einmal detailliert das Programm für die kommenden zehn Tage. Erstens: Betrachtung und Analyse von ausgewählten

Meisterwerken der Malerei und der Architektur. Er benutzte zur Aufzählung die kurzen und etwas zu dicken Finger seiner linken Hand. Zweitens: Betrachtung und Analyse von ausgewählten Werken der Filmgeschichte. Drittens: Lektüre und Analyse von ausgewählten Werken der Theaterliteratur. Betrachtung einiger besonders herausragender Beispiele auf DVD. Schulung des Auges, Herausbildung und Entwicklung der Urteilskraft. Viertens: Arbeit an einzelnen Rollen, wobei er nicht vergaß die Anwesenden noch einmal darauf hinzuweißen, was für ein Privileg es sei, mit *ihm* arbeiten zu dürfen. Dafür sei der Obolus, den sie für ihren Aufenthalt hier zu leisten hätten, nicht einmal ein Unkostenbeitrag, höchstens eine lächerliche Schutzgebühr. Unter den Zuhörern war niemand, der den Unterschied zwischen Unkostenbeitrag und Schutzgebühr zu erklären gewußt hätte. Schutzgebühr klang wie Schmutzgebühr. Vielleicht hatte er das auch gesagt.

Im Übrigen bitte er diejenigen, die den vereinbarten Betrag noch nicht auf eines der angegeben Konten überwiesen hätten, dies schleunigst zu tun oder die Summe hier und möglichst jetzt in bar zu begleichen. Ein scharfer Ton hatte sich während seiner Rede über das Geld eingeschlichen. Die Rücken der Zuhörer wurden ein bißchen gerader, die Pupillen ein bißchen enger. Erste Brillen erschienen auf den Nasen. Auch empfehle er, sich die eine oder andere Notiz zu machen und am Nachmittag die dafür nötigen Utensilien mitzubringen. Nehmt die Sache ernst, sprach er ein bißchen ins Ungefähre, sonst geht es schief. Außerdem, fügte er hinzu, ist eine Exkursion in die Hauptstadt vorgesehen, zum Zwecke der Besichtigung architektonischer Meisterwerke. Die Gesichter der Schüler hellten sich auf. Der Padrone blickte finster.

JULIUS CÄSAR, ZUM ERSTEN

Zur Einstimmung, sozusagen zum Warmwerden, aber nicht zu warm, sagte er wieder etwas heiterer, zeige er jetzt die TV-Aufzeichnung einer seiner letzten Arbeiten: *Julius Cäsar* auf polnisch – ohne Untertitel! *Warschauer Nationalzirkus*, viertausendachthundertzweiundzwanzig Zuschauer, Bühnenbreite zweiundsiebzig Meter, Bühnentiefe achtundzwanzig Meter. Dann drückte er mit dem seltsam kurzen und für die kleinen Tasten viel zu dicken Zeigefinger seiner rechten Hand auf den Startknopf.
„Aua!"
In einem letzten Schwenk zum Publikum, nannte er den Namen jenes großen alten Mannes des polnischen Films, seines Freundes, wie er betonte, der ihn zu dieser Arbeit eingeladen habe. Die jungen Schauspielschüler wollten alle zum Film, hörten den Namen des berühmten Mannes, waren beeindruckt, rückten näher Richtung Bildschirm, warteten gespannt auf das erste Bild, in der Annahme, nun ein Meisterwerk dieses großen Filmregisseurs zu sehen. Auch hielt die Art, wie der Padrone dem Gezeigten folgte, sie lange in diesem Glauben:
gebannt saß der dicht vor dem Apparat, lachte, wo es anscheinend etwas zu lachen gab, schrie, wo es offensichtlich etwas zu schreien gab, kommentierte mit einem „Au warte!" die Massen, die sich von links nach rechts oder von rechts nach links, über den viel zu kleinen Bildschirm schoben. Kein Zweifel: Der Padrone betrachtete etwas, das er zum ersten Mal sah. Die Arbeit seines Freundes, des polnischen Regie-Zaren.
Groß war die Enttäuschung, als einer der zu spät Gekommenen

nach zwei Minuten fragte, warum sich der komische Vogel da vorne über seinen „eigenen Kack" so amüsiere. Das habe der doch bestimmt schon hundert Mal gesehen. Es wurde ihm heftig widersprochen. Nein, nein! Das ist von diesem Großmeister des polnischen Kinos. Doch als der Besserwisser, halb gähnend, halb sprechend, Ort und Jahr der Entstehung des Vorgeführten nannte und dann auch noch zum besten gab, er habe diesen „langweiligen Scheiß" vor zwei Jahren bei einem Gastspiel in Avignon gesehen und nur mühsam zwei Akte durchgestanden, entwich das gespannte Interesse an dem Gezeigten mit einem hörbaren Seufzer. Die Luft war raus. Eine bat um eine Pinkelpause, andere standen einfach auf, wieder andere blieben sitzen und redeten miteinander. Unruhe machte sich breit, die der Padrone, ohne sich umzudrehen mit einem „Ruhe bitte!" zunächst noch zu unterdrücken versuchte. Als die befehlshafte Bitte den Lärm eher anschwellen ließ, schaltete er das Gerät mitten im Satz aus, drehte sich um und sagte in die plötzliche Stille hinein: „Fünf Minuten Pause. Fünf Minuten!" und ging aus dem Raum.
Die Inszenierung *Julius Cäsar* von William Shakespeare im *Warschauer Nationalzirkus*, hatte seinerzeit, ohne Pause, vier Stunden und zwölf Minuten gedauert. Die Aufzeichnung der Inszenierung *Julius Cäsar*, dauerte exakt vier Stunden und zwölf Minuten. Also war der erste Vormittagsunterricht, nachdem der letzte der ungezählten polnischen Namen der Mitwirkenden in winzig kleiner Schrift über den Bildschirm gerollt war, mit einer ordentlichen Überschreitung der vereinbarten Zeit für eine Einheit, beendet worden.
Das Mittagessen war laut und ausgelassen. Die Köchin hatte sich ganz besondere Mühe gegeben. Sie hatte Lust gehabt, etwas Gutes zu kochen. Auch hatte sie die eine oder andere Rotweinflasche unter

den Tisch geschmuggelt. Die Gespräche gingen hin und her, man redete über alles, nur nicht über das eben Gesehene. Man wollte wissen, wann die erste Exkursion stattfinden sollte und ob man sie nicht vorziehen könne, um gleich richtig reinzukommen, wie einige scheinheilig meinten. Eine der Frauen erkundigte sich, wie man zum Bahnhof käme.

„Mit dem Taxi natürlich. Wenn ihr euch das leisten könnt. Aber untersteht euch, mein Telefon zu benutzen. Wir sind zum Arbeiten hier."

Kein Problem, meinte eine und hielt lachend ihr Handy in die Luft. Der Padrone wußte, daß an diesem abgelegenen Ort damit nicht viel auszurichten war. Sein Anwesen lag in einem toten Funk-Winkel. Auch die Möglichkeit, sich ins *worldwideweb* einzuklinken war dürftig und hing sozusagen von der jeweiligen Windrichtung ab. Aber der Padrone erwähnte dies nicht. Er wunderte sich nur, daß sich von den jungen Leuten noch keiner beschwert hatte.

Plötzlich klopfte einer mit der Gabel an sein Glas und die neben ihm sitzende Kollegin, groß, viel zu groß für eine Schauspielerin, dachte der Padrone, die so etwas wie die Klassensprecherin zu sein schien, erhob sich, um eine kleine Ansprache zu halten. Sie bedankte sich im Namen aller für die freundliche Aufnahme, betonte nun ihrerseits, was es für eine Ehre für sie alle sei, bei einem so berühmten Mann ihres Metiers lernen zu dürfen, was von einigen mit „Hüstel, Hüstel" und „Ähem" kommentiert wurde, was wiederum allgemeine Heiterkeit hervorrief und den Padrone für Sekunden, des Klangs des gemeinsamen Lachens wegen, an die fünfziger Jahre denken ließ. Doch nicht so schlecht, die Bagage, dachte er, um gleich danach vernehmen zu müssen, wie die Rednerin, im Interesse aller, um Ver-

längerung der Mittagspause bis sechzehn Uhr bat, was sofort zu wildem Klopfen und Klatschen seitens der Schüler führte und zwar so lange, bis der Padrone mit einer zustimmenden Kopfbewegung die Leute wieder zur Ruhe brachte. In diese Ruhe hinein, wies er darauf hin, daß eine Änderung des Stundenplans nicht so einfach sei, wie sich das die jungen Leute vorstellten. Die gesamte Wirtschaftsführung richte sich nach einem vor Wochen sorgsam ausgetüftelten Plan. Das wurde mit einem „Mit Gina ist alles abgesprochen", gekontert. Natürlich der große, blonde Dummbart. Wieder heftiges Klatschen und Schlagen auf den Tisch. Der Padrone, nun schon weniger amüsiert ob des Temperaments seiner Schüler, blickte verbiestert um sich, erhob sich und schrie gegen das immer lauter werdende Klatschen und Klopfen, aus dem eine Art hohes indianerähnliches Kriegsgeschrei der Frauen besonders penetrant herausklang:
„Von mir aus schlaft euren Rausch aus! Wir sehen uns um vier!"
So versuchte er die Niederlage in ein Unentschieden umzuwandeln, verließ den gemeinsamen Mittagstisch und ging in den ersten Stock.
Augenblicklich trat Ruhe ein, die Weinflaschen wurden auf den Tisch gestellt, in die Küche wurde „Gina, very good!" gerufen, was diese mit einem akzentfreien „You are very welcome!" beantwortete, was wiederum zu Jubelstürmen bei den nun schon sehr angeheiterten angehenden Schauspielern führte. Es wurde nach mehr Wein und weniger Wasser verlangt, auch nach Kaffee – im Speiseplan aus Kostengründen gar nicht vorgesehen – schließlich wurde am Tisch geraucht, was eigentlich streng verboten war. Nach und nach löste sich die Versammlung auf. Die meisten gingen auf ihre Zimmer,

schliefen tatsächlich ihre Räusche aus, andere setzten sich mit einem Buch irgendwo ins Gras, lasen ein paar Zeilen, dämmerten eine Weile vor sich hin, um dann einzuschlafen.

Niemand, außer der jungen, großen Frau, die den Antrag auf Verlängerung der Mittagspause gestellt hatte, beobachtete die beiden weißen Vögel, die hoch droben am Himmel elegant ihre Kreise zogen.

Mittägliche Ruhe legte sich über das Anwesen und der Padrone, den die Klassensprecherin mit ihrem unverschämten Angriff überrumpelt hatte, lag auf seinem Bett und dachte: „Na wartet, ihr werdet euer blaues Wunder erleben!"

Auch ihm entging der Anblick der beiden großen weißen Vögel.

Julius Cäsar, zum Zweiten

Der um zwei Stunden in den Nachmittag hinein verschobene Unterricht begann pünktlich. Der Meister wollte über das am Vormittag Gesehene sprechen und stellte fest, daß keiner in der Runde, Schüler einer der eher besseren Schauspielschulen im Lande Schillers und Goethes, den, wie er das nannte integralen Text, dieses so bedeutenden Stückes von William Shakespeare gelesen hatte. Ein besonders Kluger wollte mit einer launigen Bemerkung über das Land der Dichter und Denker das drohende Gewitter aufhalten. Er wurde ignoriert.

„Welche Stücke, welche Übersetzungen von Stücken vom Herrn Shakespeare kennt ihr?"

Die Frage war ganz leise, beinahe unhörbar gestellt worden. Der Padrone erhielt das übliche und für Leute vom Fach beschämend unpräzise „Schlegel/Tieck" zur Antwort. Er ignorierte auch diese Antwort und fragte nach weiteren Übertragungen ins Deutsche.

Schweigen.

Eine sagte, nur damit jemand etwas sagte: „Reclam".
Da brach das Gewitter los. Es entlud sich nicht in Form von Blitz und Donner und sintflutartigen Regengüssen, sondern in einem ungeheuren Lachanfall des Padrone, ein Husten und Rotzen, Spucken und Prusten, unterbrochen von dreifach ausgeworfenem „Aua! Aua! Aua!" Dann wieder Lachen, hoch und spitz, dann wieder „Aua! Aua! Aua!" Husten und lachen. Die Tränen, die aus den kleinen Äuglein des Meisters kullerten, waren echt. „Aua! Aua! Aua!". Aber das Lachen steckte nicht an. Das Mädchen, das mit der sinnlosen Bemerkung das Unwetter ausgelöst hatte, saß mit hochrotem Kopf da, die anderen schwiegen und betrachteten erschrocken diese kuriose Demonstration.
Als sich der Padrone wieder beruhigt hatte, sagte er,
„Jetzt habe ich mir vor Lachen in die Hose gemacht! Im Übrigen möchte ich darauf hinweisen, daß Lachen, richtiges Lachen, überzeugendes Lachen, zu den schwersten Dingen auf der Bühne gehört. Schwerer als richtiges Weinen. Aber auch das beherrscht heute eigentlich niemand mehr."
Der Padrone setzte sich auf einen Stuhl, schaute in die Gesichter der Schüler, dachte wieder, warum sind die alle so häßlich, so unerträglich häßlich und schwieg. Sein Blick traf die jüngste und größte, die ihm weniger unansehnlich als die anderen vorkam. Sie saß mit geradem Rücken am Tisch und hielt seinem Blick stand.

Heute Mittag hat sie mich reingelegt und jetzt schaut sie mir gerade in die Augen, dachte der Padrone. Vielleicht mußte man doch sehen und verstehen, was das für Menschen waren. Plötzlich hatte er Mitleid mit diesen jungen Leuten, die alle Schauspieler werden wollten. Er fühlte sich so unendlich allein. Er saß gemeinsam mit diesen angehenden Kollegen an einem Tisch und war einsam wie selten in seinem Leben.

Der Padrone rückte näher an den Tisch heran, legte die Unterarme auf die Tischplatte, legte seinen Kopf auf die Unterarme und begann zu sprechen. Er erzählte den jungen Leuten, Schülern der Schauspielschule in***, was sich in dem Theaterstück *Julius Cäsar* von William Shakespeare, Akt für Akt, Szene für Szene, Satz für Satz ereignete und den Zuhörern erschien das Gesagte als etwas völlig Neues, nie Gehörtes. Der, der da vorne, in einer etwas umständlichen Haltung, halb sitzend, halb liegend, zu ihnen sprach, verwandelte sich vor ihren Augen in die verschiedenen Figuren des Stückes. Er spielte nicht. Er imitierte nicht. Allein durch die Kraft seiner Worte, den präzisen Ausdruck, die korrekte Betonung, den schnörkellosen Bericht, ließ er die vielen Personen, von denen ihnen die meisten ganz fremd waren, auftreten, herabsteigen, aus einem ihnen bisher unbekannten Himmel, zum Greifen nah und verständlich werden. Der Meister, das war er an diesem späten Nachmittag tatsächlich, machte jedem ein Angebot, sich zu bedienen, hineinzuschlüpfen in die Rollen, es einmal auszuprobieren. Einmal sagte er, die nächste Szene habe er in Warschau gestrichen, die könne man sich sparen und hörte ein leises „Nein". Das hatte die große, junge Frau gesagt, leise, aber bestimmt. Sie saß immer noch ganz aufrecht auf ihrem Stuhl. Dieses Nein rührte ihn. Doch nicht so schlecht, die Bande, dachte er. Also reichte er auch diese Szene nach.

Selbst den Hartnäckigsten, Widerspenstigsten entstand für einmal eine Welt, in der ihnen der fremde Text erblühte und sie im Geiste begannen, damit zu spielen und es verband sich das nun Gehörte mit dem am Vormittag Gesehenen. Sie verstanden nicht alles, beileibe nicht, aber sie verloren die Furcht vor den Worten, waren verzaubert, an diesem frühen Abend. Draußen wurde es schnell dunkel. Niemand machte Licht. Jetzt anfangen zu arbeiten, dachten einige, sofort mit den Proben beginnen und am besten gar nicht mehr damit aufhören. Das Theater nicht mehr verlassen. Ein Leben im Theater, auf der Bühne. Die, die das dachten, waren die Besseren. Der, der da so unbequem am Tisch saß, sich sozusagen im Stück, in dieser anderen Welt aufgelöst hatte, öffnete diesen Besseren eine Tür, nur einen Spalt breit, zu einem ihnen unbekannten Raum. Plötzlich krachte es. Ein harter, lauter Schlag. Der Padrone hatte mit der flachen Hand auf die Tischplatte geschlagen.

*Glotzt nicht so romantisch!**

„Peng! Pause, beziehungsweise: Feierabend."

Der Padrone richtete sich auf. Die Tür war wieder ins Schloß gefallen.

Die Stunde war beendet. Der Padrone war plötzlich sehr müde. Er wollte allein sein.

Täuschte der Eindruck, daß während des Abendessens ein bißchen weniger laut gesprochen wurde? Vielleicht auch ein bißchen weniger getrunken? Der Lachanfall des Gastgebers hatte die Truppe mißtrauisch gemacht, die Einführung in Shakespeares Welt neugierig. Beides hielt sich die Waage.

Gina war zum Englisch-Kurs verschwunden. Der Padrone hatte vor dem Essen eine Ansage gemacht, in der er mitteilte, daß er morgen ein kleines Vorsprechen veranstalten werde. Er müsse wissen, mit wem er es zu tun habe und da alle ja tatsächlich Schauspieler werden wollten, Ähem, könne dieses Kennenlernen nur in seinem Begutachten ihres Umgangs mit Sprache, Körper und Rolle geschehen. Alle mögen die freie Zeit zwischen Abendessen und Nachtruhe nutzen, um sich auf den morgigen Tag vorzubereiten. Er sei zum Frühstück nicht anwesend, da er in der Stadt einiges zu erledigen habe. Pünktlich um neun Uhr erwarte er den ersten Kandidaten oder die erste Kandidatin, wie er etwas umständlich hinzufügte, im Stall, den man bis dahin ausräumen möge. Die Truppe sei ja wohl in der Lage, sich selbst zu organisieren, das Essen stehe in der Küche, man möge sich bedienen, in Maßen dem Alkohol zusprechen und anschließend die veranstaltete Sauerei wieder in die Küche tragen. Er wünsche eine gute Nacht. Dies alles kalt im Ton, über die Köpfe der jungen Leute hinweg gesprochen; diese dann zur Einnahme des Nachtmahls allein zurücklassend.

Die jungen Leute saßen etwas verdutzt da. Die einen dachten an die Prüfung des morgigen Tages, denn als solche empfanden sie die Ankündigung des Vorsprechens. Andere mußten sich erst einmal orientieren. Das war also der Ton im Hause. Die praktisch Veranlagten gingen in die Küche und bedienten sich aus den bereitstehenden Schüsseln. Der Rotwein verdrängte das flaue Gefühl in der Magengrube, aber die rechte Stimmung wollte bei diesem Abendessen nicht aufkommen. Irgendjemand fragte, wer morgen zuerst aufs Schafott wolle. Keiner lachte, irgendeine meldete sich.

„Dann hab' ich's hinter mir."

Der Rest war schnell eingeteilt, die Aussicht auf einen quasi freien Vormittag, die paar Minuten Vorsprechen werde man mit links erledigen, tönte es plötzlich wieder ganz frech, belebte die Geister einiger und ließ die Stimmung ansteigen. Der Meister im ersten Stock vernahm es mit Verwunderung.
Allerdings wurde unten nicht über *Julius Cäsar* geredet, sondern über diverse Möglichkeiten, schnell und billig zum Bahnhof und von da aus in die große Stadt zu kommen. Einkaufen. Was erleben. *Shoppen und ficken**, sagte einer und so hielt an diesem Abend zum guten Ende die zeitgenössische Theaterliteratur doch noch Einzug in diese heiligen Hallen.

Prüfungen

Am nächsten Morgen saß um neun Uhr ein Regisseur in einem für theaterähnliche Veranstaltungen halbwegs geeigneten Raum in einer Ecke auf einem Stuhl, während eine junge, festgebaute Frau in der anderen Ecke sich zu konzentrieren versuchte. Es war kalt. Der Zauber der Erzählung von *Julius Cäsar*, der sich gestern in diesem Raum ausgebreitet hatte, war verflogen. Der Mann, der da auf einem wackligen Stuhl saß, blickte finster aus kleinen Augen.
„Möglichst weit weg!", hatte der Padrone der Schülerin zugerufen, als sie nach einem geeigneten Ort für ihr Vorsprechen suchte.
„Theater ist immer weit weg. Such Dir das Licht und steck Dir das komische Gezottel aus dem Gesicht, sonst seh' ich ja nix."
Die junge Frau hatte, als sie mitteilen wollte, welche Rolle sie vorsprechen wolle, wer, wo, was war, ein eiskaltes „Das erklärt sich alles von selbst", zu hören bekommen. Sie hatte versucht, sich auf

ihren Text zu konzentrieren. Jetzt war es von Vorteil, in der entferntesten Ecke des Raumes zu stehen. Allmählich erinnerte sie sich an den ersten Satz ihrer Rolle, dann blickte sie auf, sah dem Regisseur in die Augen, was ein Fehler war, da sie den Text sofort wieder vergaß. Sie versuchte sich zu konzentrieren, zumindest auf das erste Wort. Theater ist immer weit weg, mußte sie plötzlich denken.
„Ich fang' noch mal an." In der Aufregung hatte sie nicht gemerkt, daß sie noch nichts vorgetragen hatte.
„Gerne", sagte der Padrone.
Irgendwann war sie durch ihren Text hindurch gestolpert und schwieg. Was sie gesagt hatte, wußte sie nicht mehr. Sie hoffte nur, daß es die richtigen Wörter in der richtigen Reihenfolge waren.
„Njaaa, danke! Noch was?".
„Ich könnte noch ein Lied singen."
„Nee, nee, laß mal. Beim Singen wird mir immer so anders."
Kalt war es in dem Raum. Warum war es hier so kalt, wir sind doch im Süden, dachte die Schülerin.
„Tja, bedauerlich. Schick doch die nächste Kollegin her, die Herren werden ja wohl noch in den Betten liegen."
Die Schülerin ging ohne Gruß, mit gesenktem Kopf aus dem Raum. Der Padrone bewegte sich auf seinem Stuhl nicht nennenswert, während er auf die nächste Person wartete und sagte laut:
„Na, daß kann ja heiter werden!"
Aber er war allein und so verhallte der Satz ungehört.
Der nächste Kandidat war dann doch ein Mann, was den Meister für einen kurzen Moment irritierte. Der junge Mann stellte sich nach einem offenen, freundlichen ‚Mojn', auf das er keine Antwort bekam, sofort in die richtige Ecke. Das war offensichtlich die In-

formation, die weitergegeben worden war:
„Theater ist immer ganz weit weg".
Der junge Mann zählte drei Rollen auf, die er vorsprechen wollte, wobei vorsprechen vielleicht nicht der richtige Ausdruck sei, da es ja nicht um ein Engagement gehe.
„Ganz recht. Ich hätte auch gar nichts anzubieten. Mit mir will ja keiner mehr was zu tun haben."
Die drei Vorsprechrollen waren gut ausgewählt: etwas Modernes zum Aufwärmen, dann etwas Klassisches, nicht zu lang und nicht zu kurz, und ein lustiger kleiner Monolog zum Abschluß, der beim Zuhörenden ein kleines Lachen hervorrief und ein abschließendes ‚Danke!' einbrachte. Der junge Mann, durchaus selbstbewußt, fragte den Padrone, ob er nicht mit ihm an den einzelnen Rollen arbeiten wolle.
„Nee, nee laß mal, vielleicht später. Schick bitte die nächste Großdarstellerin rauf."
Die Show hatte nicht einmal eine halbe Stunde gedauert.
Die Kollegin kam mit Verspätung, direkt aus dem Bett. Noch ganz verquollen im Gesicht, mit Sonnenbrille, säuerlich riechend.
„Theater ist immer weit weg." Sie hatte sich einen Stuhl genommen. Sie wollte mit dem Padrone über ihre Vorstellungen von Theater und anderes diskutieren. Sie wurde in der Bewegung auf ihn zu, abgefangen.
„Leg' gleich los und nimm die dämliche Sonnenbrille ab, sonst seh' ich ja nix."
„Die Sonnenbrille gehört zur Rolle."
„Nimm das Scheißding runter, sonst kannst du dich gleich wieder in dein Bett verpullern."

Darauf fiel der Kandidatin erst einmal nichts mehr ein. Sie begann ansatzlos, ohne Nennung des Stückes und der Rolle und ohne Sonnenbrille, ihren Text herunterzurasseln, wurde, als die Sache offensichtlich zu Ende war, gefragt, um was es sich dabei gehandelt habe, nannte Autor und Titel des Werkes, mit dem Zusatz, ein Roman, und war entlassen.

Die Aufgeweckteren der Gruppe hatten mittlerweile gemerkt, daß es sich bei dem Vorsprechen um eine eher kurze Veranstaltung handeln würde, hatten die Kollegen geweckt und ihnen in der am Abend zuvor festgelegten Reihenfolge, die nun geänderte Uhrzeit ihres Auftritts genannt, die sich im weiteren Verlauf des Vormittags als die exakte herausstellen sollte. Das sorgte für einen reibungslosen zeitlichen Ablauf.

Als letzte trat die Kollegin an, die den Padrone am Tag zuvor mit ihrem Vorschlag einer verlängerten Mittagspause überrumpelt hatte und wurde mit den Worten „Und es kam eine lange Dürre." begrüßt.

Die große Frau überhörte diesen ihr wohlbekannten Scherz und sprach drei Rollen vor. Der Padrone war beeindruckt oder zumindest irritiert. Er sagte nicht gleich Danke, sondern erhob sich, zum ersten Mal an diesem Vormittag, von seinem Stuhl, machte zwei Schritte auf die Frau zu, blickte nach oben, blieb stehen, drehte sich um, setzte sich wieder, machte zwei Bemerkungen zur Kunst des Betonens im allgemeinen und zum dritten Teil ihres Vorsprechens im besonderen. Sie werde das beim nächsten Mal berücksichtigen, sagte sie, sich beim Padrone bedankt, da war sie die einzige, und hatte den Raum verlassen. Der Padrone saß eine Weile still da, dann schaute er auf die Uhr: zehn Kandidaten in knapp drei Stunden.

Nicht schlecht, Herr Specht. Als er aus dem Stall trat, lungerten alle Schüler an der Tür herum und warteten auf ihn.

Schweigen.

Aha! Soviel Künstler sind die Herrschaften also doch, als daß sie nicht gemerkt hätten, daß etwas nicht so gelaufen ist, wie sie sich das wohl vorgestellt haben, dachte der Padrone.
„In einer halben Stunde gibt's Mittagessen!"
Der große Tisch war besonders liebevoll gedeckt, mit einer weißen Tischdecke, wo sonst das blanke Holz glänzte, mit Blumen und bunten Bändern. Gina wollte ihre gestrige Abwesenheit während des Abendessens vergessen machen. Vielleicht hatte sie auch eine besonders angenehme Nacht im Bett eines anderen verbracht und wollte, immer noch erfüllt vom Rausch der Liebe, die jungen Deutschen an ihrem Glück teilhaben lassen.
„Kein Wein!" schrie der Padrone in Richtung Küche, als er durch den Vorraum ging und mit einem kurzen Blick durch den Mauerbogen den gedeckten Tisch sah.
Es steht doch gar kein Wein auf dem Tisch, dachte die Köchin leicht dahin und rührte weiter in dem köstlich Duftenden, das mit viel Liebe zubereitet worden war.
Als alle bereits am Tisch saßen – einige kauten unlustig an einem Stück Brot, andere nippten am Wasserglas – erschien der Padrone, gut gelaunt und hungrig, rief den Namen der Köchin, die strahlend erschien und laut und selbstbewußt erklärte, alle sollten sitzen bleiben, sie werde jedem einzelnen einen vollen Teller bringen. Das verstand außer dem Padrone allerdings keiner der Anwesenden. Er

machte sich auch nicht die Mühe, das Gesagte zu übersetzen. Sie werden es schon merken die Klugscheißer, dachte er und zeigte der Köchin mit einer beinahe ordinären Geste, daß er die erste Portion beanspruche, bekam diese und begann mit einem besonders breiten „Maaahlzeit" das Gebrachte, Oberkörper tief über den Teller gebeugt, in sich hinein zu schaufeln. Ab und zu hob er den Kopf, schaute sich um; niemand wollte ihm etwas wegnehmen. Die jungen Leute bekamen nach und nach große Portionen serviert, der Padrone schnappte sich zwischendurch einen zweiten Teller, der eigentlich für das große Fräulein, die einzige, deren Darbietung ihm zugesagt hatte, vorgesehen war, aß weiter, laute Geräusche von sich gebend, wischte den Teller mit zwei Scheiben Brot aus, hielt sich seinen dick geblähten Bauch und – furzte nicht!

„Ist mir schlecht! Jetzt muß ich mich erst einmal aufs Ohr hauen."
Der Padrone wollte aufstehen und wurde von der Klassensprecherin durch ein: „Wir möchten alle wissen, wie das heute morgen war" in der Aufwärts-Bewegung gestoppt.

„Das habt ihr doch selber gemerkt."
Er stützte sich mit beiden Händen auf die Tischplatte. Wie ein Gorilla stand er da.

„So blöd kann man doch gar nicht sein und im übrigen, Dienst ist Dienst und Schnaps ist Schnaps."
Dann erhob er sich zu voller Größe, das heißt, er mußte den Kopf etwas weniger steil nach anheben, um der Klassensprecherin in die Augen schauen zu können.

„Wir sprechen nachher drüber, um zwei . . . Ach nein! Ihr wolltet ja eine längere Mittagspause haben, also um vier."
Der Padrone ging und lies eine ratlose Meute junger Menschen zu-

rück. Liebend gerne hätten sie auf die Mittagspause ganz verzichtet. Sie wollten wissen, was der Kerl von dem hielt, was sie ihm da gezeigt hatten. Stattdessen mußten sie jetzt vier Stunden warten. Wer hatte eigentlich darauf bestanden, daß die Mittagspause verlängert werde?
Einige standen sofort auf, ließen das Köstliche stehen, andere aßen ein bißchen, wieder andere fraßen ihre Portion in sich hinein und die des Nachbarn, der gegangen war, gleich hinterher. Trotzdem blieben so viele volle oder halbvolle Teller stehen, daß sich die gute Laune der Köchin ins Gegenteil verkehrte. Auch hatte ihre körperliche Ausgeglichenheit rapide abgenommen, als ihr Mann, der Verwalter Antonio, genannt Totó, in die Küche kam und mit einem „Salz hat gefehlt!" den Teller so hart auf den Küchentisch knallte, daß dieser in zwei Teile zersprang. Sie räumte den großen Eßtisch ab, leerte das nicht Gegessene in den Abfallkübel, nahm die Blumen vom Tisch und die bunten Bänder, knüllte das verschmierte Tischtuch zusammen, ließ die Küche unaufgeräumt, ging in ihre Wohnung, ins Schlafzimmer, schloß die Tür von innen ab, ließ die Kleider fallen, streifte die Schuhe ab, legte sich ins Bett, zog die Decke über den Kopf und schlief ein. Als ihr Mann in die Wohnung kam und leise ins sein Schlafzimmer schleichen wollte und feststellte, daß die Schlafzimmertür abgeschlossen war, rüttelte er ein paar Mal an der Klinke, hörte etwas von drinnen, was sich wie „Hau ab!" anhörte, und legte sich aufs Sofa, auf ihr Sofa im Wohnzimmer, das sein Wohnzimmer nicht mehr war. Um sich einen Reim auf all das zu machen, war er zu müde. Er war seit neun Stunden auf den Beinen und hatte sich den Mittagsschlaf redlich verdient.

ZENSUREN.
DA WAREN'S NUR NOCH NEUN, ACHT, SIEBEN...

Glockenschlag vier Uhr saß das erste Semester der Staatlichen Schauspielschule zu *** vollzählig im wieder sorgfältig eingeräumten oberen Stock dessen, was Stall genannt wurde, am Tisch und wartete auf das Todesurteil. Aller Übermut war verflogen, alle Leichtigkeit dahin. Immerhin war er, der Padrone, ein Großer des Theaters, obwohl die wenigsten je etwas von ihm gesehen hatten. Immerhin hatten sie ihr Innerstes für ihn nach außen gekehrt, zumindest glaubten die meisten, das getan zu haben. Den Frauen war kalt, sie saßen in dicken Pullovern da. Die Männer wußten nicht, wie ihnen war. Sie wollten sowieso zum Film und zum Fernsehen und da konnte ihnen so ein Theateropa nicht viel beibringen – dachten sie. Trotzdem war auch ihnen nicht wohl.

Der Theateropa trat mit einer halben Stunde Verspätung in den Raum, eine DVD in der Hand.

„Entschuldigt bitte, ich mußte noch mit Milano telefonieren."

Er sah in die Runde und bat:

„Könntet ihr mal das ganze Gerümpel hier auf die Seite schieben, wir müssen den DVD-Player aufbauen. Die Leinwand kommt da hin. Die Stühle müßt ihr möglichst weit nach hinten schieben. Ich hab eben nicht soviel Platz in dieser Pißbude hier. Kann man ja auch nicht verlangen."

Die Schüler verlangte nach ganz anderem, waren aber so überrumpelt von der angeordneten Umräumaktion, daß sie das für den Augenblick vergaßen. Dann setzte sich die Klassensprecherin auf einen Stuhl und sagte laut und deutlich:

„Sie wollten uns doch sagen, wie das Vorsprechen war." Augenblicklich hörte das Stühle tragen, Leinwand spannen, Steckdosen suchen auf und alle blickten auf den *maestro*, der gerade noch mit *Milano* telefoniert hatte. Der wartete eine lange Weile, spannte den Bogen, blickte das Mädchen, das ihn angesprochen hatte, an und sprach langsam, leise, eher nachdenklich:
„Tja, was soll ich dazu sagen . . . zu dieser traurigen Veranstaltung? Ihr wollt Schauspieler werden – obwohl ich einigen von euch dringend davon abraten möchte."
Der Padrone zeigte mit einem leicht angewinkelten rechten Arm tatsächlich auf drei junge Männer. Einer stand am Fenster und fuhr sich mit der Hand von vorne nach hinten durchs volle Haar, die beiden anderen saßen auf Stühlen.

Schweigen.

„Ihr habt für den Spaß hier bezahlt, zumindest einige, bis jetzt. Also ziehe ich das durch, obwohl mir nach den Darbietungen von heute morgen der Appetit gehurig vergangen ist."
Er sagte gehurig statt gehörig, aber niemand merkte das.
„Uns trennen offenbar Welten voneinander. Das fängt schon bei der Anzahl der Vorsprechrollen an, die ihr mir angeboten habt. Die Bemühten haben drei verschiedene Dinger heruntergeplappert, eine zwei, manche haben tatsächlich nur einen einzigen Text auf der Pfanne. Das ist ein starkes Stück. Mindestens die Hälfte von euch hat mir etwas vorgesprochen, was gar nicht auf die Bühne gehört. Dostojewski ist ein großer Schriftsteller, sagt man, aber er gehört nicht aufs Theater. Ihr habt bis jetzt nicht mal zu unterscheiden ge-

lernt, was auf eine Bühne gehört und was zwischen zwei Buchdeckel. Mein lieber Herr Gesangsverein!"

Schweigen.

„Weiters. Alle habt ihr einen schweren S-Fehler und ich kann euch nur dringend raten, dagegen etwas zu tun. Außerdem habe ich heute Morgen keinen einzigen Satz gehört, dem ich auf irgendeine Art und Weise geglaubt hätte."
„Varianten", setzte er gleich dran. „Varianten! Es gibt die Möglichkeit schnell zu sprechen und langsam, hoch und tief, eine Sache zu dehnen und eine andere zu verkürzen. Laut zu sprechen und leise und was weiß ich noch alles. Das hat übrigens noch garnix mit dem sogenannten Denken zu tun. Das käme dann erschwerend hinzu – irgendwann einmal. Alles auf einem Ton! Das geht doch nicht, Leute."
Der Padrone wechselte ins Weinerliche.
„Wißt ihr, was es heißt, auf einer Bühne zu stehen? Zu gehen? Offensichtlich nicht, sonst hättet ihr mir wenigstens das heute morgen gezeigt. Bis jetzt habt ihr nichts von eurem Beruf begriffen; außer ein paar dämlichen Faxen."

Schweigen

„Die Einzige, die mich interessiert hat, warst du."
Der Padrone zeigte auf die junge Frau, die ihn zur Rede gestellt hatte und die jetzt ganz gerade auf einem Stuhl vor ihm saß.
„Aber auch nur, weil du wie ein krumm geficktes Eichhörnchen vor

mir herumgehüpft bist."

Der Padrone hatte sich während er zu den jungen Leuten sprach nicht bewegt, was seiner Rede Kraft und Schärfe gab und er hatte das Gesagte dorthin geschickt, wo er es haben wollte, in die Köpfe seiner Zuhörer, nicht in die Herzen.

„Was ist falsch an einem . . . Eichhörnchen?" fragte die junge Frau.

„Nichts! Nichts!"

Er beugte sich vor.

„Aber wenn es nur das ist, ist es zu wenig! Eichhörnchen sind gut. Tiere sind wichtig, sehr wichtig sogar. Geht in den Zoo! Geht in den Wald! Beobachtet die Tiere! Setzt euch vor einen Affen-Käfig, einen ganzen Tag. Schaut dem Gorilla in die Augen. Dann wißt ihr was es heißt, in sich zu ruhen. Aber! Wir sind sprechende Tiere und manchmal auch denkende Tiere. Vor allem aber richtig sprechende Tiere!"

Sie saßen da und hörten zu. Einige nahmen sich vor, das mit den Tieren aufzuschreiben, nachher, noch vor dem Abendessen. Die junge Frau wartete, ob noch was käme. Sie war bereit alles aufzunehmen. Der, der geredet hatte, hatte das Gefühl, daß er ins Leere sprach.

„Na ja, wie gesagt, ihr habt bezahlt und ich zieh das die paar Tage durch. Vielleicht bleibt ja das eine oder andere hängen."

Schweigen.

„Wir haben das gezeigt, was man uns in den paar Monaten beigebracht hat", sagte die aufrecht Sitzende.

„Ja, ja, ich weiß."

Der Padrone war jetzt sehr müde.

„Aber, wenn ihr den Beruf ausüben wollt, müßt ihr spüren, daß da etwas grundsätzlich falsch läuft! Ihr müßt das spüren! Sonst laßt es lieber bleiben."

Wieder blickte er zu den drei jungen Männern. Er wollte sich setzen, aber es war kein Stuhl in der Nähe. Die immer noch aufrecht Sitzende stand auf, bot ihm ihren Stuhl an und setzte sich auf den Boden. Der Padrone lächelte, dankte und setzte sich. Ein bißchen komisch ist das schon, dachte er.

„Wenn ihr diesen Beruf ausüben wollt, müßt ihr ein Gefühl dafür entwickeln, was richtig ist und was falsch. Euch darf nie das Gefühl verloren gehen, daß ihr grundsätzlich auf dem richtigen Weg seid. Grundsätzlich. Egal, was um euch herum geplappert wird. Kümmert euch nicht darum. Außerdem, unser Metier hat keinerlei Bedeutung mehr. Darüber müßt ihr euch im klaren sein. Die Musik spielt heutzutage wo ganz anders."

Obwohl der Padrone ihr und euch sagte, sprach er eigentlich nur zu der jungen Frau, die vor ihm im Schneidersitz auf dem Boden saß und aufmerksam zuhörte. Irgendwann hob er den Kopf und schaute aus dem Fenster.

„Wir machen ein bißchen rum, für Geld. Mehr ist das nicht. Und wenn kein Geld mehr da ist, dann gehen wir woanders hin und machen da ein bißchen rum und wenn gar kein Geld mehr da ist, dann wird eben nicht mehr rumgemacht."

Der Padrone blickte wieder auf die junge Frau vor ihm, dann auf die anderen, schaute zu dem Dümmsten, der der immer noch am Fenster stand und sich ab und zu mit der Hand von vorne nach hinten durchs volle Haar fuhr. Warum haut der mir nicht einfach eine in die Fresse, dachte der Padrone. Man läßt sich doch nicht alles gefallen. Es gibt doch Grenzen.

„Kannst du mir einen vernünftigen Grund nennen, warum es eine so absurde Veranstaltung wie Theater geben soll?"

Der Angesprochene fuhr sich mit der Hand von vorne nach hinten durchs volle Haar und öffnete den Mund. Ob er tatsächlich etwas sagen wollte blieb unklar.

„Gib dir keine Mühe. Auf alles, was du sagen willst, weiß ich schon im voraus zehn Gegenargumente."

Der Padrone lächelte. Jetzt muß er doch endlich ausrasten. Dann donnert er mir eine und ich kann das Ganze hier abblasen. Nichts dergleichen geschah. Das Mädchen vor ihm seufzte. Der Padrone seufzte.

„Trotzdem. Die Sprache ist die Basis. Kümmert euch um die Stücke. Daß ich euch *Julius Cäsar* erzählen muß ist ein Unding!"

„Es war aber schön", sagte die Frau vor ihm leise.

Da wurde der Padrone ganz weich.

„Ja, ja."

Schweigen.

Er deutete auf das DVD-Gerät, rückte seinen Stuhl ein bißchen zurecht, drückte an den kleinen Tasten herum.

„Kommt ihr klar mit der Leinwand?"

„Die Leinwand ist doch jetzt ganz unwichtig!"

„Wie geht das mit dem Gefühl für das Richtige? Was ist das Richtige? Sagen sie es uns!"

Der Padrone kratzte sich mit der linken Hand an der rechten Wade.

Er fühlte sich sichtlich unwohl. Auf was hatte er sich da eingelassen? Welcher Teufel hatte ihn geritten? Zehn jungen Menschen in zehn Tagen beibringen, was Theater ist? Lächerlich.

„Was das Richtige ist? Das kann keiner sagen. Ich schon gar nicht. Ich kann euch nur den Rat geben, orientiert euch an den Alten. Schaut euch Bilder an, Gebäude, schult euren Blick, schult euer Gehör! Hört Musik! Lest!"

„Das ist zu wenig."

„Nein, das ist es nicht! Geduld. Ihr seid jung. Macht Fehler und lernt daraus! Macht viele Fehler und lernt mehr daraus! Ich kann euch nicht an der Hand nehmen und euch irgendwohin führen. Ich wüßte es ja selber nicht, wohin."

„Warum sind wir dann hier?"

Das kam von dem jungen Mann, der am Morgen so freundlich und offen „Mojn" gesagt und ohne große Schwierigkeiten drei Vorsprechrollen abgeliefert hatte.

„Ich habe euch am ersten Tag gesagt, was ich mit euch vorhabe. Ich kann euch ein paar Sachen zeigen. Dazu gehört auch dieser Film. Schaut ihn euch an. Vielleicht können wir später noch drüber reden. Über den Film und über anderes."

Schweigen.

Der Padrone dachte, wenn es jetzt weitergeht, kann noch was draus werden. Wenn jetzt die richtige Frage gestellt wird, das *Sesam-öffne-dich* erklingt, wenn jemand den Fuß in die Tür stellt, haben sie gewonnen. Beeilt euch! Vielleicht die Große vor mir? Aber niemand sagte etwas. Auch die junge Frau nicht. Wie schnell hatte sich alles geändert. Gestern noch gefangen von Shakespeare, Dank dem Herrn, und heute teilt derselbe Herr mit, du, du und du, ihr habt auf dem Theater nichts verloren. Der Padrone drückte auf die Play-Taste und versank in die Betrachtung der weißen Leinwand und der bewegten Zeichen, die sich, schwarz und weiß, auf ihr abbildeten.

Beim Abendessen fehlten drei Schauspielschüler. Dem Padrone war es vielleicht aufgefallen, vielleicht auch nicht. Es war ihm eigentlich egal. Die Köchin bemerkte es – natürlich. Die beiden Gutriechenden fehlten und ein Dritter, an den sie sich nicht erinnern konnte. Bereits während des Filmes, waren die drei, auf die der Padrone gezeigt hatte, aus dem Raum gegangen und hatten ihre Koffer gepackt. Eine kleine Notiz hinterlassend, waren sie noch vor dem gemeinsamen Abendessen zur Landstraße marschiert, hatten sich dort, Daumen der rechten Hand nach oben, an den Rand gestellt, waren irgendwann bis zum Bahnhof mitgenommen worden, hatten den ersten Zug Richtung Hauptstadt bestiegen und verbrachten vermutlich eine angenehme Woche in der Metropole.
Am nächsten Tag änderte der Meister das Programm und las den abwesend Anwesenden vor – vier Stunden lang. Er benutzte die jungen Leute als Probe-Publikum zur Vorbereitung einer Lesereise, die er in einem Monat würde antreten müssen. Reisender in Sachen Literatur. So ändern sich die Zeiten.
Die Klassensprecherin hatte den Padrone vor dem Vormittagsunterricht über den vorzeitigen Abgang der drei Kollegen informiert. Der reagierte mit einem „Gott sei Dank!" und „Wenn ihr wollt, könnt ihr alle gehen – wenn ihr bezahlt habt." Er fragte nach den Namen der Verschwundenen.

„Erwin was oder wie?" wollte er wissen, dann fiel ihm ein, daß die, die gegangen waren, noch nicht bezahlt hatten. Er schrie „Scheiße! Scheiße! Scheiße!". Dann setzte er sich an einen kleinen Tisch, schlug das mitgebrachte Buch auf und begann zu lesen.
Er las ein endlos langes laut Gedicht vor, aber die anderen hörten nichts, sahen nicht einmal zu ihm hin, blickten aus dem Fenster oder schlossen die Augen.
Das Gelesene bekam einen seltsamen Rhythmus, da von draußen immer wieder Schüsse zu hören waren. Es war Jagdzeit. Die Ballerei verhinderte, daß einige einschliefen, andere machten sich einen Spaß daraus, die Sekunden zwischen den Schüssen zu zählen, Interessierte versuchten, ein System zu entdecken, eine Reihe, ein musikalische Ordnung.
Das Eichhörnchen war die einzige, die wirklich zuhören wollte. Aber auch sie hatte Mühe zu folgen. Der da vorne las nicht für sie, er las für sich, war ganz bei sich, ließ sich weder durch die Unruhe vor ihm, noch durch die Schüsse draußen stören. Wichtig war ihm nur, daß etwas da war, ein Widerstand.
Erstaunlich war, daß der Padrone die Lesung um Punkt zwölf Uhr unterbrach, sozusagen mitten im Satz. Er stand auf, sagte, ohne jemand Bestimmtes anzublicken, „Mahlzeit", und verschwand. Die anderen blieben auf ihren Stühlen sitzen. Jetzt, da der Generalbaß des Vorlesers fehlte und die Jäger offenbar Pause machten, war es sehr still geworden.
„Wie soll das weitergehen?"
„Ich hab' bezahlt, ich halt die zehn Tage durch."
„Ich möchte was lernen."
„Haha!"

„Wir müssen mit ihm reden."
„Der sagt doch nichts."
„Beim Vorsprechen hat er auch nichts gesagt."
„Bei mir schon."
„Was denn?"
„Nimm die dämliche Sonnenbrille ab."
„Haha!"
„Theater ist immer weit weg!"
„Arschloch."
„Ich hau morgen ab."
„Er soll wenigstens mit uns an einer Rolle arbeiten."
„Wer spricht mit ihm?"
„Du."
„Nein, red' du mit ihm. Dir hört er wenigstens zu."
„Unter vier Augen. Dann hat er weniger Stress."
„Okay."
Die Auserwählte, die große Frau, paßte den Meister nach dem Mittagessen ab. Sie stellte sich einfach vor ihn hin, blickte ihm in die Augen und sagte:
„Wir möchten, daß Sie mit uns arbeiten."
Der Angesprochene wich dem Blick aus, kratzte sich mit der linken Hand an der rechten Wade, wozu es einer seltsamen Verrenkung bedurfte.
„Ich zerquetsche euch alle an der Wand."
Der Padrone hielt dem Blick der Abgesandten nicht stand und willigte ein.
„Heute Nachmittag soll der erste antanzen. Um zwei!"
Er konnte sich über die wiedergewonnenen beiden Stunden nicht

freuen. Die Klassensprecherin berichtete den anderen von dem kurzen Gespräch.

„Ich zerquetsche euch alle an der Wand."

Um zwei ging einer durch die Tür des Stalls. Die anderen lungerten mehr oder weniger absichtsvoll um das Gebäude herum. Sehen konnte man von außen nichts, hören kaum etwas. Man ahnte, daß Bewegung war in dem Raum, hörte lautes Aufstampfen, laute und leise Töne, irgendetwas krachte und alle warteten darauf, daß die Tür aufspringen und ein Schüler ins Freie stürzen würde. Aber es passierte nichts dergleichen. Stattdessen hörte man wieder laute und leise Stimmen, ohne daß man einzelne Wörter hätte unterscheiden können.

Drinnen verging denen die Zeit wie im Fluge.

Die draußen begannen zu frieren, manche langweilten sich dann doch, zogen sich zurück, tauchten wieder auf, wollten fragen, wie es stehe, fanden niemand mehr, der Wache gehalten hätte. Die Klassensprecherin hatte irgendwann bei AH angeklopft, der in seiner Kapelle saß und laß.

>   Wo kommt der denn jetzt plötzlich her?
>   Deus ex macchina Adolf Himmelweit, genannt AH,
>   erzählt Geschichten.
>   Passt das jetzt? Gretchen findet es gut

„Ei da kommt ja mein Gretscher."

Er bot der Besucherin einen Stuhl und Tee an und sagte:

„Des dauert. Wenn der Bub jemand in der Mangel hot, dauert des. Abber wie de ihn abgepasst host, des war erstklassisch. Er war wid-

der rischtisch verlege. Isch kann ja von hier aus alles wunderbar beobachte. Des is der Teuffel in Person. Setzt disch, isch erzähl dir e Gschicht, so lang der do drübe den arme Kerl verkassematuckelt. Weißt du eischentlisch, warum misch alle Welt AH nennt?"
„Nein", sagte Gretchen, „woher sollte ich?"
Ihm sei das zunächst gar nicht aufgefallen, dieses AH, aber irgendwann sei ein Neuer in der Klasse erschienen, klein, frech, geradezu keck, ein kecker, frecher Zwerg, der ihn bereits am zweiten Tag mit einem kurzen „Heil Hitler!" angesprochen habe. Laß den Blödsinn, habe AH zurück geraunzt und da habe der Neue zwei Namen auf ein Blatt Papier gemalt. Adolf Hitler und Adolf Himmelreich, und die Anfangsbuchstaben unterstrichen: AH. Wenn ich es einigermaßen schlau anstellen würde, habe der freche Zwerg in seltsam vertrautem Ton zu ihm gesagt, könne ich viel Geld damit verdienen. AH sei gleich ein Stück von ihm weggerückt, dieses vertraute, verschwörerische Getue sei ihm zuwider gewesen, aber dieser Teufel habe da doch etwas in ihm geweckt, was er dann sein Leben lang nicht mehr loswurde: Den Schabbernack, mehr sei es für ihn nie gewesen, mit den beiden Buchstaben AH.
Als er ein paar Tage über das intrigante Geraunze des Neuen nachgedacht hatte, machte er sich einen Spaß, eine Klassenarbeit im Fach Deutsch mit „AH" zu zeichnen.
Vor allem auf seinen Deutschlehrer, Sozialdemokrat, Invalide und auch sonst ein Mann, der einiges Mitleid erregte, hatte es der junge Flegel, der er damals gewesen sei, abgesehen.
„Isch war eischentlisch ein Nonkonformist, wie mer das damals nannte, bloß hot des kaner gemeggt, weil isch immer so brav angezoche war. Rollkragenpullover ware bei uns verpönt. Mir heiße net

von Karajan und du bist aach ka Orschelspieler, hat mei Mutter immer gesagt. Wär isch aber gern geworde, hat sie bloß ka Ahnung davon gehabt: Orschelspieler, wenn's vom Könne her gelangt hätt. Hats aber bei mir net. Dann ebe Priester, Pfarrer, da kann isch der Musik wenigstens zuhöre. So hab isch damals gedacht. Isch werd Priester, mir sin jo katholisch. Lebe sozusache in de Diaspora in Biebrisch. Des hot nadierlisch niemand gewußt in der Klass' un Daham, daß isch Pfarrer werde wollt. Dem Bub hab isch es emol gebeischtet, des war e Fehler."
Nach einer so langen Rede, brauchte AH eine Pause. Wahrscheinlich überdachte er das Gesagte noch einmal, ordnete es in seinem Kopf neu, strich das Überflüssige und wiederholte:
„Isch war Nonkonformist, bloß hots kaner gemeggt und isch wollt Priester werde."
„Mir wars imme zu eng, in meiner Haut. Isch wollt raus. Des hat misch bald verrickt gemacht, einerseits Priester, uff der anner Seit immer so übberzwersch. Du bist immer so übberzwersch, hat mei Mudder gesacht. Such der doch a Hobby."
„A Hobby. Die Mudder hat gud rede gehabt. Sollt isch Taube züschte oder Briefmarke sammele? Blödsinn."

Männer der ersten Stunde 1:
Ein sozialdemokratischer Deutschlehrer

Der sozialdemokratische Deutschlehrer – einbeinig aus dem Krieg zurückgekehrt, streng, Lehrer mit Leib, zumindest mit dem, was ihm davon geblieben war, spottete AH bitter über den Invaliden, und Seele, auch davon waren nach Auskunft seines ehemaligen Schülers große Teile in Rußland geblieben – hatte ihn dann bei der Rückgabe der Hausarbeit auch prompt auf die seiner Meinung nach peinliche Identität seines Namenskürzels AH mit dem Namenskürzel des „Größten Verbrechers der Weltgeschichte", wie der Lehrer mit ungebremstem Zorn herausschrie, hingewiesen und ihn gebeten, AH betonte, gebeten, er möge doch in Zukunft seinen Namen einfach ausschreiben: Adolf Himmelweit sei doch ein schöner Name, den muß man doch nicht abkürzen.

Es gab einen kleinen Wortwechsel, in dessen Verlauf Adolf Himmelweit vorbrachte, er, der Deutschlehrer, rede ja auch einmal von der Sozialdemokratischen Partei Deutschlands und dann wieder von der SPD. Ja, natürlich, gab der Lehrer dem Schüler Recht, weil es manchmal zu umständlich und zeitraubend sei, den vollen, stolzen Namen der ältesten politischen Partei Deutschlands, die immer die Partei der Unterdrückten gewesen sei und immer sein wird, wie er pathetisch anfügte, auszusprechen. Richtig, sagte der Schüler Adolf Himmelweit, wenn ihm noch eine Minute blieb, um kurz vor der Abgabe einer Klassenarbeit, die eine oder andere stilistische Verbesserung im Text vorzunehmen, sei ihm, Freund des präzisen Ausdrucks und der geschliffenen Formulierung, die Zeit einfach zu kostbar, um sie für das mühsame – er zog dieses Adjektiv mit Genuß in die Länge – das müüühsaame Ausschreiben seines Namens zu verschwenden.

„AH und fertisch!"

Das gehe schnell und jeder wisse, von wem es komme: nämlich von ihm. Im Übrigen, sagte er dem fassungslosen Lehrer ins Gesicht, heiße er Adolf Heinrich Rudolf Joseph, mit PH, Herrmann Himmelweit. Aber, fügte er gleich hinzu, als er sah, wie das Gesicht des

schwer kriegsverletzten Deutschlehrers immer blasser wurde, handele es sich ausschließlich um die Vornamen der Brüder seines Vaters, derer fünf, alle im Krieg gefallen, und um nichts anderes.
Die Pausenglocke habe den Disput beendet. Der Deutschlehrer sei weiter nicht mehr auf die Sache eingegangen, bis – Tage später – , er, AH, einen Termin beim Direktor bekommen habe. In dessen Zimmer hätten, als Adolf Himmelweit, nach kräftigem Klopfen an die gepolsterte Doppeltür, einem vorsichtigen Hören und einem lauten „Herein!", eingetreten sei, vier Herren bereits auf ihn gewartet: der einbeinige Deutschlehrer, sein Klassenlehrer, der Mathematik und Sport unterrichtet habe, fanatischer Leichtathlet, der es bereits zu einigem Ruhm in der jungen Republik gebracht hatte und seine Schüler, Gott weiß warum, vor allem die, die nicht seinen sportlichen Ansprüchen genügten, quälte und demütigte, im Schulfach Sport und im Schulfach Mathematik. Des weiteren, gewissermaßen den Vorsitz der Versammlung führend: der Schulrat, den Adolf von diversen Abschlußfeiern kannte und natürlich der Direktor des Gymnasiums, der einzige, der ihm freundlich zunickte und ihn aufforderte, Platz zu nehmen. Adolf Himmelweit wäre gerne stehen geblieben, da er im Stehen besser reden konnte, aber er wagte damals nicht, den angebotenen Platz zu verweigern. Das wäre denn doch zu schroff und keine gute Eröffnung für die Verhandlung gewesen.
Thema der kleinen Konferenz: „Die Sache AH". Adolf habe, bis in die einzelnen Formulierungen hinein, sehr selbstbewußt sein bereits dem Deutschlehrer gegenüber vorgebrachtes Argument wiederholt, wobei er die für ihn wichtige Feststellung gemacht habe, daß auch dieser mehr oder weniger erlauchte Kreis ehrenwerter Herrschaften

und das holzgetäfelte, großzügig bemessene Direktionszimmer, keinen besonderen Eindruck auf ihn, Adolf Himmelweit, Sohn eines Klempners aus Biebrich, gemacht habe. Sehr selbstbewußt habe er die Aufzählung seiner fünf Vornamen genossen, nach jedem Heinrich oder Joseph mit PH eine kleine Pause setzend, so als müsse er überlegen, welcher Name als nächstes käme, in Wahrheit aber in den Gesichtern eines jeden seiner Zuhörer die unterschiedlichen Reaktionen lesend und wissend, als er bei Herrmann angekommen war, daß diese Männerrunde nicht nur uneins in der Bewertung des Vorgangs gewesen sei, sondern, daß sie Feinde waren. Politische Gegner, um nur das Wenigste zu sagen, seit mindestens zwanzig Jahren, wir schreiben das Jahr Neunzehnhundertdreiundfünfzig. Die Herrschaften fühlten sich offensichtlich nicht im Namen des sozusagen noch druckfrischen Grundgesetzes, sondern ausschließlich wegen der Anordnung ihres Dienstherrn verpflichtet, hier zusammenzusitzen und gemeinsam über die „Sache AH" zu befinden.
„Die werrn sich nie einisch, net in hunnert Johr. Die däte sich am liebste mit dem Messe' an die Gurgel gehen. Des hab isch von Anfang an gemeggt. Die wern sich nie einisch, net in hunnert Johr?

Männer der ersten Stunde 2:
Ein Nazi, jetzt auch SPD und Stütze der jungen, demokratischen Verwaltung.

Fuffzehn Johr später, hab isch auf irschendanner Jahrestagung von der Handwerkskamme einen Herrn kennengelernt, Ministerialdirektor, der zu mir gesacht hot: „Adolf Himmelweit haaße sie? AH? Isch kenn sie. Isch bin der Beamte gewese, der sich in jungen Jahren,

mit ihrm sogennante Fall beschäftige durfte und isch erinnere misch auch nur deshalb dran, weil isch bei der Geleschenheit mei Frau kennengelernt hab. Mir trinke jedes Johr an unserm Hochzeitstag e Glässche auf AH; un wenn sich aner beschwert, dann erzähl isch ihm ihr Gschicht und alles is widder in Budder"
AH trank einen Schluck Tee, räusperte sich und sagte: „Schläfste schon? Net? Also paß acht. Isch weiß noch, wie isch zu ihm gesacht hab, hoffentlich trinke se auf de rischtische AH und er hot geantwortet, darauf könne se ein lasse, und damit war der Abend gerettet. Die langweilisch Veranstaltung war uns worscht, mir habe uns französisch verabschiedet un sinn in die Wertschaft gescheübber von der Handwerkskammer gegange und er hot mer die ganze Gschicht erzählt. Wie er die Akte uff de Tisch geknallt gekriegt hot und wie er sei Frau umschwänzelt hot, beim Diktat."
Die „Sache AH" wanderte aus dem holzgetäfelten Zimmer des Direktors, da sich die vier Herren, wie Adolf Himmelweit vorausgesagt hatte, in der Beurteilung der Sache nicht einigen konnten, zum Oberschulamt und von dort ins Kultusministerium. Dort befaßte sich Wochen später eben jener Beamte mit dem Vorgang. Ein lupenreiner Nazi, der, nach einer angemessenen Schonfrist, ausgestattet mit einem Persilschein erster Klasse, Ende der vierziger Jahre in die SPD eingetreten war, im Kultusministerium schnell Karriere gemacht hatte. Eine in jeder Beziehung wertvolle und aufopferungsvoll arbeitende Stütze des noch sehr jungen Staates. Jurist, brillanter und ausgefuchster Verwaltungsmann, der wußte wie man eine große Behörde leitet. Viel besser im Übrigen als alle Minister in den verschiedenen Ministerien, die er kommen und wieder gehen sah, in den dreißig Jahren seines Dienstes im Namen der Demokratie, wäh-

rend denen er mehrmals das Parteibuch wechselte, was zum Spiel gehörte und die Karriere förderte, nicht nur bei ihm. Nun sollte er also in der „Sache AH" entscheiden. „Sei Sekretärin sitzt scho auf ihrm Stühlsche und wartet uffs Diktat." Endlich darf ich mich mit den wirklichen Problemen dieser Welt beschäftigen sagt der Beamte, sagte er aufgeräumt, lächelnd und seufzend, ein bißchen Theater spielend, zu seiner Sekretärin. Die Akte war auf ihrem Weg durch die Abteilungen der Schulbehörde auf mehrere hundert Seiten angeschwollen. Unter anderem deshalb, weil ein eifriger Beamter des Oberschulamtes sich die Mühe gemacht hatte, die einschlägige Literatur über den Gebrauch von Namenskürzeln im Allgemeinen und die Verwendung des Kürzels „AH" im besonderen, im Verwaltungsbetrieb deutscher Behörden in den Jahren Neunzehnhundertdreiunddreißig bis Neunzehnhundertfünfundvierzig zusammenzutragen, nebst einem, mit dem Vermerk „Nur für den Dienstgebrauch" gekennzeichneten Sonderteil über die Verwendung des Namenskürzels „AH" durch den „Führer" selbst. Dem frisch gebackenen Ministerialrat war sofort aufgefallen, daß die Anführungszeichen, zwischen denen der „Führer" stand, nachträglich und von Hand ins Manuskript eingefügt worden waren. Den Mann muß ich mir merken, dachte der Beamte und notierte sich den Namen des unterzeichnenden Referenten. Für später.

Nicht ohne Humor und einigermaßen furchtlos angesichts des Riesenpakets, das auf dem Schreibtisch in die Höhe ragend, ihm zunächst die Sicht auf das hübsche Gesicht seiner Sekretärin versperrte, diktierte der Ministerialdirektor, seine Beurteilung zur

„Sache AH". Doppelpunkt. Die Angelegenheit könne ohne großräumige geopolitische Untersuchungen, (er empfehle die Hinzuziehung des Referats IV/3b), ohne Berücksichtigung der weltpolitischen Lage der letzten hundert, um ganz sicher zu gehen, der letzten zweihundert Jahre (zu erstellen vom Referat II/4a), ohne genauestes Studium der Geschichte der Arbeiterbewegung und ihrer diversen Krisen und Sezessionen, (Referat VIII/5gda) – hier bat die Sekretärin um eine kleine Pause, während der sie sich die Tränen aus den Augen wischen konnte – und überhaupt, der Ministerialdirektor erhob sich und ging im Zimmer auf und ab, verbitte er sich ein für alle Mal, mit so einem Scheißdreck, ja, ja, Fräulein, schreiben sie ruhig „Scheißdreck", und dahinter ein Ausrufezeichen, belästigt zu werden. Es wäre Aufgabe des unterrichtenden Deutschlehrers gewesen – Volksgenosse, nein Genosse, deshalb darf man ihm nicht zu fest in den Allerwertesten treten – Aufgabe des unterrichtenden Deutschlehrers gewesen, eine vernünftige Regelung in der sogenannten „Sache AH", jetzt mußte auch der Ministerialdirektor herzlich lachen und seine Sekretärin nutzte die Gelegenheit, über Minuten Aufgestautes herauszuprusten – wir haben offensichtlich denselben Humor, dachte der Ministerialrat – dem Schüler, wie heißt der? Adolf Himmelweit, noch ein Lacher, eine vernünftige Regelung vorzuschlagen. Da der Kollege, aus welchen Gründen auch immer, dazu nicht in der Lage gewesen sei, stattdessen den, ach so bequemen, Behördenweg eingeschlagen habe, ein Beispiel pädagogischen Versagens auf der ganzen Linie –

„Ach, streichen Sie das bitte wieder, der Mann hat im Krieg ein Bein verloren und außerdem ist er in der Partei. Letzteres streichen sie bitte im Manuskript und in ihrem hübschen Kopf", fügte der Beamte schnell hinzu. Die Sekretärin bekam augenblicklich einen Schluckauf.

„Parteizugehörigkeit ist weder positiv noch negativ in Betracht zu ziehen."

Der Beamte ging zum Waschbecken, drehte den Wasserhahn auf, ließ das Wasser für kurze Zeit laufen, nahm ein Glas von der kleinen Anrichte, spülte es aus, füllte es zu Dreiviertel und drehte den Wasserhahn wieder zu. Während er das tat und dann mit dem gefüllten Glas zu seiner Sekretärin ging, die vergeblich versuchte, den Schluckauf zu unterdrücken, diktierte er betont sachlich:

„Ich verfüge daher, daß in der Sache AH dem Schüler Adolf Himmelweit keinerlei Vorschriften bezüglich der Abzeichnung von Schul- und Hausarbeiten gemacht werden dürfen. Punkt."

Er reichte seiner Sekretärin das Glas Wasser.

„Was machen sie eigentlich heute Abend?"

Die Geplagte antwortete mit „Hick!" und „Hick!" und schrieb die an sie gerichtete Frage, ob aus Gewohnheit oder um Zeit zu gewinnen, auf ihren Stenoblock. Dann nahm sie das Glas und trank es in einem Zuge aus. Der Ministerialdirektor betrachtet sie und sagte, während er das leere Glas wieder entgegennahm:

„Den letzten Satz streichen sie bitte im Manuskript, aber nicht aus in ihrem hübschen Kopf."

Die Sekretärin antwortete mit einem kurzen „Hick!", der Beamte schaute auf die Uhr.

„Zeit für die Morgenrunde beim Minister" und verließ den Raum, begleitet von einem leisen „Hick!" seiner Sekretärin.

Adolf Himmelweit schloß seinen Bericht über die „Sache AH" mit der Bemerkung, daß er, auch auf wiederholtes Nachfragen, vom

Deutschlehrer nie eine wie auch immer geartete Auskunft bekommen habe. Lediglich eine zufällige Begegnung mit dem Direktor auf dem Schulhof, von dem er, AH, kaum hatte er seine Frage an den Schulleiter gerichtet, quasi im Vorbeigehen zugerufen bekommen habe: „Die Sache hat sich erledigt!", verschaffte ihm, dem Schüler, die Gewißheit, daß er in Zukunft verfahren dürfe wie er wolle.

„Zwischedorsch hab isch den Herrn Ministerialrat gfracht, was er denn als Kultusbeamter bei der Handwerkskamme zu suche hot und er hot bloß abgewunke un gemeint, isch bin jetzt im Ministerium fer Wertschaft un Verkehr und hot gerufe, Fröilein, noch zwei Bier, Wertschaft un Verkehr, beides Spezialgebiete von mir un hat laut gelacht. Da hat er aber schon ziemlisch getankt gehabt – isch aber aach."

Bleibt noch nachzutragen, daß Adolf Himmelweit für den Rest seiner Jahre auf dem Gymnasium, alle schriftlichen Haus- und Klassenarbeiten mit AH zeichnete. Selbstredend auch den Abitursaufsatz „Prüfungsfach Deutsch", den er übrigens eine halbe Stunde vor der Zeit abgab. Der einbeinige Deutschlehrer benotete die Arbeit mit einer Drei plus, der Co-Prüfer gab dem Aufsatz eine glatte Eins. In der mündlichen Prüfung, die von einem externen Kultusbeamten geleitet wurde und während der der Kriegsversehrte nicht ein Wort sagte, sprach der Abitur-Anwärter Adolf Heinrich Rudolf Joseph Hermann Himmelweit über den Begriff der Zivilcourage bei Thomas Mann und wurde nach einer halben Stunde gespannten Zuhörens vom Prüfungs-Ausschuß mit der Deutsch-Gesamtnote „Eins" nach Hause geschickt.
„Isch hab übrigens später nie Espede gewählt", sagte AH. „Isch

hab immer gedacht, wenn die all so hinnervotzisch sin, wie mei Deutschlehrer, dann kriesche die mei Stimm net."

Zurück zum Roman:
Da waren's nur noch sechs, fünf, vier ...

Beim Abendessen saßen Meister und Schüler bereits an ihren angestammten Plätzen, als die anderen erschienen. Es war Donnerstag und es gab wieder Kaltes, das sich jeder aus der Küche selbst holen mußte. Alle wollten natürlich wissen, wie es gewesen sei, keiner traute sich zu fragen. Der Schüler wirkte weder besonders fröhlich, noch besonders traurig. Er aß ein bißchen etwas, trank Wasser und war dann der erste, der aufstand und eine „Gute Nacht!" wünschte. Der Padrone erwiderte den Gruß.

Beim Frühstück am nächsten Morgen, das ohne den Padrone stattfand, fehlte wieder einer: Der Geprüfte des Vortages hatte sein Bett abgezogen, das Laken zusammengelegt, den Mülleimer geleert und war verschwunden. Auf der Matratze lag ein Zettel. „Das war's! M." Mehr brauchten die anderen nicht zu wissen. Der Zettel war beim Frühstück herumgereicht worden.

Über die Köchin, die todmüde Kaffee gemacht hatte ließ der Meister ausrichten, um neun warte er am bekannten Ort auf den nächsten Kandidaten. Sie sagte etwas, was keiner verstand. Alle blieben sitzen und warteten auf das, was da kommen möge, bis eine, als nichts kam, sich auf den Weg machte, herauszufinden, wo der Padrone abgeblieben war. Sie kam nicht wieder. Der Verwalter Antonio, genannt Totó, war auf die Jagd gegangen. Fünf Schauspielschüler und Schauspielschülerinnen aus Deutschland saßen an einem

Freitagvormittag in einem großen Eßraum auf einem Gut irgendwo in einem fremden Land, weit ab vom nächsten Gleisanschluß und warteten. Keiner wußte, auf was.

Diejenige, die sich auf die Suche nach dem Padrone gemacht hatte, war im oberen Stock des Stalls gelandet, war vom Meister mit den Worten, „Na endlich, wo warst du denn so lange?" empfangen worden und wurde von ihm für den Rest des Vormittags in die Mangel genommen.

Das Mittagessen wurde pünktlich serviert. Als der Padrone zum Essen erschien, sang er vor sich hin: „Zehn kleine Negerlein, die..."

Alle wußten, jetzt waren sie nur noch zu viert.

Die Klassensprecherin fragte, was denn mit den angekündigten Exkursionen sei. „Gerne!" sagte der Padrone. „Abfahrt pünktlich zwei Uhr." Das Essen wurde schweigend eingenommen.

Um zwei wurden alle in ein Auto gepackt, der Padrone setzte sich ans Steuer und fuhr los. Keiner wagte zu fragen, wo es denn hingehen solle. Der Padrone fuhr wie eine gesengte Sau. Auf Straßen, auf denen der Vernünftige siebzig fuhr, der Unvernünftige, aus welchen Gründen auch immer, hundert, raste der Padrone mit hundertvierzig, hundertfünfzig dahin. Wem wollte er was beweisen? Er überholte in unübersichtlichen Kurven, brachte den Wagen über Kuppen hüpfend, beinahe zum Fliegen, bremste abrupt, fuhr rechts ran, schaute, zog eine Karte aus dem Handschuhfach, sagte „Scheiße!", wendete mitten auf der Straße, wobei er einen Öltankzug zur Notbremsung zwang, raste dieselbe Straße ein Stück zurück, bog in eine Nebenstraße ein, die so schmal war, daß nie und nimmer zwei Autos aneinander vorbeikommen würden, und fuhr mit unverminderter

Geschwindigkeit weiter. Die drinnen saßen versuchten sich irgendwie festzuhalten, zwei, die an den hinteren Fenstern saßen, öffneten diese und übergaben sich.

„Hier zieht es wie Hechtsuppe!", sagte der Fahrer und trat aufs Gaspedal. Einer, der in der Mitte der Rückbank saß, kotzte in ein Taschentuch. Die, die vorne saß, auf dem Beifahrersitz, mit möglichst großem Abstand zum Fahrer, starrte einfach vor sich hin und begann in der Stille zu beten.

Plötzlich war man angekommen. Eine schmale, eng zwischen hohen Häusern angelegte Straße führte hinauf zu einem mächtigen Palast. Sommer-Residenz der Päpste. Ein Parkplatz. Aussteigen. Schneller Schritt zum Eingang. Jeder zahlt für sich. Führung in der Landessprache. Die Schüler verstanden kein Wort, aber es gab genug zu sehen. Hohe Räume, deren Wände und Decken bemalt waren, mit Hirschen und Schiffen, Pferden mit Flügeln und nackten kleinen Kindern, alten Männern und idealen Landschaften, Perspektiven und Wolken, tiefblauer Himmel und seltsame Ballons. Den von Übelkeit Geschüttelten mischte sich alles. Sie blieben stehen und schauten nach oben und ehe sie etwas erkennen konnten, wurden sie weitergetrieben. Ein Wärter schloß jeden Saal umständlich auf und dann wieder umständlich zu. Einige gingen untergehakt, andere tasteten sich an den Wänden entlang, vom Führer ermahnt, nichts zu berühren. Der Padrone übersetzte „Laßt eure Scheißfinger in der Tasche."

Im übrigen unterhielt er sich vorzüglich mit dem alten Führer, parlierte mit ihm, das Gesagte mit den Armen wild herumfuchtelnd, diskutierte über das eine oder andere Motiv, korrigierte den offensichtlich Unkundigen, lachte, strich ihm verständnisvoll über den

Oberarm, eine Geste, die Mitleid ausdrücken sollte, übernahm schließlich selbst die Führung, sprach allerdings auch in der Landessprache zu den Schülern. Diese faßten trotz allem Interesse an dem einen oder anderen Abbild, blieben stehen, wurden wieder zur Eile gemahnt, stolperten in einen Raum, in dem die eigenartigsten akustischen Spielchen getrieben werden konnten, flüsterten von Ecke zu Ecke oder prüften, vom Führer aufgefordert, durch kräftiges In-die-Hände-klatschen, den trockenen Klang. Aber bevor sie Gefallen daran finden konnten, war auch dies vorüber, der Schlüssel krachte im Schloß, die Tür war zu. Der Padrone verweilte in einem anderen Saal vor einer Weltkarte, die Afrika und Amerika als einen Kontinent zeigte. Die Schüler hörten die schnell gesprochenen Erklärungen in der fremden Sprache. Dann wurde eine andere Tür aufgeschlossen und sie waren im Park. Die Besichtigung war beendet.

Einmal wurde die große Frau eingeschlossen. Sie wollte allein sein. Das Reden des Padrone, das sie auch in der Landessprache als besserwisserisch empfunden hatte, tat ihr weh. Hat nichts mit dem hier zu tun, dachte sie. Das hier ist Schönheit und Harmonie und nicht zu Begreifendes. Und der redet, als ob er das alles selbst gemacht hätte. Nichts hat er gemacht. Ein aufgeblasener Gockel ist er, der keine Ahnung hat, wie man mit jungen Leuten umgeht.
Die Stimme im Nebenraum entfernte sich, eine nächste Tür wurde auf und wieder zugeschlossen, es war still und kalt. Sie war allein. Sie legte sich auf den Boden und betrachtete die Decke.
Jedes Wort war hier zuviel. Ihre Augen wanderten von Figur zu Figur. Sie war glücklich. Das Bild der über ihr kreisenden weißen Vögel, die sie in einer Mittagspause vor Tagen beobachtet hatte,

mischte sich mit den an der hohen Decke zu betrachtenden Motiven.

Irina: Mir ist, als flöge ich auf einem Segelboot dahin, über mir der weite blaue Himmel, und hoch oben kreisen große weiße Vögel.*

Als man sich an sie erinnerte, und der Wärter durch die Räume ging, um sie zu suchen und sie schließlich fand, lag sie immer noch auf dem Boden und blickte zur Decke. Sie pfiff eine Melodie als sie am Wärter vorbei zu den anderen in den unteren Stock und dann in den Park ging. Die Klasse wartete frierend auf sie. Es war ihr egal. Der Padrone sagte etwas, was sie nicht hören konnte, da sie noch hoch droben in einem weißen Segelboot dahinflog.
„Leckt mich alle am Arsch!" Ruhig und klar gesprochen klang es aus ihrem Mund überhaupt nicht ordinär und hatte etwas wohltuend Selbstverständliches. Sie pfiff weiter ihre kleine Melodie.
Dann saßen sie wieder im Auto und rasten zurück.

Schweigen.

Beim Abendessen fehlten zwei Schüler. Magenverstimmung. Da bei Tisch jeder seinen anfänglich zugewiesenen Platz beibehielt, auch als sich die Reihen gelichtet hatten, saß man jetzt weit voneinander entfernt. Der Padrone aß mit Genuß eine öltriefende, weiße Speise, ließ sich zweimal nachreichen, schmatzte übertrieben, den Mund knapp über dem Tellerrand haltend. Blickte, als er aufstand, in die Runde, sagte „Mal sehen, wer morgen die Flucht ergriffen hat. Na mir soll's Recht sein," und verließ den Raum.

Am anderen Morgen fehlten tatsächlich zwei weitere Schüler. „ . . . da waren's nur noch drei."
Drei, die kaum noch miteinander sprachen, die nichts mehr zu sich nahmen, was der Padrone mit Genugtuung registrierte, die viel Zeit auf ihren Zimmern verbrachten, die jetzt für fast jeden zu Einzelzimmern geworden waren, auf dem Bett lagen und an die Decke starrten. Aber nicht alle sahen an der Decke einen blauen, weiten Himmel, ein Segelboot und, hoch oben, große, weiße Vögel.

Irina: Mir ist, als flöge ich auf einem Segelboot dahin, über mir der weite blaue Himmel, und hoch oben kreisen große weiße Vögel.

Die Irina, die werde ich spielen, ganz bestimmt, dachte die junge Frau. Daran wird mich auch dieser schlechte Mensch in seinem großen Haus nicht hindern. Da muß er mich schon totschlagen und raus tragen.

Aus drei wurden zwei und aus zwei, eine. Mit jedem Schüler und mit jeder Schülerin, der oder die verschwand, wurde der Padrone ein bißchen älter. Ein bißchen schneller ging er dem eigenen Tod entgegen. Mit jedem Grüppchen, das sich morgens, wenn es noch dunkel war, auf den Weg zur Landstraße machte, um dann per Anhalter zum Bahnhof mitgenommen zu werden, vergrößerte sich der Abstand zwischen ihm und den jungen Leuten, deren Schicksal ihm doch so sehr am Herzen lag. AH war da keine große Hilfe. Er wolle sich da nicht einmischen, hatte er später einmal gesagt. Er aß in der Kapelle, allein.
Die große Frau saß beim Abendessen in größtmöglicher Entfernung

vom Padrone am großen Tisch und löffelte die Minestrone. „Theater ist immer ganz weit weg." Sie hatte für zehn Tage bezahlt und bestand auf Erfüllung der Vereinbarung. Einmal fragte sie ihn, wann er mit ihr arbeiten würde. Es dauerte einige Zeit, bis ihn die Frage erreichte, er drehte langsam den Kopf, versuchte in die Augen der anderen Person zu blicken, war irritiert, schaute zur Decke, versucht noch einmal der Frau in die Augen zu schauen, vergeblich, stand mühsam auf und ging aus dem Raum.
Einmal brachte die Köchin dem Padrone Kaffee an den großen Tisch und sagte, das heb sie unter dem Bett in einem der Gästezimmer gefunden. Sie legte ein paar Blätter auf den Tisch, machte das Licht an und ging zurück in die Küche. Heute war Donnerstag. Sie würde dieses ihr unheimlich gewordene Haus schon früh am Nachmittag verlassen, um in der Stadt zu bummeln, mit einer ihrer neuen Freundinnen Kaffee trinken, den Unterricht besuchen und danach lange in der Bar sein, mit den anderen. Das hatte sie sich fest vorgenommen. Und bald, sehr bald, würde sie für immer verschwinden. Alles war vorbereitet.
Ciao, Gina, wir wünschen Dir alles gute und möge Dein neues Leben nicht in einer Trabantenstadt in einer Zwei-Zimmer-Wohnung enden.

Der Padrone liest ein Theaterstück.
Ein Fragment.
Früher stand etwas anderes auf den Blättern.

Der Padrone blickte müde und zerstreut auf die Papiere, blätterte ein bißchen darin herum, nahm das erste Blatt in die Hand. Begann zu lesen. Konnte nichts erkennen und suchte umständlich nach seiner Brille, fand sie, setzte sie auf, und las:

<u>Der Groß-Pädagoge</u>

Personen
Eva, Emilia, Emma, Ernestine, Eleonore.

Schauspielschülerinnen, zwischen zwanzig und dreiundzwanzig Jahre alt, über einsachtzig groß, kurzsichtig und/oder weitsichtig, „schwerer S-Fehler", unbegabt.

Ja, dachte der Padrone. Dieses Schicksal teilen sie mit den meisten ihrer Zunft. Eigentlich mit allen. Schwere S-Fehler und unbegabt. Er hielt das Blatt gegen die Lampe und sah, daß, kaum lesbar, etwas anderes, unter dem Handgeschriebenen hindurchschimmerte. Was war das? Er hielt das Blatt gegen das Licht und dann wieder näher zu sich. Er nahm die Brille ab, setzte sie wieder auf. Einmal schien es ihm, als ob er etwas erkennen könne, er entzifferte, Buchstabe für Buchstabe: *Cotro*... und *Ilse*. Dann war das Andere wieder verschwunden und er las...

... Adam, Anton, Anselm, Andreas, Anatoli.
Schauspielschüler, zwischen zwanzig und dreiundzwanzig Jahre alt, über einsachtzig groß, kurz und/oder weitsichtig, „schwerer S-Fehler", unbegabt.

Der Padrone seufzte. Das fängt ja gut an . . .

> . . . Eine Köchin, dick, spricht Englisch mit starkem Akzent.
> Ein Verwalter Antonio, genannt Totó, mit doppelläufiger
> Jagdflinte (stumme Rolle).
> Ein Zwerg, dicke Finger, spricht mit unangenehm scharfem
> Berliner Dialekt.
> <u>Ort</u> der Handlung: Ein Zimmer, Stühle für alle;
> Deckenhöhe:
> Ein Meter fünfzig. Eine Tür.
> <u>Zeit</u>: Heute . . .

. . . Der Padrone blickte auf, er schaute um sich, hilflos, steif. Ganz allein saß er an dem großen Tisch, an dem es doch vor ein paar Tagen noch ganz fröhlich und laut zugegangen war. Oder hatte er sich das alles nur eingebildet? Ich bin ganz allein, dachte er – vielleicht. Wo sind denn alle hin? Gestern saß doch da, am anderen Ende, noch ein Mädchen. Er zeigte in die Richtung, zog die Hand schnell wieder zurück, als ob er sich ertappt fühlte. Als ob. Wozu die Geste, wenn keiner da ist, der sie sieht, dachte er. Theater braucht Publikum! Im Haus war es ganz still. Er horchte. Soll ich mir einen Hund anschaffen, der ab und zu bellt? Er senkte den Kopf, sah das beschriebene Blatt vor sich und las . . .

> . . . Wenn sich der Vorhang öffnet . . .

. . . heute öffnet sich kein Vorhang mehr, dachte der Padrone. Man betritt den Zuschauerraum, schaut auf die offene Bühne – und

möchte am liebsten gleich wieder gehen. Eine 70er-Jahre Couch, ein Sessel, ein oder zwei Zinkeimer und auf dem Programmzettel steht, *Schiller/Maria Stuart*. Der Junge hat immerhin einen Vorhang vorgesehen. Der Junge? Vielleicht war es die lange, dünne? Vielleicht der schüchterne, dem ich gestern geraten habe, er solle sich einen anderen Beruf suchen? Sympathischer Kerl, eigentlich. Aber vollkommen unbegabt. Wer könnte so was denn noch ... er hatte sie alle vergessen. Er wollte ihnen doch soviel beibringen, soviel weitergeben, aber
irgendetwas war zwischen ihm und denen. Die Zeit? Das Mädchen, bei dem er gelegen hatte, die letzten Nächte. Wie sah die denn aus? Ein Vorhang also, ein bißchen Geheimnis, bevor es losgeht ...
Wieder hielt der Padrone das Blatt gegen die Lampe, aber er konnte nichts erkennen. Er ließ das Blatt einfach aus der Hand gleiten. Er nahm ein zweites, hielt es gegen die Lampe und las:

> ... sitzen alle Schüler auf ihren Stühlen. Sollte ein Schüler/Schülerin während des Spiels aufstehen, stößt er/sie sich an der niederen Decke schmerzhaft den Kopf. Irgendwann bluten alle Köpfe. Der Verwalter Antonio, genannt Totó, steht mit der Flinte unter dem Arm an der Tür, ab und zu lädt er das Gewehr und schießt, auf ein Zeichen des Zwerges, durch die Decke.
> Die Köchin sitzt auf einem Stuhl nahe der Rampe, ißt Unmengen Spaghetti und sagt in unregelmäßigen Abständen „Beautyfoul".
> Der Teller leert sich nicht.
> Der Zwerg, auf hohen Kothurnen, sodaß er genau zwischen Fußboden und Decke paßt, dicke Wurstfinger, hat einen Stoß

großer Blätter unter dem Arm. Er hält jedem/r Schüler/Schülerin ein Blatt vor das Gesicht und fragt:

Zwerg
Kurz und . . .

. . . der Padrone mußte lächeln. Hat sich was dabei gedacht, der Junge. Verdammt noch mal, warum ein Junge? Es könnte doch auch eine von den Pißnelken geschrieben haben. Das Bühnenbild spielt mit!
Irgendwo hatte er einmal eine Inszenierung gesehen, die damit begann, daß es im Zuschauerraum dunkel wurde. Dann hörte man ganz leise Vogelgezwitscher, dann ein bißchen Licht, gerade soviel, daß man sah, wie sich der große Spielvorhang in einem eleganten Schwung öffnete, ein bißchen mehr Licht, dann sah man einen zweiten, nicht ganz so schweren Vorhang aufgehen und dahinter lag eine, von einem Schleier nur noch leicht verdeckte Landschaft. Als sich, das Vogelgezwitscher war mittlerweile lauter geworden, der Schleier hob, war man so gebannte, von diesem, nur im Theater möglichen Anfang . . . den Rest des Abends hatte er vergessen. Er wußte nicht einmal mehr, welches Stück in dieser zauberhaften Landschaft gegeben wurde.
Vergessen.

. . . wie heißt der Maler?

Schüler/Schülerin öffnet den Mund, will antworten, der Zwerg zerknüllt das Papier und stopft es dem/

der Schüler/Schülerin, bevor diese(r) zu sprechen beginnt,
in den Mund.

Zwerg
Der Maler gräulich.
Ihr macht nicht was ich euch sage. Das ist zum Haareraufen . . .

. . . Haareraufen ist zu schwach, dachte der Padrone. Er suchte in seinen Taschen umständlich nach etwas zu schreiben, fand in der linken Brusttasche seines Hemdes einen kleinen, kurzen Bleistiftstummel, strich Haareraufen durch und setzte Mäusemelken drüber.
„Zum Mäusemelken!" sagte er laut.
„Das ist doch zum Mäusemelken!"
Das hat Kraft, dachte er.

Der Vorgang wiederholt sich, bis alle Schüler/Schülerinnen
ein zerknülltes Blatt Papier im Mund haben.
Die Köchin ißt Spaghetti und spricht „Englisch".

Zwerg
Abraham a Sankta Klara. Mir nachsprechen.
Abraham a Sankta Klara.

„Abraham-a-Sankta-Klara". Jetzt konnte sich der Padrone wieder erinnern: Das Vogelzwitschern ging in eine leise, von einer Pan-Flöte gespielten Melodie über, die wiederum von einer Schauspielerin, die er zunächst gar nicht gesehen hatte, aufgenommen und weitergetragen wurde: Ein harmonisches Summen, während dessen sich der Körper der Schauspielerin ganz langsam aus der blauen Linie der Landschaft herauslöste. Aber wer war die Dame und wie hieß das Stück? Vergessen. Der Padrone blickte lange aus dem Fenster. Dann fand er zurück zu dem Blatt, das er in der Hand hielt und las weiter...

Er geht zu Eva
<u>Du! Aufstehen!</u> ...

„Du! Aufstehen!"
Ist der Zwerg ein Türke, dachte der Padrone.
„Du! Steh auf!"
Wieder korrigierte er mit dem Bleistift. Das muß doch Kraft haben, dachte er.
„Du! Steh auf!"
Das sitzt...

... **Eva**
Steht auf, stößt sich an der Decke.
<u>Aua!</u>
Das Papier fällt ihr aus dem Mund.

Zwerg
Lacht
<u>Kunst kommt natürlich von – Schmerzen.</u>
<u>Natürlich.</u>

Eva
Steht gebeugt. Blutet am Kopf. Bleibt stehen.

Zwerg
Schwerer S-Fehler! Mein lieber Herr Gesangsverein.
Schwerer S-Fehler. Mutti, nimm mich vom Theater.
Geht zu Anton
<u>Du! Aufstehen!</u>

Was mache ich hier eigentlich? Dachte der Padrone, ließ das Blatt auf den Boden fallen, wollte aufstehen, vergaß augenblicklich, daß er aufstehen wollte, starrte ins Leere, dachte, ich kann mich gar nicht mehr erinnern, suchte in den Blättern nach diesem Satz sagte plötzlich ganz böse:
„Das ist doch geklaut! Das hat der Kerl doch geklaut! Das ist doch alles gestohlen, schamlos abgeschrieben. Da will mich doch einer ver..."
Für mehr reichte die Kraft nicht. Der Padrone sank auf den Stuhl, hatte Mühe, sich am Tisch festzuhalten, atmete schwer, wischte nach einer Weile zwei Blätter vom Tisch, trank einen Schluck Kaffee, schüttete einiges von der braunen Brühe über die Blätter, wischte mit dem rechten Arm drüber, verwischte die Schrift, suchte nach seiner Brille, fand sie auf der Nase, weit nach vorne gerutscht, setzte die Brille zurecht und las weiter...

...Anton
Steht auf. Stößt sich den Kopf. Das Blatt fällt aus dem Mund.
<u>Aua!</u>

Zwerg

Schwerer S-Fehler.
<u>Ja, Kunst kommt von Schmerzen, hat Mutti immer gesagt!</u>

Anton

Blutet am Kopf. Bleibt stehen.

Zwerg

Zu Adam.
<u>Aufstehen!</u>

Adam

Steht auf. Stößt sich den Kopf.
Das Blatt fällt aus dem Mund.
Er blutet. Bleibt stehen.
<u>Aua! . . .</u>

. . . Der Padrone las jetzt ganz schnell. Überflog die Zeilen, als ob er etwas suchte. Als ob. Irgendetwas war zum Greifen nah, aber was?

. . . Zwerg

<u>Schwerer S-Fehler!</u>
<u>Jaaaa! Kunst kommt von Schmerzen!</u>
<u>Ihr versaut mir ja meine Pißbude.</u>
<u>Mutti, nimm mich vom Theater.</u>
*Der Verwalter Antonio, genannt Totó, schießt in die Decke.
Eine tote Möwe fällt auf die Bühne.*

Zwerg
<u>Peng! Pause.</u>

Die Köchin
Erschrickt. Sagt „<u>Beautyfoul</u>" und ißt weiter.

Zwerg
Nimmt die tote Möwe an den Flügelspitzen und hält sie vor sich in die Luft.
Traurig.
<u>Ich kann mich gar nicht mehr erinnern!</u>
Er überlegt.
<u>Nein, ich erinnere mich nicht.</u>*

Der Padrone entzifferte die letzten Zeilen. „Ich kann mich gar nicht erinnern! Nein, ich erinnere mich nicht." Endlich hatte er es gefunden. Wunderbares Stück. Vierter Akt. Muß ich unbedingt inszenieren. Oder habe ich es schon inszeniert? Ich kann mich gar nicht mehr erinnern. Nein, ich erinnere mich nicht ... Er drehte das Blatt um, begann auf der Rückseite ein Bühnenbild zu entwerfen, zeichnete mit dem Bleistift Linien, die Wände darstellen sollten und Möbel und Türen und Fenster und Tische und zeichnete Pfeile, die die Gänge der Figuren angeben sollten und Kreuze für die Sitzpositionen und zwischendurch fiel ihm der Name eines Schauspielers ein, ein Englischer, ein deutscher, ein französischer, ein russischer, ein ... ganz egal. Er schrieb ihn an den Rand des Blattes und daneben oder drunter eine Rolle, die er wieder ausstrich, mit einem lachenden „Pah! Das kann die nie spielen!" kommentierte oder

„Viel zu alt!" raunzte. Schnell war das Blatt voll gemalt, Namen, Pfeile, Striche, kreuz und quer. Nur er konnte diese Zeichen entziffern. Nur er. Er drehte das Blatt um, hatte im Augenblick vergessen, daß er eigentlich gerade dabei war, ein Stück zu inszenieren und las . . .

. . . Geht zu Emilia
Hast Du schon bezahlt?

Emilia
Steht auf. Stößt sich den Kopf. Das Blatt und ein paar Geldscheine fallen ihr aus dem Mund
Aua!
Sie blutet. Bleibt stehen.

Zwerg
Sehr freundlich. Streicht mit seinen dicken Fingern über ihren Kopf.
Bleib sitzen, meine Liebe. Du tust Dir ja weh.
Er sammelt gierig die Geldscheine auf.

Emilia
Abraham a Sankta Klara.

Zwerg
Setz dich doch hin.
Er zieht aus seiner Tasche ein Buch hervor, schlägt es

Emilia auf den Kopf

Emilia
Fällt vom Stuhl. Blutet am Kopf.

Zwerg
Schwerer S-Fehler. Das ist ja zum . . .
Zu allen.
Ihr macht nicht, was ich euch sage!

Der Verwalter Antonio, genannt Totó, schießt zweimal in die Decke. Zwei tote Möwen fallen auf die Bühne.

Zwerg
Peng! Pause.

Die Köchin
Erstarrt. Sagt "Beautyfoul". Ißt weiter.

Zwerg
Nimmt eine der beiden Möwen an den Flügelspitzen und hält den Vogel vor sich in die *Höhe*.
Traurig.
Ich kann mich gar nicht mehr erinnern!
Er überlegt.
Nein, ich erinnere mich nicht mehr.
Er geht zur dritten Möwe, nimmt den Vogel an den Flügelspitzen, hebt ihn vor sich in die Höhe.

Traurig.
<u>Ich kann mich gar nicht mehr erinnern!</u>
Er überlegt.
<u>Nein, ich erinnere mich nicht mehr.</u>
Er nimmt sein Buch, schlägt es der blutenden Ernestine
auf den Kopf. Sie fällt zu Boden.
<u>Kunst kommt von Schmerzen, meine Liebe.</u>
<u>Abraham a Sankta Klara.</u>
<u>Ihr macht nicht, was ich euch sage!</u>

An dieser Stelle begann der Padrone den vor ihm liegenden Text laut zu lesen ...

Der Verwalter Antonio, genannt Totó, schießt zweimal in die Decke. Zwei tote Möwen fallen auf die Bühne.

Zwerg
<u>Peng! Pause.</u>

Köchin
Erschrickt. Sagt „<u>Beautyfoul</u>" und ißt weiter.

Zwerg
Stellt sich vor Anselm.
Er greift nach dessen linkem Arm, zieht daran, der Arm bricht ab.

Er betrachtet den Arm.
Au, warte!
Er läßt den Arm achtlos fallen. Zu Anselm.
Handstand.

Anselm
Versucht einen Handstand. Kippt um, fällt hin.

Zwerg
Schüttelt den Kopf.
Au, warte! Schwerer S-Fehler.
Er nimmt eine Möwe an den Flügelspitzen. Betrachtet sie.
Traurig.
Ich kann mich gar nicht mehr erinnern.
Er überlegt.
Nein, ich erinnere mich nicht mehr.
Er läßt die Möwe fallen. *Er tritt vor Eva.*
Du, bleib sitzen. Hast du schon bezahlt?

Eva
Steht auf.
Sie stößt den Kopf an der Decke. Sie blutet am Kopf.
Aua!

Zwerg
Du tust nicht was ich sage. Schwerer S-Fehler.
Er greift nach ihrem Kopf und reißt ihn vom Hals.
Kopfstand!

Einmal sagte der Padrone: „Das kann die nie spielen! Viel zu alt!". Dann wieder hielt er inne, drehte das Blatt um, sah die vielen Striche, Pfeile, Kreuze und Namen und konnte sich an nichts mehr erinnern. Er drehte das Blatt um, überlegte, was wollte ich eigentlich inszenieren, das Stück oder ein anderes? Er versuchte den einen oder anderen Namen zu entziffern. Waren das kyrillische Buchstaben? Er blickte auf. Er nahm den kleinen Bleistift in die Hand, strich mit einem dicken, diagonal über das Blatt gezogen Balken, drei Seiten, ohne sie vorher gelesen zu haben, durch, sagte laut „Strich!" und dann noch einmal „Strich!" und dann noch einmal „Strich!", nahm das letzte Blatt in die Hand, hielt es gegen das Licht – irgendetwas schimmerte durch die Schrift, ein Wasserzeichen? oder eine geheime Botschaft? oder was war das? Irgendjemand wollte Kontakt mit ihm aufnehmen. Irgendjemand mußte doch zu ihm sprechen. Der Padrone nahm das letzte Blatt, hielt es gegen die Lampe:

... **Zwerg**
Schüttelt mit dem Kopf.
<u>Ich sehe schon. Das hat überhaupt keinen Zweck.</u>
Er watet durch die von toten Möwen und Körperteilen,
Armen, Beinen, Händen, Köpfe seiner Schüler
übersäte Bühne.
<u>Ihr macht nicht, was ich euch sage.</u>

Ernestine, Eleonore, Emma
Gehen auf den Zwerg zu. Jede der Frauen greift nach einer
Extremität. Sie ziehen und reißen an dem Zwerg.
Sie reißen ihn auseinander. Blut spritzt. Die Frauen schreien.

Als der zerrissene, zerfetzte Körper vor ihnen liegt,
sinken sie erschöpft zu Boden.
*Der Verwalter Antonio, genannt Totó, richtet das Gewehr auf
den toten Zwerg. Er schießt.*

Anatoli
Peng! Pause.

Anton
Peng! Pause.

Köchin
Erstarrt. Sagt „Beautyfoul" und ißt weiter.

Die Möwen beginnen sich zu bewegen.
Sie krächzen, rappeln sich auf, laufen herum,
schlagen mit den Flügeln.
Der enge Raum wird groß. Die Wände fliegen auseinander,
die Decke hebt sich.
Natur. Im Hintergrund, ein See.
Die Möwen fliegen umher, kreischen, lachen.
Die Schüler suchen nach ihren ausgerissenen Körperteilen,
Arme, Beine, Köpfe
und fügen sich die fehlenden Teile gegenseitig an.
Die Schüler lachen. Musik erklingt.
Ein Bach-Choral, in den alle Schüler mit kräftigen, schönen
Stimmen nach und nach einstimmen.
Die Köchin ißt. Der Horizont ist weit.

Alle Schüler umarmen sich und gehen zu zweit, zu dritt,
Arm in Arm, in die weite Natur hinaus.
Der Verwalter Antonio, genannt Totó, geht in einen Wald
und schießt.
Die Köchin ißt. Die Bühne ist leer.
Die letzte Möwe ist weggeflogen, alle Körperteile sind
eingesammelt.
Die Köchin sitzt allein auf der Bühne. Sie ißt immer noch
Spaghetti. In dem Trubel hat keiner gemerkt, daß sie doppelt
so dick und mindestens doppelt so groß geworden ist.
Ein Monster.

Das Ende.

Der Padrone wiederholte die letzten beiden Wörter: „Das Ende",
legte das letzte Blatt auf den Tisch zurück, schrieb, aus Gewohnheit,
mit zittriger Hand *Grand Guignol* und *Absurdes Theater* unter die letzte
Zeile, zögerte einen Moment, strich beides wieder durch, sagte,
„Das interessiert heute auch keinen mehr", stand auf und ging nach
draußen.

Zum ersten Mal seit Monaten hatte es zu regnen begonnen. Die
Natur braucht es, dachte er und ging zu seinen Kirschenbäumchen.

REVERSE ANGLE

Alles zurück auf Anfang – Bitte! Nach dem Blick von oben, dem Blick der grossen, weissen Vögel, nun die subjektive Kamera. Jetzt ist Gretchen wieder dran.
Sie schreibt e-mails – an sich selbst.
In der Kapelle sitzt AH und wartet.

An: einsiedler@gxm.de
Von: eskameinelangeduerre@rete.it
Betreff: Ankunft
Hi! Wir sind da. Der reihe nach. Alles war ganz gut organisiert bis zum bahnhof in p. Der zug war pünktlich und es war auch jemand da, der aussah wie ein Verwalter, acht tage bart und die frisur wie charles manson, komische mütze auf dem kopf, ist immer zwischen uns hin und her gerannt und hat einem anderen, der eigentlich aussah wie ein herr, irgend etwas zugerufen, was ein bißchen wie bellen klang. Na ja. Nachher hat sich rausgestellt, daß der hund der herr und der herr der hund war. Die ganze mannschaft ist in zwei nicht so ganz große autos gepackt worden und dann ging es in einem affenzahn, über stock und über stein, durch die pampa. Irgendwann wurde mal gebremst und wir waren da. War auch höchste zeit, da die meisten von uns dem herrn sonst das auto vollgekotzt hätten. Bis die anderen, die mit dem knecht gefahren sind, ankamen, waren wir schon auf diverse zimmer verteilt; ich bin mit

R. zusammen, was ganz ok ist, da sie nicht raucht und auch keinen aktuellen freund in der Truppe hat, der mich immer bitten würde, noch eine halbe stunde spazieren zu gehen. Halbe stunde, pah, lächerlich. Das bett ist natürlich zu kurz. Ich habe mich mit R. geeinigt, daß ich meine mails in dem kleinen vorraum schreibe, in dem ich jetzt sitze, da sie das klappern sonst beim lesen stört. Was die schon liest!? Egal. Hier ist es gut. Wie gesagt, als die anderen, ankamen, waren wir schon eingerichtet und eigentlich hatte der ... Padrone ... uns schon alles gezeigt. Dann gab's noch ein bißchen kuddelmuddel wegen der zimmeraufteilung, da einige unbedingt gemischt wohnen wollten, was der strenge herr aber mit einem kategorischen nein! untersagte. Eure schweinereien könnt ihr zuhause treiben oder so ähnlich. Na, der hat vielleicht einen ton drauf. Das kann ja heiter werden. Beim essen in dem großen raum war's dann ganz lebhaft und der rote wein tat seine wirkung, mein lieber mann. rumpelstilzchen hielt eine ansprache, so eine mischung aus witz und ernst, was alles zu tun sei und wo wir hier eigentlich seien und welche ehre es sei, mit ihmchen arbeiten zu dürfen (ich glaube, das meinte er ganz ernst) und dann hat er den arbeitsplan kundgetan. Mein lieber grogoschinski! Mir soll's recht sein: ich steh gerne früh auf. K. und O. haben sich natürlich sofort an die frau des Verwalters, die für uns kocht, rangemacht, wg. schlüssel zum weinkeller. O. hat seinen dämlichen „charm" spielen lassen, mit dieser

einfältigen bewegung, rechte hand streicht durchs lange haar. So wird er in zwanzig jahren den jedermann in salzburg geben, ich schwör's. Egal. Beide waren erfolgreich, haben mit der frau so etwas ähnliches wie englisch gesprochen und dann die rotweinflaschen abgeschleppt. Übrigens eine sehr gute köchin. Ich muß jetzt ins bett. Morgen beginnt der ernst des lebens. Alles ganz aufregend. Irgendwie freue ich mich hier zu sein, auch wenn so eine seltsame spannung über allem schwebt. Ich glaube, der monat vorbereitung war ganz gut. Die anderen blicken es gerade überhaupt nicht.
ps. R. schnarcht. Ob das gut geht? Good night, sleep tight. Aber es rauscht auch ein wässerchen irgendwo in der nähe. Hoffentlich muß ich nachts nicht zu oft raus zum pullern oder für größeres.

An: einsiedler@gxm.de
Von: eskameinelangeduerre@rete.it
Betreff: In der fremde.(Jandl)
Tag 1: Wwooauhh!!! What a day. Natürlich war nur etwa die hälfte pünktlich. Ich habe mich auf R.s schnarchen konzentriert und bin dann irgendwann tatsächlich eingeschlafen und da ich beim begrüßungsessen ein glas hatte, mehr nicht (wie immer zwischen uns, the truth, the truth, nothing but the truth), war es auch nicht schwer, wach zu sein, bevor der wecker klingelte. Alles hier ist sehr geschmackvoll eingerichtet, geradezu klassisch, was heißen soll, daß man es auch noch in

zehn, zwanzig oder hundert jahren anschauen kann. Was man/frau braucht ist vorhanden, mehr nicht. Der morgen ist frisch und klar und wenn die sonne rauskommt, wird es schnell warm. Hatte heute morgen zum ersten mal seit langem wieder dieses gefühl des fremdseins, nein, des in der fremde seins (besser). Stimmen, geräusche, farben, die luft, alles ist anders. Kenne das aus kindheitstagen, als wir noch familienmäßig in den urlaub fuhren und dann das erste aufstehen, der erste morgen so war. Tempi passati. Außerdem krächzte dann G. draußen irgendetwas sehr lautes, offensichtlich war er immer noch betrunken und die stimmung war weg. Das frühstück ist hier eher bescheiden, weißbrot und marmelade und eine tasse kaffee, und wird schweigend eingenommen. Ein lustiger alter mann sitzt mit am tisch, redet hessisch und der Padrone sagt AH zu ihm und der redet den Padrone mit bub an, was ihmchen offensichtlich so hinnimmt. Er wohne in der kapelle nebenan, sagte er. Wenn ich was bräuchte, soll ich ruhig kommen. Gestern sei er in der stadt im kino gewesen, der bub habe ihn gebeten, mit der rasselbande erst einmal allein sein zu dürfen. Gebeten, wie das klingt. Gemütlicher opa, der sich unter den jungen offensichtlich sauwohl fühlt. Dann der erste „unterricht". Ihmchen war's egal, daß nur die hälfte vorhanden war, hat er zumindest behauptet – solange alle bezahlt haben. Er hat noch mal den stundenplan erklärt und dann tatsächlich eine videokassette eingeworfen. Eine seiner inszenierungen auf polnisch: julius cäsar. Ich habe erst gar nix gesehen und mich dann nach vorne gesetzt. L. dachte, daß er uns was von W. vorführt, den er kennt, weil er unbedingt zum film will. Vorabendseriendarsteller – und nicht einmal dazu wird er es bringen. Aber er schaffte es, beinahe alle davon zu überzeugen, daß das eines der meisterwerke von W. sei, bis der immer noch betrunkene G. kam und die sache richtig stellte. Laut und deutlich. Sofort wurde es unruhig im saal und jemand, ich glaube es war C. stellte den antrag auf eine pinkelpause. Ihmchen reagierte erstaunlicherweise sofort, drückte mitten im satz auf den ausknopf und verließ, ohne jemand anzusehen den raum. Bis dahin hatte er vor dem apparat gesessen, ganz nah dran, und seine eigene arbeit angesehen, als ob er sie zum ersten mal sieht. Gelacht, sich gefreut, einmal bravo gerufen. Sehr anrührend, wie ein kind. Da ich nahe bei ihm saß, konnte ich ganz gut beobachten, was mit ihm los war. Manchmal sprach er die texte mit, auf polnisch! Stell dir das mal vor. Dann war er wieder ganz unzufrieden. Ich glaube, das mit der pinkelpause kam im richtigen moment. Danach ging es dann weiter, bis zum bitteren ende. Fünfzehn minuten überzogen. Das war gesprächsstoff beim mittagessen. Außerdem schafften wir es ihmchen auszutricksen. Ich beantragte die mittagspause um zwei stunden zu verlängern, was unter dem geschrei aller gar nicht abzulehnen war. War ganz überrascht. C. hat später zu mir gesagt, der hat keine chance, wenn wir uns einig sind. Na, mal sehen. Ich hab mich nach dem essen ins gras gelegt und vögel beobachtet, ein paar seltsame, weiße vögel kreisen über mir (Irina!!) Soviel ist schon passiert in diesen paar stunden, die wir hier sind. Soweit weg bin ich schon von allem. Niemandsland. Von mir aus laß ich mich gerne von ihm erobern, künstlerisch. Aber das wird schwer. Irgendwas war gleich von anfang an schief. War es die rasende autofahrt oder ist es die art, wie er mit den leuten umgeht? Ich weiß es (noch) nicht. Vielleicht werde ich es herausfinden. Später bin ich eingeschlafen und als ich wieder aufwachte, war mir kalt. Ich bin dann zu mir ins zimmer und habe diese halbe mail geschrieben, bis hierhin, den zweiten teil gibt's dann heute abend oder in der nacht ... also jetzt! (23.00 uhr): was für ein kerl, was für ein zauberer. Er hat es am nachmittag doch tatsächlich geschafft, uns alle mitzunehmen auf eine reise durch shakespearonien (pardon). Wie? Er hat uns einfach das stück, das wir am morgen gesehen haben, noch einmal erzählt. Am anfang war es ein bißchen peinlich, als keiner von uns recht wußte, wie die diversen sheakes-peare-übersetzer heißen, ich wollten wieland sagen, aber die art, wie er in die runde schaut, nimmt einem jeden schneid, und als R. – die unglückliche – dann auch noch reclam sagte, da war's aus: wie ein teufel ist er im kreis rumgesprungen, hat sich schepps gelacht, hat immer wieder aua! gebrüllt, hat so getan, als ob er sich vor lachen in die hose gemacht hätte und hat uns alle ausgelacht. Ich habe einen ganz roten kopf bekommen. Natürlich. Und dann hat er einfach einen hebel umgelegt und damit begonnen, uns satz für satz, szene für szene, das stück zu erzählen und zu allem was zu sagen, ganz einfach, ganz klar, ohne gemache. Das ist wirklich einer der großen. Stell dir vor, mit dem würde mann/frau richtig arbeiten, ein stück, eine rolle, irina, mascha, was weiß ich, ganz egal. Der himmel auf erden. Selbst K. und O. haben sich mit reinziehen lassen. Das hat man gesehen, wenn man in ihre gesichter geschaut hat, obwohl es da nicht viel herumzuglotzen gab, so konzentriert waren alle. Das wurde ihm dann doch toooo much und plötzlich fiel ein schuß, ich war wie vom donner gerührt, dann ist er aufgestanden und rausgegangen. Der schuß war seine hand, die auf die tischplatte knallte. Ich bin noch sitzen geblieben, bis die anderen weg waren und hab die augen zugemacht und versucht mich noch einmal zurückzuversetzen in die andere welt, stevenkingmäßig sozusagen, boo'ya mond, wenn sie wissen, was ich meine, aber es hat nicht funktioniert. Ohne ihmchen hat das nicht funktioniert. Ich glaube, er will das auch gar nicht, dieses gefühlsmäßige ding, zunächst. Ich glaube, er will erst einmal den verstand wecken und machen, das der schauspieler versteht, im hirn, nicht im herzen, was da auf ihn zukommt und das mit dem gefühl und so, dat krieje wer schpäter, wie paul henkels gesagt hätte (schreibt der sich so?). So reime ich mir das erst mal zusammen. Behelfsmäßig. Achte auf die einzelteile, hat ein lehrer mal gesagt, in dem fall, heißt das wohl, die bemerkungen, die halbsätze, die vermeintlichen witze, die kleinen zoten etc. Ich schreibe mir fast alles in ein kleines notizbuch, das vor mir liegt, ganz schamlos, wenn man so will. Ihmchen scheint das eher mit wohlwollen zu beobachten; wenigstens eine, die sich ab und zu was aufschreibt. Er weiß ja nicht was. Ein bißchen sprunghaft ist er übrigens schon. Vor dem abendessen hat er plötzlich mitgeteilt, daß er morgen ein kleines vorsprechen veranstalten werde, um uns besser kennen zu lernen. Na ja. Die meisten haben sich gefreut, zehn minuten rumhampeln und dann in der sonne liegen. Mir ist die nachricht natürlich in die knochen gefahren, besser in den magen bzw. ein stock tiefer, hab mich erst mal verdrückt und dann abends nix mehr gegessen und vor allem nix getrunken. Hab die köchin gefragt, ob ich einen tee haben könnte. In der landessprache und ich glaube, es war ganz korrekt, was ich da abgeliefert habe. Aber die frau hat mich angekuckt, als ob ich mit ihr chinesisch reden würde und K., der die kleine szene mitgekriegt hat, hat über den tisch rübergerufen, you have to speak english, my dear. Also habe ich sie gefragt, could I have a cup of tea please, und das hat sie dann verstanden und mir, stunden später, eine tasse, halb voll mit lauwarmem wasser und einem teebeutel gebracht, der wahrscheinlich schon dreimal benutzt worden war. Ekelhaft. Was hätte sie K.

oder O. serviert, wenn die nach tea verlangt hätten? Denen hätte sie die kanne aufs zimmer gebracht und ihnen das linke ei mit tee begossen. K. hat natürlich blöd gegrinst, als er gesehen hat, mit was ich da abgespeist worden bin. Blöde zicke. Muß AH mal fragen, wie man mit der umgeht. Aber er kommt so selten. Ob ihmchen ihn wieder gebeten hat, mit der Rasselbande allein sein zu dürfen?
Bin froh, das ich hier bin. Der sternenhimmel ist übrigens überwältigend. Versuche alles aufzunehmen, alles was neu ist und hier ist eigentlich alles neu. So, jetzt geht's ins bett. R schnarcht schon, vorher hat sie ein bißchen ins kissen geweint, ganz kleine schniefer; wahrscheinlich war ihr die reclam-bemerkung doch ein bißchen sehr peinlich. Hab kurz überlegt, ob ich reingehen soll um sie zu trösten, aber dann war mir die mail doch wichtiger. Ist das schlimm?

An: einsiedler@gxm.de
Von: eskameinelangeduerre@rete.it
Betreff: der kleister aller massen
Das vorsprechen ist vorbei. Allgemeine unruhe und bei manchen sogar aufbruchstimmung(!). der kleister aller massen hat offensichtlich allen gezeigt, wer herr im hause ist. Gedrückte stimmung beim mittagessen und jetzt verfluchen alle die lange mittagspause, die erst gestern so triumphal erkämpft worden war und alle schauen mich ein bißchen scheel an. Alle wollen wissen,

was sache ist. Ist doch klar. Ich mach jetzt erst einmal einen spaziergang durchs gelände.

An: einsiedler@gxm.de
Von: eskameinelangeduerre@rete.it
Betreff: Kirschbäumchen
Bin vom spaziergang zurück. Na ja. Hatte mich verlaufen und stand plötzlich vor einem seltsam verfallenen gebilde aus naturstein. Unheimlich. Bin drum rum gelaufen. Als ich ein glockenläuten gehört habe, dachte ich, scheiße, jetzt komme ich zu spät zum unterricht. Ich bin gerannt und dann gings los, unangemeldet dieses mal, ich habe einfach die hose runtergelassen und mich hingesetzt und habe dann, watschelnd wie eine fette ente, immer kleiner werdende haufen hinterlassend, meine spur gezogen. Danach gings mir besser. Dann habe ich von ferne den sogenannten stall gesehen und bin mitten durchs gestrüpp und einen acker zum haus gerannt. Jetzt sind die schuhe erst mal ruiniert und die hose zerissen. Das muß ich nähen, da der ersatz eigentlich für ausflüge gedacht ist und die schuhe muß ich mit hammer und sichel, pardon, meisel wieder in einen brauchbaren zustand bringen. Natürlich hatte ich noch jede menge zeit. Wir mußten ja erst um vier uhr antreten. So eine panik-attacke hatte ich schon lange nicht mehr. Beim vorsprechen war dann alles wieder in butter, ich war eigentlich die ruhe selbst. Merke gerade, daß mir meine linke brust weh tut. (hör auf zu

lachen, ich weiß selber, daß da nicht so viel wehtun kann!) tut trotzdem weh. Bin beim rennen wahrscheinlich gegen einen baum oder einen ast gerannt. Die kirschbäume die ihmchen angepflanzt, und die er's uns am ersten tag noch in der dämmerung voll stolz gezeigt hat, können es allerdings nicht gewesen sein. Die stehen ja so kümmerlich da, das man sich in ihrer nähe eigentlich gar nicht getraut richtig zu atmen. Aber er will es anscheinend so. er will, daß das richtig große schöne kirschbäume werden, die einmal im konversationslexikon stehen. Basta! Jetzt habe ich noch eine stunde zeit und dann geht's zum scharfrichter. Kopf ab, wahrscheinlich für alle.
Ps.: hoffentlich gibt's beim abendessen keine ansage, der oder dijenige, die in meinen wald geschissen hat, möge die hinterlassenschaft bitte wieder beseitigen. So oder so ähnlich. Ich habe den ton von dem kerl schon ganz gut drauf.

An: einsiedler@gxm.de
Von: eskameinelangeduerre@rete.it
Betreff: Krummgeschmickt
Was soll man/frau dazu sagen? The man at its best, aber grausam für uns ALLE! Erst wollte er nicht raus mit der sprache, wollte uns schon wieder einen film zeigen, was weiß ich, dann habe ich mir ein herz gefaßt, die linke brust tut immer noch weh, und habe ihn direkt angesprochen. Augen zu und durch? Nein, im geigen-

tiel, augen auf und ihn direkt angeblickt. Das ist es. Sofort wird er verlegen und für seine verhältnisse ganz weich und hat dann tatsächlich angefangen, uns seine eindrücke vom vormittag mitzuteilen. Präzise, klar verständlich, schmerzhaft, erleuchtend. Zu mir nur soviel: erst hat er mich ein krummgeficktes eichhörnchen genannt, fand es aber ganz interessant, was ich gemacht habe und hat eine kleine tierbeobachtungstheorie entwickelt, sozusagen aus dem stand. Hätte er statt krummgefickt, krummgeschmickt gesagt, stevenkingmäßig, wäre das, was er gesagt hat, besser angekommen. Zumindest bei mir. Hier war die zote hinderlich, hatte etwas beleidigendes und ich mußte erst einmal schlucken, und noch einmal schlucken, bis ich dann wieder zuhören konnte. Aber ich glaube, ein bißchen was habe ich verstanden. Ansonsten war er so in fahrt, daß alle nur die köpfe einziehen konnten. Da kämpft einer um sein metier! Aber den meisten unter uns ist unser metier eben piep egal und deshalb schießt er durch sie hindurch. Ich habe mir auf jeden fall viele notizen gemacht. Jetzt habe ich hunger, richtig großen hunger und wenn ich nachher noch lebe, setzt ich mich wieder hin und schreibe weiter.

An: einsiedler@gxm.de
Von: eskameinelangeduerre@rete.it
Betreff: da waren es nur noch sieben...
Heiliger strohsack! Die ersten drei ratten haben das sin-

kende schiff schon verlassen. K und O und D. sind abgehauen. Nach der kritik an ihren darbietungen, sind sie auf und davon. E. meinte, sie säßen bestimmt schon in einer bar in der hauptstadt und ließen sich vollaufen (mit zwei oder mit drei l?) egal. Mir hat das abendessen geschmeckt, sehr sogar, die köchin ist beleidigt, daß die beiden schönlinge weg sind und ihmchen stört es nicht. Zehn kleine negerlein hat er gesungen. Mir fehlt die schmalzlocke auch nicht und der dämliche O. ist sowieso nicht mein fall und D. ist und bleibt mir ein rätsel, aber schade ist es trotzdem, der klassenverband ist auseinandergerissen und wie. Ich habe einen kleinen schwipps, na ja, drei trinker weniger, da bleibt selbst für die letzte am tisch ein bißchen was übrig. Ach ja. AH ist beim abendessen dabeigewesen. Hat eigentlich nix gesagt, war aber angenehm. Der wirkt so beruhigend auf ihmchen. Die linke brust ist wieder schmerzfrei.

An: einsiedler@gxm.de
Von: eskameinelangeduerre@rete.it
Betreff: Jagdsaison
Wer kann vier stunden einem zuhören, der, hinter einer wand sitzt und die fähigkeit hat, diese wand während des vorlesens immer dicker werden zu lassen? Vorlesen ist eigentlich zu viel gesagt. Liest, für sich, liest, murmelt, kaut, verschluckt, was weiß ich und das bißchen, das doch rüber kommt, wird von gewehrschüssen von draußen übertönt. Hier ist plötzlich jagdsaison oder ist

hier immer jagdsaison? Der verwalter hat auf jeden fall irgendwas darüber gesagt und war ganz aufgeregt, hat, ein gewehr über der schulter, das haus verlassen und ist richtung wald gestiefelt. Seltsame erfahrung, frag mich nicht, was er gelesen hat, trotzdem saß ich die vier stunden gebannt da und habe dankbar jede silbe, mit der ich irgendetwas anfangen konnte, aufgeschnappt und gespeichert. Bevor das murmeltheater begann, ich habe leider auch nicht mitgekriegt, was er uns damit zeigen/lehren wollte, bevor das also losging, hat ihmchen einen wutanfall bekommen, der nicht von schlechten eltern war. Als er erfahren hat, daß die drei verschwindibusse von gestern abend noch gar nicht bezahlt hatten, ist er an die decke gegangen, im wahrsten sinne des wortes. So was habe ich noch nicht gesehen. Siegfried und roy oder so ähnlich. Rumpelstilzchen hat sich ewig nicht mehr eingekriegt. Wahrscheinlich hat er ganz schnell ausgerechnet, wieviel wein die gesoffen haben und wieviel gramm oder kilogramm oder megagramm oder gigagramm sie von seinen erhabenen gedanken mitgenommen haben. Da würde ich mir an seiner stelle allerdings keine allzu großen sorgen machen, links rein und rechts wieder raus; das hat ihmchen dann glaube ich so langsam auch gedämmert und dann ist er wieder zu sich gekommen, aber der versoffene wein hat ihn noch lange gewurmt, das hat man gemerkt. Wahrscheinlich war dieser wutausbruch der grund, warum er dann so brav und in sich gekehrt an dem tisch saß und geradezu marlonbrandohaft herumgemurmelt hat. Mich hat's angerührt, sehr sogar. Punkt zwölf hat er aufgehört, punkt zwölf hat auch das geballere draußen aufgehört, die tiere hatten wohl mittagspause und dann sind alle zu mir gekommen, alle ist gut, der rest vom schützenfest, und hat mich gebeten mit ihm zu reden. Ich könne doch gut mit ihm usw. Das ich nicht lache. Aber was soll's. Er soll mit uns arbeiten. Arbeit an einer rolle.

Ich habe in also gestellt, nach dem Mittagessen, bin ihm einfach in den weg getreten und habe versucht, ihm in die augen zu schauen, von oben nach unten, er hat irgendeine komische bewegung gemacht, sich mit der rechten hand an der linken wade gekratzt oder so ähnlich, was wirklich seltsam aussah und von wegen blickkontakt. Und ganz schnell war er dann einverstanden, bloß weg, hat er wahrscheinlich gedacht und hat gesagt, daß er uns alle an der wand zerquetschen wolle, zumindest hat es so geklungen, aber ich kann es eigentlich kaum glauben, daß er so was gesagt hat. Heute nachmittag, um zwei, hat er gesagt und damit war die lange Mittagspause auch vom tisch. Von mir aus. Ein komischer heiliger. M. meldete sich freiwillig als erster. Bin mal gespannt, in welchem zustand der wieder entlassen wird. Das geballere hat übrigens aufgehört. Die anderen lungern ums haus herum, warten, beobachten, ob sich was tut, da oben, aber man hört eigentlich nix und man sieht auch nix. Ich bin zu Ah in die Kapelle gegangen. Er hat mir eine lustige geschichte erzählt: von wegen AH und so, warum er damit rumspielt. Ich weiß nicht, ob ich alles verstanden habe und so wahnsinnig witzig fand ich es auch nicht. Aber der alte mann ist wohltuend anders als ihmchen und die zeit vergeht wie im fluge und außerdem ist der tee, den er serviert um längen besser als das komische gesöff, das einem die köchin vor den latz knallt.

An: einsiedler@gxm.de
Von: eskameinelangeduerre@rete.it
Betreff: Prinzessin auf der erbse
R. hat sich doch tatsächlich über mein klappern beschwert, sie kann nicht lesen oder sie kann nicht schlafen, prinzessin auf der erbse, obwohl ich im vorraum sitze und die tür geschlossen ist und der oder das laptopp (?) ja nun wirklich nicht mit einer alten remington zu vergleichen ist. Schnappen jetzt alle über? Also verziehe ich mich ins freie, vor die tür, was irgendwie nicht so gemütlich ist. Schreiben und lesen im freien ist nicht mein ding, merke ich. Der schutz fehlt, man vergisst nie, was um einen drum rum ist. Nennt man das einen atavismus? AH fragen. Jetzt wird zum abendessen gebimmelt.

An: einsiedler@gxm.de
Von: eskameinelangeduerre@rete.it
Betreff: Allein

Bißchen unheimlich wird das ganze ja allmählich. Als ich zum essen kam, saßen lehrer und schüler schon am tisch und haben gelöffelt, suppe. Beide offensichtlich in heiter-gelöster stimmung. M. war dann schnell fertig mit essen, hat ein fröhliches gute nacht allerseits in die runde geworfen, ne, hat gute nacht allerseits gesagt und ist ganz selbstverständlich gegangen. Ob der morgen beim frühstück noch da ist? Ich bleibe auf jeden fall. Ich habe bezahlt und die piepen zu verdienen, war alles andere als einfach. Ich halte durch, das verspreche ich MIR!!! Und ich habe es AH versprochen, bei dem es tatsächlich einen sehr guten tee gibt.
Er hat mich gebeten, meinen ganzen einfluss geltend zu machen, er redet manchmal so offiziell geschwollen und das dann auf hessisch, da muß man sich auch erst dran gewöhnen, auf jeden fall soll ich den anderen sagen, sie sollen hierbleiben. Ihmchen braucht uns, er arbeitet gern mit uns, kann das nur nicht so deutlich sagen. Das ich nicht lache. Also ich weiß nicht. Aber AH ist ein gewinn. Ich kann jederzeit zum tee kommen, hat er mir gesagt.

An: einsiedler@gxm.de
Von: eskameinelangeduerre@rete.it
Betreff: Zehn kleine negerlein...
Beim frühstück hat tatsächlich ein zettel die runde gemacht: <u>Das war's! M.</u> mehr sollten wir offensichtlich

nicht erfahren: Das war's. Was war's? Der beruf? Weiß er jetzt, wie er's machen muß und bewirbt sich gleich an sämtlichen theatern europas oder hat er festgestellt, wer er eigentlich ist oder so'n scheiß? Haut ab und hinterlässt einen zettel: <u>Das war's!</u> M. und die anderen haben garnix gesagt. Naja, K. und O. können mir wirklich gestohlen bleiben, aber spätestens mit dem abgang von D. geht das ganze doch ans eingemachte. Man ist doch nicht nur so beisammen, wir geben doch unser herzblut, jeden tag. <u>Das war's! M.</u> Also wirklich, das ist keine art. Ich kann mich darüber übrigens am hellen Vormittag aufregen, weil der meister, ihmchen, heute zum frühstück gar nicht erschienen ist und die köchin, die uns irgendetwas kaffeähnliches serviert hat, seit die beiden beaus weg sind, nur noch irgendwelche tierlaute in ihrem heimaldialekt von sich gibt. Was keiner versteht. Ich auch nicht. Wir haben also gewartet, daß etwas passiert und dann ist B. als älteste in unserem verlorenen häuflein, gegangen, um den herrn zu suchen – und ist nicht wiedergekommen, zumindest bis jetzt und es ist fünf vor zwölf! Um zwölf gibt es Mittagessen. Mahlzeit!

An: <u>einsiedler@gxm.de</u>
Von: <u>eskameinelangeduerre@rete.it</u>
Betreff: Last night of the proms
Now, we get into the heavy stuff! Last night of the proms. Ihmchen kommt also pünktlich zum Mittages-

sen, ruft mahlzeit und singt wieder das lied von den zehn kleinen negerlein und alle schauen sich um und wer fehlt? Natürlich unsere älteste schwester, da waren es nur noch vier. Ich möchte mir gar keinen reim dafür ausdenken. Damit überhaupt was gesprochen wird habe ich gefragt, wann wir denn eine der versprochenen exkursionen unternehmen würden und er hat, ohne das, was er gerade im mund hatte, runterzuschlucken, gesagt, gerne, um zwei ist abfahrt. Das nennt man prompte bedienung. Ich hatte gerade noch zeit, mir meine andere, bessere hose anzuziehen und pullover und jacke zu schnappen. Vier plus ein fahrer gehen ja gut in ein auto und dann ging's los. AH hat dagestanden und uns hinterhergewunken. So, als würden wir uns auf eine weltreise begeben. Wahrscheinlich hat er die tour, die tortour (pardon) mal selber mitgemacht. Was will ihmchen eigentlich mit dieser raserei beweisen? Das er auto fahren kann? Das er schnell fahren kann? Fremde welt. Da wo wir dann gehalten haben, war's allerdings wunderbar. Ein alter palast mit herrlichen räumen, bemalten wänden, großartige ausblicke. Ihmchen hat uns von zimmer zu zimmer gejagt, kaum das man einmal richtig stehen konnte und schauen und staunen und schauen. Irgendwann hab ich mich einschließen lassen und hab mich auf den boden gelegt und zur decke geschaut und geträumt und hab ein bißchen irina gespielt, über mir die weißen vögel, bis einer kam und mich geholt hat. Geflucht hat der und schön war es. Offensichtlich war ich länger eingeschlossen, als es mir vorkam. Die anderen haben böse geguckt und ihmchen, der gerade zwei schritte auf mich zumachen wollte, habe ich ein leck mich am arsch gegeben, aus tiefstem herzen, was ihn sofort gebremst hat. Ganz verwundert hat er mich angesehen, endlich ein wahrer ton oder was er da gedacht haben mag, ich weiß es nicht, hab aber gedacht, für qualität hat er ein gespür. Von der rückfahrt hab ich nix mitgekriegt, über mir die weißen vögel. Beim abendessen haben U. und A. gefehlt. Wahrscheinlich war ihnen schlecht von der achterbahnfahrt. Mal sehen, wieviel wir dann morgen sind. Übrigens, da jeder auf seinem einmal zugeteilten platz sitzt, hocken wir ziemlich weit auseinander, was seltsam aussieht, aber keiner hat es bis jetzt gewagt, die sitzordnung aufzuheben. Man weiß ja auch nie, ob nicht plötzlich die tür aufgeht und einer oder eine von den verlorenen söhnen oder töchtern zurück kehrt. Aber R. schnarcht immer noch. Viele haben jetzt ein einzelzimmer, nur ich noch nicht. Ich sitze hier draußen im freien, höre die seltsamen, mir unbekannten, immer näher kommenden, mich ängstigenden geräusche, mich friert und die kerze, die ich mir behelfsmäßig präpariert habe und deren wachs zwischen „bild-pfeil nach unten" und „ende" in die tastatur tropft, (vielleicht ganz gut, wenn die „ende"-taste blockiert ist!), geht dauernd aus. Und das soll man nicht schreiben dürfen, daß das ungerecht, ja ungerecht ist. Zumal ich dauernd versuche, einen vernünftigen gedanken über das zu fassen, was da heute nachmittag mit mir passiert ist, als ich auf dem kalten steinfußboden lag, an die decke starrend und geschichten erfindend, eingeschlossen und abgeschlossen von der welt. War's das? Aber nicht das von M., sondern von mir!!!! Dusebernardgolddietrichwerweißich. Hat' s es klick gemacht? Brauch ich das? Ist das mein Dasmaskus auf dem weg zur schauspielerin? Ich weiß es nicht. Ich gehe jetzt rein, zu der schnarcherin.

An: einsiedler@gxm.de
Von: eskameinelangeduerre@rete.it
Betreff: lektüre
Verfluchte schnarcherei! Ich hab mich verzogen, gegen zwei, in eins der vielen leeren zimmer und noch ein bißchen gelesen, guess what, und dann, als ich gerade das licht ausmachen wollte, unterm bett einen stapel blätter entdeckt. Handgeschrieben. Einer hat ein stück geschrieben, der großpädagoge, groß sieht aus wie grob, merk ich gerade, mein lieber scholli, da geht's ab. Da bleibt kein auge trocken, das kann ich dir sagen, da fliegen die fetzen. Mit grobem pinsel gemalt, aber wenn man den richtigen abstand gefunden hat, ist das alles ganz gut getroffen. Muß morgen mal fragen, wer in dem zimmer gewohnt hat, bzw. wer in dem bett, unter dem ich die blätter gefunden habe, gepennt hat. Altes papier, das irgendwie mal bedruckt war, konnte aber nix erkennen, war dann doch zu müde. Hab alles wieder unters

bett geschoben, vielleicht kommt derjenige ja wieder. Beim frühstück waren wir dann nur noch zu dritt. Komisch, die veränderte situation bringt uns nicht zusammen, sondern entfernt uns voneinander. Jeder geht seiner wege. Als ich R. beim packen erwische, sagt sie, sie wolle sich ein anderes zimmer suchen, es stünden ja jetzt genügend zur auswahl. Mir soll's recht sein. Was mir allerdings nicht recht sein soll ist die tatsache, daß sie sich kein anderes zimmer gesucht hat, sondern einfach verschwunden ist, abgehauen, nicht mal eine zettel hinterlassen mit Das war's! R. Verlogene schlampe. Ist doch wahr. Wir sehen uns doch alle wieder in ein paar tagen, haben wieder gemeinsam unterricht, müssen gemeinsam prüfungen durchstehen und so weiter. Aber daran möchte ich gar nicht denken, jetzt. Ich gehe hier nicht weg! Ich habe dafür bezahlt und irgendwas passiert mit mir hier. Basta. Ich gehe spazieren und lese und von weitem sehe ich einen von den beiden anderen, und wir winken uns zu, als ob es das normalste der welt wäre und jeder geht wieder seiner wege. Die köchin ist nicht mehr zu sehen. Aber das essen steht pünktlich auf dem tisch und schmeckt eigentlich immer gut.

An: einsiedler@gxm.de
Von: eskameinelangeduerre@rete.it
Betreff: G.
Wir sind jetzt nur noch zu dritt und bald werden wir zu zweit sein. Gott sei dank kommt AH jetzt regelmäßig zu

den mahlzeiten. Der ist gut für zehn. Ihmchen und er reden über alte zeiten, wenn ich zum augenblicke sage, und tun so, als ob alles in butter wär und nichts gewesen wär. Dabei war was!!!! Heute nacht hat ihmchen bei mir im zimmer gesessen. Einfach so. Vielleicht denkt er, gehört sowieso alles mir, kann überall rein, jus primae noctae. Muß schon einige zeit auf dem klapprigen stuhl in der ecke gessesn haben. Hat mir beim schlafen zugeguckt, hat er gesagt. Soll ich schreien oder was? Ist niemand da, der dich hören könnte. AH schläft mit ohrenstöpseln. Ich tu dir nix. So ähnlich hat er geredet. Ich will euch nur verstehen. Euch? Wenn schon, dann mich – oder. Ja, dich. Du bist die einzige, bei der es sich lohnt genauer hinzuschauen. Dann arbeiten sie mit mir. Ich hab fünf dinger drauf. Mindestens. Ich weiß. Du kommst aus einer anderen zeit. Du nimmst die sache noch ernst. Dann arbeiten sie mit mir. Die irina, zum beispiel. Ich hab keine lust mehr. Ich brings nicht mehr. Ich gehör nicht mehr dazu. Da drin tut sich nichts mehr. Er schlägt sich auf die brust. Und wenn ich so jemanden wie dich sehe, tut mir das weh, weil ich nichts mehr machen kann. Alles hohl. Fernes donnergrollen. Da war mal mehr. Ich weiß. Wenn du müde bist, dann schlaf. Ich bleib noch ein bißchen hier sitzen und verpiss mich dann. So oder so ähnlich haben wir geredet in der nacht. Was soll ich machen? Ich hab ah erzählt und der hat gesagt, wenns mich nicht stört, soll ich ihn da sitzen lassen. Mich stört? Was für eine welt? Der burt lancaster, leopard oder was? Der padrone setzt sich nachts in das zimmer eines jungen mädchens und schaut ihr beim schlafen zu? Neunzehntes jahrhundert, hat AH gesagt. Der bub hat mir aber versproche, das er dir nicht zu nahe kommt. Mir ist das nah genug. Ich schließ heute nacht die tür ab.

An: einsiedler@gxm.de
Von: eskameinelangeduerre@rete.it
Betreff: Nächtlicher besuch
Wieder vom donner gerührt! Anders kann ich es nicht nennen. Plötzlich steht ihmchen wieder mitten im zimmer. Mitten in der nacht. Diesmal die variante elektriker, der mal schnell eine birne auswechseln will in der lampe. Umgeschaut hat er sich, als ob er irgendetwas sucht. Ganz selbstverständlich stand er da, so nach dem motto, gehört ja alles mir, ich kann alles bezahlen. Nach einer weile hat er sich wieder auf einen dieser wackeligen stühle gesetzt, ganz in der anderen ecke und hat angefangen übers theater zu reden und über das, was er alles noch vorhat. Auf einmal. Gestern noch alles leer und jetzt pläne schmieden. Einsamer, alter mann. Erzählt was vom theater, was ich mir wahrscheinlich aufschreiben müßte, wort für wort, kriegt niemand sonst zu hören, steht auch in keinem lehrbuch. Aber ich hör nix. Träume ich? Jemand, ihmchen, erzählt mir von den geheimsten geheimnissen und ich verstehe nix. Ich schaue auf seine mund, das gesicht,

die Haare, die Hände, die finger, bißchen stummelig und recht eigentlich verunstaltet, mit denen er immer ein imaginäres staubkorn wegwischt, aber der ton ist abgestellt. Seine lippen bewegen sich, aber ich bin taub. Nein, ich bin nicht taub. Ich höre die geräusche von draußen, die tiere, das plätschern des wassers im brunnen, aber ihn höre ich nicht. Irgendwann steht er auf und geht. Macht das licht aus und geht und ich denke, was ist das für ein benehmen, kommt in mein zimmer, macht das licht an, steht da, wer weiß wie lange, schaut sich um, setzt sich hin, erzählt was und geht dann wieder, nicht ohne das licht auszumachen. Habe ich das alles geträumt? AH meint, das es kein traum gewesen sei. Soll ich ihn fragen, ob ich in der kapelle schlafen kann? Auch doof. Wenn er heute nacht wieder im zimmer steht, sage ich ihm, er soll mit mir arbeiten, die irina, oder er soll sich zum teufel scheren!

An: einsiedler@gxm.de
Von: eskameinelangeduerre@rete.it
Betreff: Lateinunterricht.
AH hat mir die geschichte vom lateinunterricht erzählt. Der beginn der freundschaft zwischen AH und ihmchen sozusagen, wobei AH immer von kameradschaft spricht. Alles auf hessisch. Zum totlachen. Wie erzählt man so etwas, wie hält man das fest? Wörtliche rede im dialekt? Ich versuche es, mal sehen, wie weit ich komme. Auf die plätze, fertig, los! Peng!

AH hat, schon als schüler, die lateinische sprache geliebt. Natürlich hatte er probleme mit der aussprache. Cicero kam eben nicht aus biebrich oder winneroth. Die klasse reagierte regelmäßig mit hohn und spott auf AHs hilflose bemühungen. Ein wilder, vom Lehrer nicht zu bändigender haufen, übertraf sich gegenseitig im bösartigen nachäffen. An vorderster front natürlich der „kecke Zwersch aus der ersten Reihe". Neu in der klasse, anfangs schüchtern und ohne erkennbaren ehrgeiz, im lateinunterricht schnell einpeitscher für den haufen. So entwickelte sich ein kurioser zweikampf zwischen dem großen, schwerfälligen jungen in der letzten Reihe und seinem gegenspieler, ganz weit vorne, bei dem einer den anderen immer lauter werdend, im richtigen gebrauch von vokalen und konsonanten zu übertreffen suchte. Der eine ganz ernst und gewissenhaft, der andere die fehler, die er hörte, sofort aufnehmend, übertreibend und neue erfindend, mit beträchtlichem talent zum imitat, die mitschüler zu wahren jubelstürmen hinreißend. Einmal stieg der kecke zwerg, um besser gesehen zu werden, auf den Stuhl, dann auf die schulbank, krächzte wie ein hahn, ein lateinischer allerdings. AH sprang auf und rannte aus dem Klassenzimmer, aus dem gebäude, vom schulhof. Er ging sofort nach hause, wurde von der mutter mit „Macht nix, en klempner braacht ka latein" getröstet, was ihm so rechter trost nicht war, da AH gar nicht klempner, sondern Priester werden wollte.

Einmal sagte die mutter: „Wehr' disch!" Was er dann auch tat. Vom lateinlehrer wieder aufgefordert, eine passage zu lesen, wartete er auf das erste, noch maßvolle wiehern einiger weniger, der kecke Zwerg in der ersten Reihe war gerade erst dabei, sein maul für einen ersten angriff zu spitzen, blickte vom buch auf, suchte sich ein opfer, einen unauffälligen jungen in der dritten reihe, der sich gern an diesen dingen beteiligte, stand auf, ging auf diesen zu, verpaßte ihm mit der schweren rechten hand eine saftige ohrfeige auf die linke Backe, daß der mitschüler vom stuhl fiel und in der klasse augenblicklich ruhe einkehrte. AH wußte, daß er den falschen geschlagen hatte. Er hätte drei reihen weiter, ganz nach vorne gehen und dem kecken zwerg eine in die fresse hauen sollen. Er schlug den unscheinbaren, uninteressanten. Er erinnere sich noch, daß er während des schlages dem kecken zwerg für einen Augenblick in dessen angsterfüllt geweiteten Pupillen geblickt habe. Der lehrer brach den unterricht sofort ab und schickte alle heim.

Im hause himmelweit wurde die geschichte aufmerksam zur kenntnis genommen. Es wurde erwartet, daß das abenteuer „gymnasium" damit beendet sei und Adolf endlich eine klempner - lehre absolvieren würde, um dann in den väterlichen Betrieb einzutreten, mit dem Ziel, diesen eines tages zu übernehmen. Aber AH wollte nicht und das wurde, vor allem vom vater, respektiert.

In der schule unterbreitete die schulleitung – die großes interesse hatte, den Fall intern, ohne öffentlichkeit und, vor allem, seit der „sache AH", ohne hinzuziehung höherer behörden, zu lösen, folgenden vorschlag zur lösung des konflikts:
Erstens: Adolf Himmelweit entschuldigt sich bei dem schüler, den er zu boden geschlagen hat, vor versammelter mannschaft, das heißt, vor der gesamten schülerschaft und dem lehrerkollegium des gymnasiums.
Zweitens: die eltern des geschlagenen sehen von der erstattung einer Anzeige wegen körperverletzung ab.
Drittens: Adolf Himmelweit wird vom lateinunterricht für den rest seiner schulzeit ausgeschlossen und erhält einen eintrag ins klassenbuch.
Adolf Himmelweit bat um einen tag bedenkzeit und nahm dann den vorschlag in allen punkten an. Der vater hatte ihm nur den hinweis gegeben, ein schulwechsel käme nicht in frage. Der geschlagene schüler, beziehungsweise dessen Eltern, willigten eben- falls ein. Adolf Himmelweit entschuldigte sich vor der versammelten mannschaft und dem vollzählig angetretenen lehrkörper bei seinem mitschüler, von dem heute keiner mehr wüßte, wie er hieß und was aus ihm geworden ist. Adolf Himmelweit sprach die entschuldigungsformel in einem so ehrlichen und aufrichtigen, nie gehörten ton, daß man in dem ansonsten mucksmäuschenstillen Auditorium das eine oder andere schniefen und naseputzen vernahm. Als Adolf Himmelweit zu ende gesprochen

hatte, brandete gewaltiger applaus auf, den er ignorierte. Er verließ die aula schnell. So stand der geschlagene für einen moment, dem einzigen seines lebens, im licht und hörte den applaus, der, als Adolf Himmelweit den raum verlassen hatte, schnell verebbte.

Keiner wußte, was in Adolf Himmelweit während des einen tages bedenkzeit vorgegangen war. Das mit der entschuldigung kostete ihn keine sekunde des überlegens. Es war nicht richtig, einen mitschüler zu schlagen, also hatte er sich dafür öffentlich zu entschuldigen. Der ausschluß aus dem lateinunterricht aber bedeutete die aufgabe seines berufswunsches priester. „Isch wollt kann klempner werde, isch wollt seeleklempner werde. Isch hab mir immer gedanke gemacht, warum is der so und warum is der so? Und isch konnt rede mit de leut'. Un sie sinn alle beruhischt wiede gegange."

So habe er sich zwangsläufig auch immer mehr mit sich selbst beschäftigt. Was ist das, was die leute verändert, wenn ich mit ihnen rede? Er habe, heimlich, bücher gelesen und schließlich einen zweiten, ebenfalls unerfüllt gebliebenen, berufswunsch entwickelt: Psychologe. Als er, ein halbes jahr vor dem abitur dies zu hause kundtat, habe der vater geweint und die mutter ihm eine „gescheuert". Er sei darüber so verstört gewesen, normalerweise ist es doch umgekehrt, die mutter fängt bei solchen mitteilungen an zu weinen und der vater nutzt die Gelegenheit, ein letztes Mal von seinem erziehungsrecht gebrauch zu machen, daß er auch diesen berufswunsch begraben habe. Vor allem der anblick des weinenden Vaters – „richtisch rotz un wasser hat der geflennt, so hab' isch ihn noch nie gesehe," – habe ihn, den sohn, so gepackt, daß er am nächsten tag zu einem mit seinem vater kollegial verbundenen klempner-meister gegangen sei und den beginn einer Lehre, zwei Wochen nach der letzten mündlichen abiturs-prüfung, vereinbart habe.

Es habe ihn über die maßen beschäftigt, warum er nicht den kecken zwerg in der ersten reihe geschlagen habe. Nach zwei tagen bot er dem anderen seine Kameradschaft an, AH betonte kameradschaft, nicht freundschaft, wozu es dann ja auch gekommen sei. Er sei auf den kecken zwerg zugegangen und habe ihm, ohne zu wissen, was das im einzelnen bedeuten würde, ihm seine kameradschaft angeboten. Fest in die augen blickend, was der andere keine zwei sekunden ausgehalten habe, und dem wort „kameradschaft" den nötigen ausdruck gebend. Der kecke zwerg habe dieses angebot, wir schreiben das jahr neunzehnhundertdreiundfünfzig, mit einem sarkastischen „heil hitler! Jawoll, kameradschaft!" und einem „warmen händedruck" angenommen und fortan darauf geachtet, daß nichts wirklich ernstes mehr zwischen ihn und den großen schüler aus der letzten Reihe kam – in den nächsten fünfzig jahren. Irgendetwas habe in dem kerl gesteckt, das habe er, AH, gespürt, irgendetwas, das raus wollte und nicht

konnte. Noch nicht. Später sei „es" dann ja raus gekommen, meinte AH, wie bei einem vulkan.
„Isch hab' immer verfolgt, was der Bub gemacht hat. Mer konnt es jo in der zeitung lese, ausführlisch."
Adolf Himmelweit besuchte übrigens in der nun für ihn täglich freien fünften stunde eine spanisch ag. Es störte ihn nicht, daß dieser zusätzliche unterricht an einem anderen Gymnasium der Stadt angeboten wurde, zu dem er sommers wie winters in halsbrecherischer fahrt auf dem fahrrad hinrasen mußte, um nur ja pünktlich zu sein. Es störte ihn auch nicht, daß er in dieser klasse der einzige junge, später der einzige junge mann, unter zehn mädchen, später jungen frauen, war.
Alles in allem profitierte er auf dreifache weise von diesem Vorfall in der lateinklasse: Zum einen fand er unter den zehn jungen damen, wie zu erwarten, seine spätere ehefrau, das heißt: ein glückliches leben (lüge), fünf prächtige kinder (wahrheit und lüge) und zwölf liebe enkelkinder (?). Zweitens: Die im unterricht erworbenen spanisch-kenntnisse machten ihn, nachdem er, nach abitur und lehre, tatsächlich in den väterlichen betrieb eingetreten war, durch einen glücklichen zufall, „glücklich" klingt wie „göttlich", zum größten klempnerlizenziergeber, was immer dies heißen mag, im spanisch sprechenden südamerika – und zum reichen Mann. Worauf er sich nichts einbilde, wie er betonte. (lüge) Und, drittens, „dorsch des dauernde stramble uff dem alte fahrrad hab isch e starke Pump gekriescht hat. Auf

die kann isch misch verlasse, hundertprozentisch, bis heut!"
Uff. Ich hab den ganzen kladderadatsch AH vorgelesen. Er hat mich dreimal unterbrochen und hat zweimal gelacht und zum schluß gesagt: „wenn des mit der schauspielerei nex wird, kannste immer noch schriftstellerin werde!"
Vielleicht sollte ich das mit dem theater lassen und schriftstellerin werden. Spezialität, hessische mundart.

An: einsiedler@gxm.de
Von: eskameinelangeduerre@rete.it
Betreff: Neues zimmer.
Ich bin umgezogen. Trotzdem, auch heute nacht habe ich besuch bekommen. Wieder stand er einfach da, mitten im raum, mitten in der nacht, nahm sich einen stuhl und setzte sich in die ecke und da das zimmer größer ist, als mein angestammtes, war auch der abstand zwischen uns ein größerer und mir kam es so vor, als ob er immer größer würde, mit der zeit. Theater ist immer weit weg, daran mußte ich denken und ansonsten habe ich wieder nix verstanden, obwohl keine tiere schrien und das plätschern des wassers im brunnen in dem neuen zimmer nicht zu hören ist. Er hat lange gesprochen, sehr lange, vielleicht bin ich zwischendurch mal eingeschlafen oder träume ich das alles nur? Nur ist gut. Naja, erzählt er mir sein vermächtnis oder was? Taubstummentheater? Auf jeden fall war er, als er dann

endlich aufstand und ging und als er sich noch einmal umdrehte, kurz bevor er das licht ausgemacht hat, da war er nicht siebzig, sondern hundertsiebzig. Ich habe dann zurückgerechnet, von heute hundertsiebzig jahre zurück, da hätte er mit goethe noch einen spaziergang machen können, zwei alte männer. Vielleicht will er das, habe ich gedacht und dann bin ich eingeschlafen. Eigentlich müßte ich weg von hier, weg aus diesem gruselkabinett. Aber irgendwas hält mich hier und der alte mann dauert mich. Und ich habe vergessen ihm das mit dem arbeiten zu sagen, was mich ärgert. Ich bin doch sonst nicht so blöd.

An: einsiedler@gxm.de
Von: eskameinelangeduerre@rete.it
Betreff: Arbeiten...
Endlich hab ich es geschafft. Ich habe AH gebeten er solle doch ihmchen bitten etc. Um zwei war ich im stall, habe alles weggeräumt und als ich mich umdrehte, saß er plötzlich da, so wie er nachts immer plötzlich da sitzt. Putin. Rasputin. Der nachmittag war dann doch einigermaßen enttäuschend. Ich hab ihm den arbeitsmonolog der irina vorgesprochen und er hat eigentlich nur ja gesagt und arbeite gemurmelt und fang doch noch mal an. Dann hab ich noch mal angefangen und immer gewartet, daß er was sagt und das war ganz schlecht. Und prompt sagt er so geht das nicht. Klar geht das so nicht. Aber arbeiten ist doch was anderes.

Da untersucht man doch jede zeile, jedes wort, jede silbe. Probiert gefühle aus, versucht zu verstehen, was da eigentlich geschrieben steht. Ich weiß, daß ich keine achtzehn jahre mehr bin und trotzdem glaube ich, daß es möglich sein muß, sich in eine achtzehnjährige zu verwandeln. Aber dazu muß einer dann von außen draufgucken und einem was sagen. Alle haben immer behauptet, er sei so ein guter beobachter. Scheiße. Bin ich's nicht wert? Aber nachts bei mir im zimmer sitzen.

An: einsiedler@gmx.de
Von: eskameinelangeduerre@rete.it
Betreff: Verückt...
Jetzt gewöhne ich mich schon daran, daß da nachts plötzlich einer im zimmer sitzt und wenn er mal nicht kommt oder ein bißchen später, dann wache ich auf und bin völlig verstört. Wenn er da sitzt, sagt er nichts. Er sitzt da und guckt. Ich muß aufpassen, daß ich nicht überschnappe. Du wirst noch überschnappen, sagt der alte firs zu dunjascha. Aber eine dunjascha bin ich nicht, nie und nimmer. Alles, nur das nicht.

An: einsiedler@gmx.de
Von: eskameinelangeduerre@rete.it
Betreff:...
Es muß nicht immer alles eine pointe haben oder ein happy end oder so etwas ähnliches. Gestern nacht hat er angefangen zu reden. Wie ein buch? Eher wie ein

maschinengewehr. So, als ob, alles auf einmal raus wollte, als ob. Nichts mehr war geordnet, alles überschlug sich, das theater und die familie und die träume und die frauen und die heimat und die feinde und die jugend und dann wieder das theater. Mitten drin hat er gefragt, ob er mir einen kuß geben dürfe. Gefragt! Der blödmann. Man macht es oder man läßt es.
Als er ganz nah war, mir mit der hand über die haare gestrichen ist, hat er komisch gerochen. Riecht komisch hab ich gedacht. Ein richtiger kuß war das dann auch nicht. Mehr so ein trockenes gekratze. Mir tut er leid. Gegangen ist er als alter, uralter mann. Könnte mein großvater sein, wenn's anders gelaufen wäre. Aber eigentlich macht das nichts. Konnte natürlich nicht mehr schlafen.

An: einsiedler@gmx.de
Von: eskameinelangeduerre@rete.it
Betreff: probeliegen.
Wenn jetzt die dame vom scheißhaus da wäre, die patente, die würde mir sagen, was ich machen soll. Was wollen die alten männer? Sich neben mich legen, mir in die augen schauen und die hand unter meinen kopf legen. Mehr nicht? Ich verstehe gar nichts mehr. AH sagt, ich soll ihm die freude gönnen. Die freude. Na ja. In zwei tagen geht's zurück zum call-center und zum pornoladen. Geht eigentlich nicht. Geht gar nicht mehr. Aber von irgendetwas muß ich leben. Er hat gesagt,

wenn ich wolle, könne ich bleiben, so lange ich will. So ganz nebenbei, hat er das gesagt, als ob es nicht ernst gemeint sei. Schon wieder als ob. Das ist sowieso seltsam. Wenn man ihn tagsüber trifft, tut er immer ganz geschäftig, fuchtelt mit den armen herum, als ob niemand was merken dürfe. Dabei ist doch gar niemand da. Die köchin ist praktisch nicht mehr zu sehen, der Verwalter Antonio, genannt Totó, Antonio, genannt Totó läuft mit dem gewehr unterm arm in den wald und ah, ja wenn es den nicht gäbe. Und nachts liegt er neben mir, als ob wir seit dreißig jahren verheiratet wären. Scheiß als ob. Einfach nur damit jemand da ist. Damit komm ich nicht zurecht.

An: einsiedler@gmx.de
Von: eskameinelangeduerre@rete.it
Betreff: sterben
Wenn er nachts neben mir liegt, habe ich das gefühl, als ob er fürs sterben übt, fürs tot sein. Alles will geprobt sein. Er atmet nicht, zumindest fühlt sich das so an. Ich will aber keinen toten neben mir. Ich bin jung und er weiß doch so viel und hat so viel gemacht. Er solls einfach rauslassen. Ich kann viel vertragen. Er soll mir alles erzählen. Vielleicht gibt es da nichts zu erzählen. Vielleicht ist da gar nichts weiterzugeben. Alles hat seine zeit hat der vollbärtige einmal zu dem weißhaarigen gesagt. Das hab ich mir aufgeschrieben. Alles hat seine zeit. Das was der, der nachts neben mir liegt und

nicht mehr atmet, scheinbar, als ob, was der gemacht hat, hat auch seine zeit gehabt und die ist jetzt vorbei und dem nachzutrauen bringt nix und jetzt haben andere ihre zeit und nach denen haben wieder andere ihre zeit und so weiter und so fort und jeder kann für sich entscheiden, ob ihn das interessiert und ob er da mitmachen will, als ob, oder nicht. So einfach schreibt sich das, nachts um viertel nach drei, mit einem der ein bißchen komisch riecht und der keinen muks von sich gibt und der doch ein titan ist oder war oder was. Ein müde gewordener titan ein tot müde gewordener titan. Wenn es soweit ist, dann mach es, hat er zu mir gesagt. Mach es. Was es? Ich versteh nix. Ich will hier weg. So schnell kann das gehen. Tote riechen doch immer ein bißchen komisch. Auch der geruch will geprobt sein. AH will mir morgen was erzählen. Danach hau ich ab. Auf jeden Fall!

LEWIN 2

Now we go into the heavy stuff:
Der Padrone liest vor
oder
warum die Literatur kein Ersatz für das richtige Leben ist.
Gretchen erzählt, was AH ihr erzählt hat, was diesem
wiederum der Padrone erzählt hat
und Gretchen lässt sich zu einem Gefallen überreden.

AH blickte nach oben, weniger zum Dach, eher höher, zum Himmel, so schien es mir, zog eine Schachtel mit dünnen Zigarren aus der Hosentasche, öffnete diese, hielt sie mir hin und sagte auf meine abwehrende Geste hin.
„Sehr vernünftisch!"
Er nahm eines der dünnen Dinger aus der Schachtel, steckte es sich in den Mund, schloß die Schachtel und ließ sie in der Hosentasche verschwinden. Dann kramte er aus der anderen Hosentasche eine Streichholzschachtel hervor, schob die Schachtel mit zittrigen Fingern auf, fischte mit Daumen und Zeigefinger, mit einiger Mühe, ein Streichholz aus der Schachtel, schloß die Schachtel, riß das Streichholz an der Reibfläche an, hielt die Flamme an die Zigarre, zog einmal, hustete, nahm die Zigarre aus dem Mund, pustete das Streichholz aus, öffnet die Streichholzschachtel einen Spalt und steckte das abgebrannte Streichholz wieder in die Schachtel zurück, schloß sie und steckte die Schachtel in seine Hosentasche. AH begann zu rauchen. Er hatte das kleine Kunststück mit Zigarre und Streichholz offensichtlich dazu genutzt, um seine Gedanken zu ordnen. Er mußte

mir etwas erzählen. Er setzte sich neben mich auf das grosse Sofa und begann seinen Bericht. Er sass sozusagen tief unter mir in den Polstern und er wirkte alt und gebrechlich. Ich blickte geradeaus, durch die grosse Scheibe.

Draussen wurde es schnell dunkel.

Er hatte mit dem Padrone gestern Nacht auch hier gesessen. AH hatte da gesessen, wo er jetzt auch sass und der Padrone habe da gesessen, wo ich jetzt sass. Beide hatten geradeaus, aus dem Fenster in die Nacht geschaut. Wenn er, AH, den Kopf ein bisschen gedreht habe, sah er im Spiegel der grossen Scheibe, den Padrone, sah, dass er ein Buch auf dem Schoss liegen hatte.

Der Padrone habe geredet und er, AH, habe zugehört. Ein bisschen mit halbem Ohr, er war müde, die letzten Tage waren anstrengend gewesen und er wollte eigentlich wieder einmal nach Hause. Wie es seine, AH's Art war, wollte er ihm, dem Schulkameraden, dies bei nächster Gelegenheit sagen. Und jetzt war diese Gelegenheit gekommen, dachte er. So versuchte er sich also die Worte zurecht zu legen, während der andere sprach.

„Alles hat ein Ende... nur die Worscht hat zwei."

Diesen Kalauer konnte sich AH nicht verkneifen, als er merkte, dass der Andere, von seiner, des Padrone, Familie sprach. AH unterbrach seine eigenen Gedanken und hörte, wie sein Schulkamerad von seinem, des Padrone, Bruder sprach. Bei AH machte sich eine leichte Nervosität breit. Das Reden über die Familie, den Bruder. *Periculum in mora.* Der Bub redet von seinem Bruder, dachte AH. Der Bruder war tot. Gestorben vor mindestens zehn Jahren. Aber genau davon sprach der Padrone. Vom Tod des Bruders und von, *horribili dictu*, von seiner, des Padrone, Schuld. AH war verwirrt. Warum fielen ihm plötzlich diese Brocken des einstmals so geliebten und dann vergällten Lateinischen ein? Vergällt vom neben ihm sitzenden Kameraden.

Der Padrone sprach vom „Bruder" und von „Schuld". AH schwitzte, wagte aber nicht, nach seinem Taschentuch zu suchen. Er wagte überhaupt nicht, sich zu bewegen. Der neben ihm sprach von Schuld, nicht von der Schuld am Tode des Bruders, sondern, daß er sich seinem Bruder gegenüber schuldig gemacht habe. AH verstand nicht, er war verwirrt.

Der Padrone habe, als die ersten Nachrichten vom nahen Ende des Bruders eingetroffen seien, reagiert, wie er immer reagiert habe, wenn es um Familienangelegenheiten ging: mit Ignoranz und Verdrängen. Er habe weitergearbeitet, in irgendeinem Theater, in irgendeiner Stadt. Er habe vergessen wo es war und was es war, womit er sich beschäftigt habe, anstatt zu seinem Bruder zu fahren, ihm die Stirn zu trocknen, ihm zu trinken zu geben und mit ihm zu reden. Schließlich habe AH es wieder gewagt, nach seinem Taschentuch zu suchen. Der Schweiß sei ihm in dem plötzlich so stickigen Raum von der Stirn und Nacken, den Rücken hinunter geflossen. Er habe den Kopf ein bißchen vom Padrone weggedreht und habe sich vorsichtig die Stirn abgewischt.

Mit dem Bruder zu reden oder auch nicht zu reden, habe der neben ihm Sitzende weitergesprochen.

Wozu reden? Vielleicht hätte es genügt, einfach bei ihm zu sitzen und zu schweigen. Sich so von ihm zu verabschieden.

Als die Anrufe immer drängender wurden und die Leute im Theater offen darüber sprachen, habe er, der Padrone, sich dann doch auf den Weg gemacht.

In der Stadt, in der sein Bruder sein halbes Leben verbracht habe, angekommen, habe er es aber nicht gewagt, sofort zum Haus seines Bruders zu fahren, sondern habe sich ein Zimmer in einem Hotel genommen. Eine furchtbare Absteige eigentlich.

Der rauchende Invalide, der am Eingang in seiner unsauberen Uniform stand und den Portier vorstellen sollte, die unbeleuchtete Treppe mit ihrem häßlichen, durchbrochenen Geländer aus Gußeisen, der aufdringliche Kellner im schmutzigen Frack, der verstaubte Speisesaal mit wächsernen Blumensträußen auf der table d'hôte, der Dreck, der Staub, die Unordnung überall und dazu eine gewisse Eisenbahnergeschäftigkeit.*

Trotzdem sei er froh gewesen, in diesem schmutzigen Hotel sein zu können und nicht in seines Bruders Haus.
Irgendwann, spät in der Nacht, habe er dann doch einmal dort angerufen. Sofort habe jemand den Hörer abgenommen, so als ob man das Telefon bewacht und nur darauf gewartet habe, daß er sich melde.

„Nun, wie geht es, wie geht es ihm?"

Eine Stimme aus einem anderen Jahrhundert habe ihm geantwortet:

„Sehr schlecht. Er kann nicht mehr aufstehen, hat Sie die ganze Zeit über erwartet."

Er wisse bis heute nicht, so der Padrone, mit wem er da am Telefon gesprochen habe. Einerseits habe man ihn sofort erkannt, anderer-

seits wurde er mit Sie angeredet. Er sei völlig verwirrt gewesen und habe aufgelegt.
Was würde ihn erwarten, wenn er zu dem Bruder ging, habe er gedacht.

Er war auf jenen Zustand der Selbsttäuschung gefaßt gewesen, der, wie er gehört hatte, für Schwindsüchtige bezeichnend ist . . . Er hatte angenommen, daß er deutlich nahe Anzeichen des Todes, eine sichtbare Zunahme der körperlichen Schwäche und eine noch viel stärkere Abmagerung vorfinden würde.

AH erzählte, daß er erst an dieser Stelle bemerkt habe, daß sein Nebensitzer – das war er in der Schule übrigens nie gewesen, da seinerzeit nach Körpergröße gesetzt wurde, er, AH, in die letzte, der Padrone in die erste Reihe – aus dem Buch, das auf seinem Schoß lag, etwas vorlas.
Aha, Theatervorstellung, zumindest eine szenische Lesung, habe er gedacht und sich etwas beruhigt zurückgelehnt. Auf AH wirkte das ganze mächtig „unwerklisch. Isch hab' immer drauf gewart, daß gleich en Schwan hinne der Glasscheib von links nach rechts vorbeigeschobe werd oder die Duse dorsch die Tüer kommt. Hätt misch net gewunnert, bei dem Spinner. Aber irschendwann hab ich dann doch gemeggt, daß dem Bub bitter ernscht war, bitter ernscht. Also hab isch mei Öhrsche gespitzt un weider zugehöert."
Der Padrone konnte offensichtlich mit dem, was ihm wie ein Stein um den Hals hing und ihn irgendwann in die Tiefe ziehen würde, nur dadurch umgehen, indem er andere für sich sprechen ließ. Literatur. Leben als ob. Der Padrone las weiter.

In dem kleinen, schmutzigen, ungelüfteten Zimmer mit der bespuckten Bretterwand, hinter der man sprechen hörte, in der verbrauchten, übelriechenden Luft lag auf dem von der Wand abgerückten Bett ein in Decken gehüllter Körper. Der eine Arm, der an einen bis zur Mitte gleichmäßig dünnen Stab erinnerte, ruhte auf der Decke, und die ungewöhnlich große, wie ein Rechen aussehende Hand schien auf eine unbegreifliche Weise daran befestigt. Der Kopf lag seitwärts auf dem Kissen. Lewin sah die vom Schweiß nassen, spärlichen Haare an den Schläfen und die straff gespannte, fast durchsichtige Stirnhaut.

An dieser Stelle habe der Padrone eine Pause gemacht, den Geräuschen nach zu schließen, seine Nase geputzt und dann weitergelesen, sagte AH.
„Isch hab misch net getraut, misch nach ihm hinzudrehe und im Fenster wollt isch ihn ach net sehe."

Dieser grauenhafte Körper kann doch unmöglich Nikolaj sein, dachte Lewin.

Das ist der Bruder, habe der Padrone, ganz unerwartet und vollkommen sachlich im Ton dazwischengesetzt. Nur keine Unklarheiten.

Aber er trat näher heran, sah in das Gesicht, und kein Zweifel war mehr möglich. Trotz der schrecklich veränderten Züge brauchte er nur auf die lebhaften Augen zu sehen . . .

„Strich!" Wieder die kalte Stimme dessen, der eine Regieanweisung liest. „Weiter!" Vollkommen trocken und sachlich, um dann in einem ganz anderen Ton fortzufahren,

Nikolajs leuchtende Augen sahen den eintretenden Bruder streng und vorwurfsvoll an. Und dieser Blick...

... an dieser Stelle habe der Padrone seine Lesung unterbrochen.

AH habe dann bemerkt, wie der Padrone neben ihm in dem Buch geblättert habe, aber er, AH, habe nicht gewagt, den Kopf zu drehen. Stattdessen habe er die Augen geschlossen. Vielleicht gehe es dann schneller vorbei, habe er gedacht.
Der Padrone habe gesagt, anstatt zum Bruder zu fahren, habe er auf dem Bett in diesem furchtbaren Hotelzimmer gesessen und gelesen. Als ob. Anstatt einmal im Leben einer wirklichen Erfahrung nahe zu kommen, der Erfahrung des Todes, habe er immer und immer wieder dieselben Sätze in sich hineingefressen und wieder ausgespuckt. Laut lesend, den Rhythmus der Prosa mit den Füßen aufstampfend.

Lewin war nicht fähig, seinen Bruder ruhig anzusehen und sich in seiner Gegenwart ungezwungen zu geben.

Ich habe Angst gehabt, habe der Padrone geflüstert, sagte AH

So schrecklich es Lewin auch war, diesen grauenerregenden Körper mit beiden Armen zu umfassen und jene Glieder unter der Decke zu berühren, an die er nicht einmal denken wollte...

Wieder habe der Padrone die Lesung unterbrochen und AH meinte ein sehr leises Schluchzen zu hören. Ein Schluchzen, das irgendwo vor ihm in der Luft stand und sich dann auflöste. Er, AH, habe

immer noch nicht gewagt, die Augen zu öffnen. Draußen war es jetzt dunkel geworden und er, AH, hätte, wenn er gewollt hätte, den Padrone in der großen Fensterscheibe eingesunken auf dem großen Sofa sitzend gesehen. Aber AH wollte nicht.
Er habe Angst gehabt, habe der Padrone wiederholt und an die Frauen gedacht, die jetzt um das Bett seines Bruders standen, der im Sterben lag und nach ihm gefragt hatte. Vor allem die ihm unbekannte Frauenstimme am Telefon sei dem Padrone nicht mehr aus dem Kopf gegangen.

„*Er kann nicht mehr aufstehen. Hat Sie die ganze Zeit über erwartet.*"

Wer war das? Wer wacht da am Bett meines Bruders, habe der Padrone geflüstert.

Daß die Frauen das Wesen des Todes genau kannten, bewiesen sie, indem sie, ohne auch nur einen Augenblick zu zögern, mit einem Sterbenden umzugehen verstanden und sich nicht vor ihm fürchteten.

Das Wesen des Todes.

Später habe der Padrone, so AH, noch einmal im Hause seines Bruders angerufen und wieder sei diese Frauenstimme am Telefon gewesen.

„*Es geht zu Ende...*"

Warum glaubst Du das, habe der Padrone gefragt und zur Antwort bekommen ... *Nun einfach, weil es zu Ende geht.*

Das Wesen des Todes.

Wenn er in diesem Augenblick dem Sterbenden gegenüber etwas empfand, so war es höchstens eine Art Neid um das Wissen, das dieser jetzt besaß, während es ihm versagt blieb.

Das Wissen um das Wesen des Todes. Das Wissen!

Plötzlich sei etwas durch den Raum gezischt, AH habe die Augen aufgerissen, sei gegen das Fenster geknallt, zu Boden gefallen und liegen geblieben, nach dem es so schien, als ob es, mit einem tiefen Seufzer, noch einmal ausgeatmet habe. Ein Buch, das Buch, wurde, wie ein tödlich getroffenes Tier, so AH, das noch eine letzte Bewegung macht, wie von Geisterhand noch einmal umgeblättert. Tot.

Eine Minute später leuchtete sein Gesicht auf, über die Lippen unter dem Schnurrbart glitt ein Lächeln – und die herbeigeeilten Frauen machten sich geschäftig an die Arbeit, den Toten herzurichten.

Er hätte eine wirkliche Erfahrung, *die* Erfahrung machen können und habe es nicht gewagt, dieses Zimmer, in dem sein sterbender Bruder lag, zu betreten. Am Theater ist alles Ersatz, habe er ganz leise gesagt. Wir machen keine Erfahrungen. Vom Theater lernt man nichts fürs Leben.
„Ich bin ein Idiot und ein Feigling!"
Vielleicht habe er, so AH, diesen entscheidenden Schritt deshalb

nicht getan, weil er dem todkranken Bruder nichts habe entgegensetzen können? Kein eigenes Leben.
Und dann sei der Damm gebrochen, sagte AH.

„Isch muß dir des jetzt erzähle, isch muß es irgendjemand erzähle, sonst werd isch noch verrickt".

Der Padrone sei vom Sofa gerutscht, habe sich auf die Knie geworfen und immer wieder gerufen:
Ich bin feige! Ich bin ein feiges Schwein. Ich habe nicht einmal den Mut gehabt, ans Sterbebett meines Bruders zu treten und mich von ihm zu verabschieden. Ich bin feige! Mich ekelt vor mir selbst!
Wie ein Blinder sei er da auf dem Boden herumgekrochen, als ob er nach etwas gesucht habe. Aber nach was? Nach was sucht er, habe AH gedacht. Einmal habe sich der Padrone in seinem Furor am Kopf gestoßen und das Blut sei ihm von der Stirn in die Augen und aus den Augen über das Gesicht gelaufen. Dann habe er sich vor ihn, AH, hingekauert. Wie ein kleiner Hund habe er da gelegen. Ganz klein. Das sprichwörtliche Häufchen Elend.
Da habe er ihm so unendlich leid getan, daß ihm, AH, auch die Tränen gekommen seien.
„Zum ersten Mal in meinem Leben. Des hat er also aach noch geschafft. Dabei hatt isch mir geschwore, isch werd net wie mei Vadder, zumindest was des Heule angeht. Zwei erwachsene Männer flenne! Stelle Se sisch des emal voer, der eine ein Titan, un was für einer, der da ganz blind vor mir gelesche hot, s' Gsicht voll mit Blut un Rotz, un der anner, fünffacher Vadder und zwölffacher Großvadder. Unglaublisch un doch wahr".

Nimm diese Schuld von mir, nimm sie von mir! Ich flehe Dich an!, habe der Padrone seinen Schulkameraden angeschrieen, der in seiner Ratlosigkeit dem seine Knie Umklammernden über den Kopf gestreichelt – „die fettisch Hoor" – und gesagt habe:
„Ei, isch kann die Schuld net von Dir nemme, isch bin ka Priester. Des habt ihr mit eurer Brüllerei im Lateinunterrischt jo verhinnert. Du mit deim äffisch Zeusch vor allem. Isch wollt immer Priester werde un net Wasserhähn in Venezuela verkaafe. Außerdem bin isch katholisch un du bist evangelisch, warste früher wenigstens."

Plötzlich habe er, der gerade noch auf dem Boden gekauert sei, vor ihm gestanden, aufgeplustert wie ein Pfau. Blitzschnell sei er aufgestanden, habe sich geschüttelt wie ein nasser Hund.
„Ja ja, ich weiß! Du wolltest Priester werden! Du ein Pfaffe! Ein katholischer! Und ich bin schuld, daß du es nicht geworden bist. Pfui Teufel! Das auch noch."
Er habe vor ihm ausgespuckt und ihn angebrüllt:
„Ein Pfarrer. Einer, der den kleinen Mädchen unter den Rock faßt! Pfui Teufel, noch mal!"
Dann habe er gelacht. Wie der Leibhaftige habe er vor ihm herumgetanzt, dieses Rumpelstilzchen und immer nur „Adolf Himmelweit! Pfarrer!" herausgeschrieen.
„Adolf Himmelweit! Pfarrer! Das paßt wie der Faust aufs Gretchen!"
Irgendwann sei es AH ob der plötzlichen Wandlung seines Schulkameraden – „erst liegt er do, wie so e Jammerlappe und dann hippt er vor mir rum wie's Rumpelstilzscher" – zuviel gewesen und in eine Pause hinein, die der sehr beleibte Teufel brauchte, um wieder zu

Luft zu kommen, habe er, AH, ganz leise gesagt: „ Du hast es nötisch. Ei, Du machst doch seit einischer Zeit aach nix anners, als de klaane Mädscher unner die Röck zu grabsche."

Peng! Pause! Getroffen!

Plötzlich sei der, der gerade noch einen veritablen Veitstanz vollführt habe, vor ihm gestanden und mit schneidend scharfer Stimme gesagt:
„Besorg mir einen, der mich erschießt! Hörst du! Ich will nicht mehr. Ich will sterben. Ich werde als Märtyrer sterben. Als Märtyrer der Kunst, der wahren Kunst. Ich will den Märtyrertod! Ich bestimme selbst, wann es zu Ende sein soll! Ich! Ich! Und nur Ich!"
Er habe sich mit der rechten Faust dreimal auf die Brust geschlagen. „Die Welt will mich nicht mehr und sie weiß das sehr genau! Mich ekelt vor dieser Welt und mich ekelt vor mir selbst. Man wird mich verstehen, wenn ich Tod bin. Man wird mein Werk verstehen, wenn ich Tod bin. Man wird Akademien nach mir benennen und Preise, man wird Museen meinen Namen geben – und Theatern in aller Welt. Wissenschaftler werden Kongresse über mich und mein Werk veranstalten und Staatsmänner jedes Jahr zu meinem Grab pilgern, um dort Kränze niederzulegen. Aber eben zu meinem Grab – nicht zu meinen Aufführungen", setzte er schwach hinzu. „ Nach mir kommt nichts mehr. Mir folgt keiner nach. Keiner ist groß genug, mein Werk fortzusetzen. Keiner!" Dann habe er sich mit einer obszönen Geste mit der rechten Hand zwischen die Beine gegriffen und beinahe unhörbar geflüstert: „Da ist nix drin. Da kommt nur heiße Luft."

Dann wieder ganz kräftig und sehr bestimmt.
„Such einen, der mich erschießt. Frag das Mädchen, die Lange, ob sie es macht. Die kann das. Sag' ihr, es sei Theater, als ob. Und sprich mit keinem anderen drüber! Ich schreib Dir auf, wie, wann und wo. Ich inszeniere meinen eignen Tod und die Gage wird gut sein. Ich zahle gut!"
Als er, AH, den schwarzen Schatten anreden wollte, sei dieser verschwunden gewesen. Habe sich förmlich in Luft aufgelöst.
„Isch bin ein Teil von jene Kraft, die stets das Böse will un ach das Böse schafft, so hätt der Goethe dischte solle", sagte AH. „Des hätt' besser gepasst."
Das Buch habe noch auf dem Boden gelegen, aufgeschlagen, und als er mühsam aus seinem Sitz hochgekommen sei, habe er es vom Boden aufgehoben und auf der aufgeschlagenen Seite habe er auf fünf dick unterstrichene Zeilen geblickt un die les' isch Ihne jetzt voer:"

Kaum hatte sich vor seinen Augen das unenträtselbare Geheimnis des Todes vollzogen, als schon ein anderes, ebenso unergründliches Mysterium, das die Liebe und das Leben hervorriefen, sich seinen Blicken darbot.
Der Arzt bestätigte die Richtigkeit seiner Vermutung: Kittys schlechtes Befinden erklärte sich durch ihre Schwangerschaft.

AH begann noch einmal von vorne:

Kaum hatte sich vor seinen Augen das unenträtselbare Geheimnis des Todes vollzogen, als schon ein anderes, ebenso unergründliches Mysterium, das die Liebe und das Leben hervorriefen, sich seinen Blicken darbot.

Der Arzt bestätigte die Richtigkeit seiner Vermutung: Kittys schlechtes Befinden erklärte sich durch ihre Schwangerschaft.

Er, AH, habe das Buch zusammengeklappt, habe es auf den Tisch gelegt und sei nach draußen gegangen. Er habe erst überlegt, ob er bei mir anklopfen soll, habe das aber dann gelassen und habe einen Spaziergang gemacht und als er wieder zurückkam, habe das Buch offen aufgeschlagen auf dem Tisch gelegen und ein Zettel habe halb unter dem Buch hervorgeschaut.

Schweigen.

AH nahm den gefalteten Zettel, der vor ihm in dem aufgeschlagenen Buch lag und gab ihn mir.
Ich öffnete den Zettel an den mit einer Büroklammer ein Scheck geheftet war und las, das Datum eines Tages in sehr naher Zukunft, die Angabe einer Uhrzeit, einen mir wohlbekannten Ort und den Namen einer Waffe, einen Revolver, Baujahr 1880 – sozusagen ein Requisit aus einem Tschechow-Stück – Darunter: Die Gage liegt in einem Umschlag auf der Kommode neben der Küche. AH weiß, wo die Knarre liegt. Danke!
Der beigeheftete Scheck wies eine runde Summe aus, allerdings nicht so rund, daß man sie bereits für das Honorar für die Tat hätte nehmen können.
„Mach du's", sagte AH. „Dir schuldet er sowieso noch was. Isch kanns net. Isch bin ach bloß e klaaner Feischling und isch hab's net so mit der Märtyrerei. Obwohl isch katholisch bin, im Gegesatz zu ihm."

„Und", fügte er hinzu, „isch bin unendlisch müd', so unendlisch müd."

Ich soll ihn erschießen? Spinnt der? Nimm es als Inszenierung. Ich wollte doch immer mit ihm arbeiten. Das ist die Gelegenheit. Und die Gage ist fürstlich, die reicht für zwei Ausbildungen. Adieu Porno-Shop und Call-Center und Fräulein, noch mal dasselbe, bitte. Und woran merk ich, daß es Theater ist? Wenn ich davor, vor meinem Auftritt, nicht dringend aufs Klo muß, dann ist alles in Ordnung. Dann ist es also ob, Theater. Das ist dann der Beweis!

„MORD"

Ich habe einen Menschen getötet. Es war ganz einfach.

Das Haus durch die Seitentür betreten. Vorsicht Stufe! Den geladenen und entsicherten Revolver – sechs Schuß – in der rechten Hand. Blick auf die Kommode links, auf der ein großer, brauner Briefumschlag liegt. Zwei Schritte nach vorn – durch den dunklen Vorraum zum schwach beleuchteten Mauerbogen. Durch den Mauerbogen, in den großen Eßraum. Im Eßraum zwei Schritte nach links, am Tisch entlang, an dem er sitzt, leicht vornüber gebeugt, bewegungslos.

Über ihm die Lampe.

Die Andeutung einer Kopfdrehung. Den Revolver schnell aufs Genick gesetzt und abgedrückt.

Peng! Pause.

Langsam fällt er vom Stuhl. Ein bißchen theatralisch wirkt der Aufprall auf den Fußboden. Mit den Armen zuerst natürlich, so wie er es gelernt und weitergegeben hat. Der Stuhl kippt um. Der Tisch ist leer. Er hat nur dagesessen und gewartet. Ein alter, kleiner, fett gewordener Mann.

Zwei Schritte zurück, den Revolver in die rechte Hosentasche gesteckt. Durch den Mauerbogen in den dunklen Vorraum. Im Vorraum den großen, braunen Briefumschlag von der Kommode genommen, geöffnet, mit der rechten Hand nach dem Geld gegriffen, das Bündel herausgezogen und das Geld gezählt, dann das Geld in den Umschlag zurückgeschoben, den Umschlag zwischen Hemd und Hose gesteckt. Zwei Schritte zur Tür. Vorsicht Stufe! Die Tür geöffnet und – hinaus in den strömenden Regen. Kein Blick zurück.

Der Regen ist gut für die Spuren. Oder schlecht?

Die Tür von außen schließen, die mannshohen Fensterläden umlegen und verriegeln und über den leicht abschüssigen, breiten Weg, vorbei an der Kapelle rechts und dem Stall links, vorbei am Brunnen, in Richtung Wald gehen.

In der Kapelle betet keiner mehr, im Stall stehen weder Ochs noch Esel, unter dem Brunnen war nie in die Tiefe gebohrt worden. Ein Brunnen als ob. Ein Leben als ob.

Der deutsche *Padrone*.

Weiter den Weg entlang zum Wald.

Blick.

Vor mir die Kirschbäume – Kirschbäumchen: Kleine, nicht wachsen wollende, aus der Erde ragende Holzstecken, angebunden an andere, in die Erde gehauene Holzstecken, die sie festhalten sollen. Mitleid.

Drei Schritte zurück, in den Wald hinein.

Die Blätter der mächtigen Laubbäume schützen vor dem niederprasselnden Regen.

Vollständige Dunkelheit.

GEDENKFEIER

Ein Unbekannter hat einen grossen Auftritt.
Gretchen ist früh dran, erzählt ein bisschen umständlich,
sie ist müde. Es ist soviel passiert in den letzten Wochen.

Ich war natürlich eine der ersten. Wer weiß, wo hier die Toiletten sind und wie sauber das alles ist. Das Risiko wollte ich nicht eingehen. Der große Saal der Akademie war nur zur Hälfte gefüllt. Auf die Bühne hatte man eine Photographie des zu Betrauernden gestellt, dazu, sehr originell, das Versatzstück eines Bühnenbildes, eine halbhohe dorische Säule, wahrscheinlich schnell aus dem Fundus der nahe beiliegenden Oper geholt. Dazu in einer Vase ein Blumenstrauß, groß, aber nicht üppig, wahrscheinlich Plastik. So genau konnte ich das von meinem Platz aus nicht erkennen. Ein kleines Rednerpult, ein Mikrophon. An einer Wand die Lebensdaten des zu Feiernden, zu Betrauernden, wobei der Name des Ortes aus dem die Nachricht kam, an dem er sozusagen zuletzt lebend gesehen worden war, nicht nur unkorrekt angegeben, sondern das Unkorrekte auch noch falsch geschrieben war. Das Photo des Verstorbenen, mit einer glänzenden Schutzfolie überzogen, war so aufgestellt, daß es alle im Zuschauerraum sehen konnten. Man hatte es aber so ungeschickt beleuchtet, daß ich erst nach langem Suchen und dem einen oder anderen Probesitzen, in der letzten Reihe, ganz links außen, einen Platz fand, auf dem ich nicht geblendet wurde. Letzte Reihe, immerhin.
Die zweite Enttäuschung war, daß das Defilee der Schönen, Reichen und Bedeutenden, die ja seine Arbeiten einmal bejubelt hatten,

ausblieb. Hatte von denen keiner Zeit oder keine Lust? Mußte man sich hier nicht sehen lassen oder waren alle zum Dalai Lama gepilgert, der an diesem kalten Sonntagvormittag, im größten Saal der Stadt, einen Preis verliehen bekam? China protestiert! Die Terminüberschneidung war nicht beabsichtigt.

Die Preisverleihung an den Dalai Lama war seit Monaten geplant, der Mitteilung vom Ableben des zu Ehrenden kam unverhofft. Also kam eine Schar ehemaliger Mitarbeiter und Bewunderer in den Saal. Immer wieder innehaltend, sich gegenseitig begrüßend, umarmend, Küßchen links, Küßchen rechts, spitze Schreie des Wiedererkennens, schnell die Hand vor den Mund, schließlich ist das hier eine Art Trauerfeier, oder das ehrliche Lachen des „Mann, wie haste Dir verändert!" waren zu hören. Die Stimmung war alles andere als gedrückt. Man konnte sich wieder einmal zeigen, lächelte über das Älterwerden – des anderen natürlich: die weißen Haare, die Falten, die Glatzen, die Bäuche. Klassentreffen für die einen, sentimentales Abschiednehmen für die anderen. Ernst und auch ein bißchen mitgenommen sahen nur die aus, die man von früher als die „Adabeis" kannte, die auf jeder Premierenfeier zu sehen waren, die immer das angeregte Gespräch suchten. Aber auch bei diesen Betroffenen löste sich der nicht allzu tief sitzende Schmerz spätestens dann, wenn sie von einem Schauspieler der ehemals berühmten und gefeierten Truppe erkannt und begrüßt worden waren. Einige wurden sogar umarmt und wechselten in eine geradezu heitere Stimmung. Klopften auf Schultern, lachten zu laut. Jetzt, da alles vorbei war, hatten sie erreicht, worum sie immer gekämpft hatten: Endlich gehörten sie dazu!

Wann geht's endlich los?

Die Veranstaltung dünstete von Anfang an den unangenehmen Geruch des Unorganisierten, Zufälligen, Improvisierten aus. *Er* hätte das mit einigen exakten Anweisungen sofort geändert.
Kurz bevor es losgehen sollte, betraten zwei offiziell gekleidete Herren den Saal. Der eine, ältere, eher groß, schlank, mit einem eigenartig gefärbten Halstuch anstelle einer Krawatte, ging gebeugt, der andere, der jüngere, war klein, dick, leichtfüßig, geradezu flink. Beide setzten sich in die erste Reihe. Ein Paar, zumindest für diese Stunde der Feier.
Gerade noch hatten die unterschiedlichsten Herrschaften auf offener Bühne an den Blumen, vor allem aber an dem spiegelnden Portrait herumgeschoben, was immer zu erleichterten „Bravi" in der einen Ecke und leicht zeitversetzten „Buhs!" in einer andern Ecke des Zuschauerraums führte. Im Übrigen sorgte dieses seltsam lebendig gewordene Photo während der gesamten Veranstaltung für einige Unruhe, ermunterte zu Platzwechseln, es gab ja genügend Auswahl, und ständigem Kopfrecken. Aber nichts half. Der spiegelnde Glanz überzog beinahe alle Zuschauerreihen. Einige wußten sich später dadurch zu helfen, daß sie ihre Sonnenbrillen aufsetzten, andere folgten diesem Beispiel, sodaß irgendwann viele Sonnenbrillen tragende Köpfe im Zuschauerraum saßen, und ich, mich umblickend, den Eindruck hatte, ich wäre in eine dieser modernen Inszenierungen geraten, in der alle, ob Hamlet oder Mutter Wolfen, von der Regie verordnet, Sonnenbrillen zu tragen hatten. Ausgerechnet! *Er* hatte diese Art Theater zu machen immer zutiefst verachtet. Welcher große Regisseur da oben im Himmel hatte sich das einfallen

lassen? Wer führte Regie bei dieser Veranstaltung? Wer sagte, wann es losging? Wer, wo er auftreten sollte? Wo er wieder abgehen mußte, um dem Kollegen nicht auf die Füße zu treten? Wer hatte die Besetzungsliste geschrieben, wer die Texte eingerichtet? Wer war für die Musik verantwortlich?
Offensichtlich niemand. Musik gab es keine. Niemand wußte, wann er „dran" war und ob er überhaupt „dran" war. Niemand begrüßte die Anwesenden, keiner fühlte sich verantwortlich. Irgendwann, als die Unruhe zu groß wurde, wäre es keine Gedenkveranstaltung gewesen, hätten die ersten bestimmt zu klatschen begonnen oder gar zu pfeifen, stand einer der beiden Herren in der ersten Reihe nach kurzer Verständigung mit seinem Nebenmann auf, suchte die Treppe zur Bühne, fand sie, stolperte über die erste Stufe, nahm die nächsten beiden mit einem Schritt, trat vor das Portrait des zu Bedenkenden, man hatte sich übrigens für ein frühes Photo entschieden, eines, das ihn mit Pferdeschwanz und Bart zeigte.
Man? Ein Glück, daß der Saal zur rechten Zeit aufgeschlossen worden war, das Licht eingeschaltet, die Blumen besorgt. Obwohl die Blumen wahrscheinlich noch von dem am Tag zuvor veranstalteten Konzert übrig geblieben waren.
All das ging mir durch den Kopf, als der Herr versuchte, auf die Bühne zu kommen und Anstalten machte, sich vor dem Portrait zu verneigen. Die Geste war unentschieden, kaum erkennbar. Auch das hätte *er* besser inszeniert, dachte ich. Sichtbar, mit der Bewegung etwas erzählend, verbeugt man sich. Entweder tief, weil man sich bei dem Verstorbenen bedanken will, für viele erfüllte, erleuchtende, glückliche Stunden im Theater oder man nickt ihm nur zu, in alter Freundschaft sozusagen, ein kleines Zeichen der Verständigung.

Keins von beidem gelang dem Herrn auf der Bühne. Die Leute vom Fach registrierten das. Sie registrierten auch, nach und nach es sich gegenseitig zuflüsternd, wer da auf der Bühne stand. Manche verbanden das Weitergeben der Nachricht, geheime Post in der Akademie, mit einem weiteren Platzwechsel, Reise nach Jerusalem, in der Hoffnung, die Veranstaltung ab jetzt blendfrei erleben zu können. Man war ja wegen ihm gekommen, aber man wollte sich nicht von *ihm* blenden lassen, nicht mehr.

„Das ist doch ... Das gibt's doch nicht ... Ausgerechnet der?!"
Ja ausgerechnet der, wie nun alle an seiner Stimme erkannten, als er mit einem sonoren „Guten Morgen, meine Damen und Herren!", zu reden anfing. Figur und Gesicht dessen, der eine traurige Berühmtheit dadurch erlangt hatte, daß er, in Amt und Würden als Senator, ein großes Theater der Stadt schließen ließ, hatten sich sehr verändert. Die Stimme war erkennbar geblieben. Mit dieser Stimme hatte er als Verantwortlicher in unzähligen Interviews und öffentlichen Reden zu begründen versucht, warum man das traditionsreiche Haus schließen müsse.

Na ja, warum nicht. Die meisten auch der hier Anwesenden hatten seinerzeit über dieses Theater über die Jahre nur gespottet, sein Publikum beleidigt, über die Inszenierungen mit jener Nachsicht geurteilt, die man einem Kranken, einem Todkranken, der wohl noch wach genug ist, um die milden Urteile um ihn herum zu hören, zukommen ließ. Man kannte den Patienten. Ein Kranker, dessen Zustand sich ständig verschlechterte und den man auch deshalb ab und zu besuchte, weil man auf dem Weg nach Hause feststellen konnte, wie gut es einem selbst ging. Und als dann tatsächlich beschlossen worden war, die künstliche Beatmung einzustellen, hatten sich alle

furchtbar aufgeregt, waren tagelang am und auf dem Bett des Toten gesessen, hatten Versammlungen abgehalten, auf denen die unglaublichsten Dinge gesagt worden waren und waren dann, nach und nach, verschwunden. Fragte man bei Gelegenheit nach diesem oder jenem Kollegen, so hieß es, er inszeniere jetzt in Salzburg oder der spiele in Stuttgart. Als der Hausmeister am letzten Tag der Spielzeit und somit am letzten Tag dieses Theaters, alle Türen zusperren wollte und schon darauf gefaßt war, die Polizei holen zu müssen, stellte er überrascht fest, daß niemand mehr da war und er das große Haus verschließen konnte, ordnungsgemäß!
Angeordnet von jener Behörde, deren Chef seinerzeit der Herr war, der nun also über den zu Ehrenden sprach, über dessen künstlerische und menschliche Größe – er hat ihn wahrscheinlich gar nicht gekannt, dachte ich – über dessen Leistung für die Stadt – in der er, in der Zeit, aus der das aufgeblasene Photo stammte, hauptsächlich als Kommunistenschwein beschimpft worden war. Das sagte der Senator i. R. natürlich nicht, er sprach stattdessen über die Bedeutung des zu Betrauernden, als international anerkannter Theatermann.
Als der Senator i. R. seine Rede beendet hatte, herrschte Unschlüssigkeit im Zuschauerraum, ob man nun applaudieren sollte und wenn, wem man dann applaudierte. Dem Redner? Dem Gelobten? Dem Theater? Es war nicht zu entscheiden.
Der Senator i. R. wartete auf den Applaus. Er wartete auf ihn, um ihn weiterzugeben zu können an den großen Künstler. Mit beiden Händen. So eine Geste hatte er sich ausgedacht: Er nimmt den Applaus aus dem Zuschauerraum entgegen und leitet ihn dann weiter zum Portrait des Großen, wobei er sich über kleine technische Details noch keine Gedanken gemacht hatte. Sollte er das Photo dann

in die Hand nehmen und herumzeigen? Sollte er mit beiden Händen das Klatschen, wie einen Luftstrom, umlenken? Das entscheide ich spontan auf der Bühne, hatte der Amateur vermutlich gedacht. Aber niemand klatschte, also sollte er sich so schnell wie möglich von der Bühne machen, sich sozusagen verpissen, um im Jargon des Verblichenen zu sprechen. Leider übersah der in Gedanken Versunkene, daß der nächste Redner, der kleine, dicke, bewegliche Mann, bereits auf die Bühne gekommen war, ja neben ihm stand, ihm die rechte Hand entgegenstreckte, um ihm, zumindest stellvertretend, zu danken. Stellvertretend für wen, das mochten andere entscheiden, dachte ich, während ich sah, wie sich die beiden Herren mit einem kleinen, aber kunstvollen Ballett, das durchaus Heiterkeit erregte, in dem Versuch, zum Rednerpult hin, beziehungsweise vom Rednerpult weg zu kommen, gegenseitig auf die Füße traten. Tatsächlich nicht nur einmal, sondern mehrfach, dazwischen immer wieder bemüht, dem drohenden Tritt des anderen auszuweichen. Das dauerte eine Minute, was auf einer Bühne und vor Publikum, eine sehr, sehr lange Zeit sein kann und als die beiden es endlich geschafft hatten, auf dieser großen Fläche aneinander vorbei zu kommen, da gab es dann doch noch Applaus. Das hätte *ihm* gefallen, dachte ich und blickte nach oben, allerdings nur, wenn es inszeniert, gearbeitet und damit wiederholbar gewesen wäre.
Bei dem, der jetzt gravitätisch zum Rednerpult schritt, eine Art Widergänger von Emil Jannings als *Professor Unrat*, Spitzbart und Spitzbauch, hatte man sofort den Eindruck, daß da jemand in Kostüm und Maske auf der Bühne stand, ein bißchen außer Atem noch von dem kleinen Tänzchen. Die Stimmung im Zuschauerraum konnte man inzwischen als aufgeräumt bezeichnen. Der kleine Mann in

Anzug und Krawatte stellte fest, daß das Pult für seinen Vorredner, zwei Köpfe größer als er, eingestellt war, begann daran herumzuschrauben, rief „Technik" und „Erwin" in Richtung Seitenbühne links, drehte an einer großen Stellschraube, aber nichts bewegte sich. Erwin kam nicht. Der kleine Herr trat einen Schritt vom Pult zurück, lies einen seltsamen Laut hören, irgendetwas zwischen Räuspern und Lachen, und blickte in den Zuschauerraum. Der große Schlanke in der ersten Reihe erhob sich wieder, bestieg noch einmal die Bühne, wobei er wieder über die erste Stufe stolperte, trat zum Rednerpult und begann ebenfalls an der großen Stellschraube zu drehen, ebenfalls ohne Erfolg.

„Können Sie das?", fragte der Kleinere den Größeren laut und deutlich. Die Betonung aller drei Worte in diesem kurzen Satz verriet den Profi. Ein Schauspieler, dachte ich. Im Saal erzeugte die Frage Heiterkeit, man durfte gespannt sein, was jetzt kommen würde. Dann hörte man einen Knall und ein ins Weinerliche gehendes Aua. Der Lange hatte es zwar geschafft, die Stellschraube zu lösen und das Lesebrett auf eine für den kleinen Herrn handhabbare Höhe zu bringen, sich dabei aber offensichtlich den Finger eingeklemmt. Vergessend, wo er war, nämlich auf einer Bühne, von circa zweihundert Menschen beobachtet, die eigentlich gekommen waren, um sich gemeinsam an einen große Theatermann zu erinnern. Stattdessen sah man jetzt das Gejammer dieser Memme, der es seinerzeit nichts ausgemacht hatte, ein großes Theater schließen zu lassen, die ein eingeklemmter Finger aber allen Benimm vergessen ließ. Viel hätte nicht gefehlt und er hätte zu fluchen begonnen oder das Rednerpult in die Menge geworfen. Dies verhinderte allerdings sein Partner, indem er ein Taschentuch aus seiner Hosentasche zog, mit erstaun-

lich resolutem Griff, den linken Arm des Jammernden zu sich zog, das Taschentuch um zwei Finger wickelte, ob es die beiden verletzten waren, sei dahingestellt, mit ebenso erstaunlich kräftigem Griff, den Leidenden von der Bühne auf seinen Platz führte, zurück auf die Bühne tänzelte, er stolperte natürlich nicht über die erste Stufe, zum Pult ging, ein Manuskript aus der Tasche zog, es auf das nun zu tief gestellte Brett legte, einmal durchatmete und zu reden begann. „Mummenschanz mit Namen, hält brav zurück den ... mit Rücksicht auf die Damen im Publikum, verkneife ich mir die Vollendung dieses vollendeten Satzes, in diesem vollendeten Theaterstück, das wir in einer vollendeten Inszenierung, mit vollendeten Schauspielern, in einem vollendeten Bühnenbild vor Jahren zu sehen bekamen."
So begann er seine Rede. Plötzlich war es ganz still im Saal, das Kopfrecken hatte aufgehört, niemand wechselte mehr den Platz, man hörte gespannt dem zu, was der Fremde zu sagen hatte.
Es ist zwar nicht die Arbeit des heute Vormittag zu Ehren gewesen, über die der Redner auf der Bühne zu sprechen begonnen hatte, aber irgendwie war *er* natürlich auch daran beteiligt gewesen, dachte ich. Hat sich der da oben im Eifer des Gefechtes vertan? Kann passieren, war sicher gut gemeint. Das Zitat war ansonsten gut gewählt, bündelte es doch so vieles aus der ruhmreichen Zeit: Ein grandioser Erfolg, fantastische Schauspieler, Stadtgespräch, ein erfolgreicher, zu internationalem Ruhm gelangter Autor, dem Haus verbunden, wie kein zweiter, der sozusagen aus der eigenen Jugend hervorgegangen war. Ein Theaterstück, das den Zeitgeist mit den Tiefen unserer mythischen Vergangenheit verband, zur Freude der in Massen in die Vorstellung strömenden Zuschauer. Inszeniert von

einem Regisseur, der fortan im Düsenjet durch die Welt flog, mit leichtem Gepäck, sozusagen als Zuckerbäcker seiner Zunft eine Weltkarriere gemacht hatte und der eigentlich hier hätte eine Rede halten müssen.

Der Spitzbauch zäumte das Pferd offensichtlich von hinten auf. Das war allemal origineller, als diese langweiligen Festreden, in denen man immer nur das zu hören bekam, was man ohnehin schon wußte, dachte ich.

„Mummenschanz mit Namen, hält brav zurück den Punkt, Punkt, Punkt", wiederholte er noch einmal das Zitat. „Erinnern sie sich, meine Damen und Herren, noch an den großen Kollegen, der uns in dieser Aufführung zum Lachen und zum Weinen brachte?" Der kleine Mann auf der Bühne erwähnte den Namen des Schauspielers. Moment, dachte ich, wieso spricht er jetzt über den, der im Übrigen gar nicht im Saal war. Wahrscheinlich hatte er es vorgezogen, dem Dalai Lama zuzuhören. Vielleicht wollte der erwähnte Kollege erfahren, in welcher Gestalt er in seinem nächsten Leben durch dieses Jammertal, zu dem die Erde für ihn geworden war, wandeln würde. Dabei war der, der sich da oben auf der Bühne immer wieder tief hinunter zu seinem Manuskript beugen mußte und damit nur schwer zu einem sinnvollen Rhythmus seiner Rede fand, ja auch eine Art Reinkarnation. Eine Reinkarnation aus großen Zeiten des deutschen Films und des deutschen Theaters.

„Wer erinnert sich nicht an die tiefe Verstörung, mit der uns ein damals noch junges Ensemble in der großen Halle zurückließ, nachdem wir über Stunden den Versen des antiken Tragöden atemlos gelauscht hatten?", setzte der kleine Mann seine Rede fort.

Aha, dachte ich, jetzt ist der andere Regie-Kollege dran. Der Junge umkreist sein Thema. Alte Schule. „Nie wieder erreichte Meisterschaft!" klang es von oben durch den Saal. Die ersten Köpfe begannen sich wieder zu bewegen.

Enorm, dachte ich, da traut sich einer was. Denn das der da oben wußte was er sagte, war klar. Er wußte, wo er war und hatte das richtige Manuskript dabei.

„Nie wieder erreichte Meisterschaft!" Die Wiederholung als rhetorisches Mittel.

„Alles andere war Nachgeplapper, Fußnote, epigonal!" Das hatte gesessen.

Die Stimme des Redners sank immer tiefer, befand sich jetzt vermutlich auf Höhe seines Spitzbauches. Ist der echt, fragte ich mich. Die Stimme setzt er sehr geschickt ein. Ob die Anderen das auch bemerkten? Vom Fach die einen, geschulte Theatergänger die anderen. Alle ließen sich in den Bann dieser seltsamen Person auf der Bühne ziehen.

Er sprach über die Ränder und nicht über das Zentrum. Er sprach über die wunderbaren Schauspieler, die das Theater über Jahre geprägt hatten, lobte allerdings deren Leistungen in Film und Fernsehen und, dies besonders ausführlich, in Inszenierungen, die nun entschieden nicht von dem heute zu Betrauernden stammten. Der kleine Mann schwärmte vom genialen Bühnenbildner, der dem Haus seinen ästhetischen Stempel aufgedrückt habe, wie er etwas hölzern formulierte, sprach ausführlich über dessen Karriere als Opernregisseur und Bühnenbildner und Kostümbildner an den großen Häusern der Welt.

Dann, nach einer kleinen Verschnaufpause, in der der Erschöpfte nach seinem Taschentuch suchte, in beiden Hosentaschen kramte, sich dann daran erinnerte, das er dieses ja seinem Vorredner umgebunden hatte, wieder kam dieser räuspernd-lachende Laut über die Rampe, ließ er sich detailliert über den Faltenwurf eines Kostüms aus, geschaffen von einer wahren Künstlerin, wie er betonte, was so klang, als ob die bisher erwähnten und vor allem der immer mehr ins Undeutliche verschwimmende eigentliche Anlaß dieser Veranstaltung, ein unwahrer Künstler gewesen sei. Vielleicht ist er ja wirklich dieser Meinung, schoß es mir für Sekunden durch den Kopf. Schließlich sprach er über den Autor, den er anfangs zitiert hatte und las nun, weit vornübergebeugt, sehr lange aus einem Text vor, der vor Jahren geschrieben und veröffentlicht, seinerzeit zum tiefen Zerwürfnis zwischen den ehemals Befreundeten, dem Autor und dem Verblichenen, geführt hatte.

Während dieser Lesung kam wieder Unruhe im Zuschauerraum auf.

„Wer ist denn das?"

„Keine Ahnung."

„Den hat der doch mitgebracht"

„Du hast doch vorhin mit ihm gesprochen."

„Ich? Bist Du verrückt!"*

Gelächter mischte sich in die Rede.

Der Spitzbauch trat vom Rednerpult, verbeugte sich tief vor dem Portrait des großen Künstlers, er konnte das offensichtlich und seine Beleibtheit behinderte ihn nicht im Geringsten und ging, leicht und elegant von der Bühne.

Vereinzeltes Klatschen.

Schweigen.

Man wartete. Man wartete darauf, daß jemand sagte, wie es weiterging. Tatsächlich stand ein großer, schlanker, jugendlich wirkender Herr mit kurz geschnittenem weißem Haar auf, betrat die Bühne, trat ans Rednerpult, öffnete den Mund um zu sprechen, versuchte zu sprechen, schloß den Mund, schluckte einmal, öffnete den Mund wieder, versuchte wieder zu sprechen, aber es war nichts zu hören.

Der Mann, von dem jeder im Saal wußte, wer er war, machte eine kleine Geste mit der rechten Hand Richtung Hals, da, wo die Stimmbänder sind, zuckte mit der Schulter, lächelte ins Publikum, ging wieder von der Bühne und setzte sich auf seinen Platz in der dritten Reihe, außen.

Irgendjemand im Zuschauerraum rief: „De mortuiis nihil nisi bene. Ausrufezeichen". „De mortuis nil nisi bene.* Ausrufezeichen", erklang eine Stimme korrigierend aus einer der Reihen vor mir. Unruhe entstand. Das Publikum diskutierte plötzlich ein kleines lateinisches, delikates grammatikalisches Problem und aus dieser Unruhe heraus, erhob sich eine Frau von ihrem Sitz und applaudierte dem Herrn in der dritten Reihe, außen, zu. Immer mehr Männer und Frauen erhoben sich von ihren Plätzen und begannen zu applaudieren. Bald standen alle auf und klatschten in die Hände. Jeder in seinem Rhythmus, jeder seinen Gefühlen freien Lauf lassend. Die einen heftig, kurz schlagend, die anderen weit ausholend, geradezu bedächtig Hand in Hand setzend.

Alle bedankten sich bei Demjenigen, der Jahrzehnte der Demütigung und Erniedrigung ertragen hatte, der Persönliches immer hintangestellt hatte, war vom dem, den es ja eigentlich zu gedenken galt, öffentlich beschimpft und im Theater bespuckt worden, erniedrigt und beleidigt, der krank wurde unter all der Schmach, die er auszuhalten hatte und der wieder aufstand und etwas Neues begann und dies Neue, wie immer man diese Bemühung im einzelnen beurteilen mag, fortsetzten würde, begleiten würde, bis es, das Neue selber laufen konnte und ihn nicht mehr brauchte. An dies mochten diejenigen, die ihm lange, lange stehend applaudierten, denken und in diesen Applaus legen. Kollegen, Zuschauer, Neugierige, Besserwisser, Beflissene. Ich dachte daran und war die letzte, die aufhörte zu klatschen und sich wieder hinsetzte.

Was mochte der denken, dem dieser Applaus galt, der sich erhob, bedankte und ein paar Mal der Menge zunickte und diesen Applaus ernst und nicht ohne Rührung, aber ohne Tränen in den Augen, entgegennahm? Diese ein Leben lang aufrecht stehende und aufrecht gehende Person!

Als der Applaus verebbte und dann zu Ende war, setzte er sich wieder auf seinen Platz, dritte Reihe, außen, und wartete, was da jetzt kommen möge – aber es kam nichts mehr.

Man hatte dem Richtigen gedankt für die Mühen, die notwendig waren, um all das Wunderbare möglich zu machen. Jetzt war man erschöpft und es gab auch nichts mehr zu sagen, vorläufig. Also löste sich die Versammlung auf; so zögerlich und formlos, wie sie sich zusammen gefunden hatte. Als man den Senator i. R. suchte, fand man ihn im Foyer, auch der große Herr mit den weißen, kurzen Haaren wurde angesprochen und noch einmal per Händedruck beglückwünscht und bedankt. Der Fremde aber, mit Spitzbauch und Spitzbart, den man befragen wollte, wer er eigentlich sei, war verschwunden und keiner hat ihn je wieder gesehen.

EPILOG: PARADIES

Et in Arcadia ego.
Dieses Arkadien liegt im Brandenburgischen
und der Tod ist eigentlich ein ganz freundlicher Geselle,
der warten kann.
Gretchen erzählt noch einmal.

Die Fahrt am frühen morgen mit der S-Bahn vom Zentrum bis zur Endstation dauerte genau vierunddreißig Minuten. Vor dem Endbahnhof wartete ein Bus. Die vordere Tür stand offen, der Fahrersitz war leer.

Es gilt derselbe Fahrschein wie in der S-Bahn, hatte die Frau am Telefon gesagt, also stieg ich ein und setzte mich ans Fenster. Ein bißchen grummelte es im Bauch. Ich war nicht zu spät dran. Im Gegenteil, ich war früh dran, zumal die Dame am Telefon gar keine genaue Uhrzeit genannt hatte.

„Kommen sie, wann sie Zeit haben. Bei uns schlägt nur die Glocke zum Mittagessen. Ansonsten herrschen hier paradiesische Verhältnisse."

Im Bus war es ganz still und warm. In einer, höchstens zwei Stunden, würde es heiß sein.

Nach und nach stiegen andere Fahrgäste ein. Unter ihnen mußte auch der Fahrer gewesen sein, denn als der Motor ansprang, sozusagen aus dem Nichts, und die Türen mit einem leisen Zischen geschlossen wurden, schreckte ich hoch, schaute nach dem Fahrer und fand den Blick durch ein paar stehende Fahrgäste verstellt.

Der Bus fuhr los, hielt an drei, vier Haltestellen, schließlich wurde die Haltestelle „Paradies" ausgerufen. Der Bus hielt und die Tür in der Mitte öffnete sich. Alle Fahrgäste stiegen aus. Na ja, dachte ich, wer will nicht gern ins Paradies. Wir überquerten die Straße und liefen in Fahrtrichtung weiter. Ich riskierte einen letzten Blick zum Fahrer, aber die Scheibe reflektierte das Sonnenlicht und mir wurde für einen Augenblick schwarz vor den Augen.

Als ich wieder etwas sah, war der Bus weg und die anderen ein Stück voraus gegangen. Niemand hatte es besonders eilig.

„Steigen sie einfach da aus, wo alle aussteigen und laufen sie den anderen nach."

Das tat ich. Die letzten hundert Meter führten an einer Mauer vorbei, halbhoch, ockergelb, mehrfach gebrochen, mehr romantische Zierde als Schutz, seltsame, mir ganz unbekannte Pflanzen wuchsen aus den Spalten. Bruchstellen sind Fundstellen, hatte ich irgendwo gelesen.

Am Pförtnerhäuschen gingen die anderen mit einem „Guten Morgen!" oder einem ironischen „Mahlzeit!", es war ja noch sehr früh am Tag, an einem freundlich nickenden jungen Mann vorbei. Freundlich, schlank, groß, hübsches Gesicht, das blond-gelockte Haar offen. Ein Wesen aus einer anderen Welt, dachte ich. Ich grüßte und nannte meinen Namen. Ich weiß, sagte er und dann, einen Moment, er telefonierte, kam wieder aus seinem Häuschen, sagte: „Sie möchten bitte kurz warten. Setzen sie sich doch auf die Bank dort, da ist es schön schattig."

Schön schattig, schmeckte er gut gelaunt dem Klang der kleinen Alliteration nach und lachte. Schön schattig. Patient oder Angestellter oder beides oder keins von beidem?

Ich setzte mich, betrachtete das große Gebäude vor mir, ein Haus

von perfekter Harmonie, dessen Anstrich ganz unbestimmt zwischen dem Ockergelb, das ich von der Mauer kannte und einem sanften taubengrau changierte. So sieht als das Haupthaus im Paradies aus: Klar, einfach, klassisch. Aus dem Haus trat ein Herr in mittleren Jahren, auch er groß und schlang, heller Sommeranzug. Er lächelte, trat auf mich zu, gab mir die Hand.
Freut mich, daß Sie so früh gekommen sind, sagte er und ich hatte das Gefühl, daß er das ganz ehrlich meinte. Was ist das? Warum sind die Menschen hier anders? Wie anders? Sie meinen was sie sagen, zum Beispiel. Der Herr führte mich um das Gebäude herum. Ein großer Park, alten, hohe, gesunde Bäume, frisch gemähtes Gras, das wunderbar duftete. Stille herrschte auch hier, die Bäume rauschten leiser als anderswo, so zumindest empfand ich es, nur durchbrochen vom Schnitt der Sense und als ich leicht den Kopf zur Seite drehte, sah ich in der Ferne die Person, Mann oder Frau, breiter Rücken, großer Strohhut, die elegant ihre kreisenden Bewegungen ausführte und sich ganz langsam von uns weg bewegte. Der Herr blickte mich an, nahm mich ganz leicht am Arm und führte mich ein Stück vom Schnitter weg.
Hier wäre ich auch gerne Patient, sagte ich.
Gast, korrigierte mich der Herr, wir haben nur Gäste. Auch wenn manche ein halbes Leben hier verbringen. Alle können jederzeit wieder gehen. Der Pförtner ist nur dazu da, um die zu begrüßen, die rein wollen. Und die Mauer, na, Sie haben sie ja gesehen, die gehört zum Ensemble, wie die alten Bäume, die schönen Gebäude, der See und die Bänke. Wer gehen will, kann gehen.
Wir standen im Schatten einer großen, in der Mitte gespaltenen Ulme.

Das ist schön, daß mal jemand kommt, ihn zu besuchen. Ich habe zwar nicht den Eindruck, daß ihm das fehlt, aber als ich ihm Ihren Namen nannte, huschte doch ein freundliches Lächeln über sein Gesicht. Ein kleines Zeichen des Einverständnisses. Ich hatte ihn vorher nie lächeln gesehen. Liebenswert muß dieses Gesicht einmal gewesen sein.

Daß er so früh Besuch empfängt, wundert mich, sagte ich.

„Früher war er vor Mittag nicht ansprechbar."

„Ja, ja. Er hat sich sehr verändert. Er ist immer der Erste, der wach ist und der Letzte der einschläft."

Er kostet jede Sekunde hier aus, sagte der Herr.

„Vormittags im Park und nach dem Mittagessen in unserer Bibliothek. Das kann ich gut verstehen, daß er da gerne sitzt. Das sind die schönsten Räume im ganzen Haus. Und der Bestand ist enorm. Allerdings hat man mir berichtet, daß er nur dasitzt, ein aufgeschlagenes Buch vor sich, aber nicht darin liest. Sie waren Kollegen?"

„Ja, das ist noch gar nicht so lange her oder vielleicht ist es auch schon sehr lange her? Ich hab's vergessen."

„Das ist ganz unwichtig. Es bleibt Ihnen erhalten, so oder so. Gehen Sie immer gerade aus, dann sehen Sie ihn auf einer Bank sitzen. Der Park ist sehr groß, größer als man erwartet. Er hat sich ein Plätzchen ausgesucht, von dem aus er aufs Wasser blicken kann. Gegen Mittag läutet eine Glocke, dann geht er ins Haus zurück. Das Essen hier ist sehr gut und er läßt sich keine Mahlzeit entgehen. Er hat einen gesegneten Appetit."

Immer schon gehabt, sagte ich lachend.

„Heute gibt es Wirsing, den ißt er besonders gern."

Ich verzog das Gesicht.

„Was haben Sie gegen Wirsing? Klingt Ihnen das zu sehr nach Nazi-Küche? Sehr nahrhaft und unser Küchenchef ist ein wahrer Künstler. Der zaubert ihnen aus diesem urdeutschen Gemüse eine Delikatesse."

Der Herr gab mir die Hand.

„Wenn Sie gehen wollen, gehen Sie einfach. Wie gesagt, raus kommt hier jeder!"

Er drehte sich um, bog nach ein paar Schritten um eine Ecke des großen Hauses und war verschwunden.

Ich blieb unter der mächtigen, sehr alten und, wie ich nun sah, vielfach gespaltenen Ulme stehen und genoß die Ruhe und den schönen Park und spürte, wie sich eine längst vergessene Sonntagsstimmung auf meine Seele legte.

Sonntagsstimmung: Ein kleines Mädchen im ersten Kleid mit weißen Söckchen, am ersten wirklich schönen Tag im Jahr. Die Luft ist warm und es duftet nach frisch gemähtem Gras. Sie blinzelt in die Sonne und legt die Hand auf eine warme, ockergelb gestrichene Mauer und singt, das Lied vom Sommer, der nach allem und jedem duftet und klingt und schmeckt. Sie singt es nur für sich, ganz leise und hätte jemand zugehört, hätte er es als anrührend empfunden und hätte vielleicht ein bißchen darüber geweint. Es hört aber niemand zu. Das Mädchen ist allein, ihr Herz klopft. Sie ist glücklich. Sie wartet auf etwas. Auf was? Wer soll das wissen.

Wo war ich hier? Im neunzehnten Jahrhundert oder im achtzehnten oder noch weiter zurück? Da drüben saß irgendwo der, den ich besuchen wollte, aber ich hatte es nicht eilig, zu ihm zu gehen. Was gibt es schöneres, als einen Frühsommermorgen in einem Park in der Mitte Europas?

Ich ging zu einer der alten, weißgestrichenen Holzbänke, setzte mich und dachte – nichts. Wenn man das könnte! Nichts denken. Das wäre das Paradies und dieser Ort war das Paradies. Vogelgezwitscher und das leise Rauschen des Windes in den Blättern.

Werd' ich zum Augenblicke sagen: Verweile doch! Du bist so schön!

Ich weiß nicht, wie viel Zeit vergangen war, bis ich aufstand und in die mir gewiesene Richtung ging. Eigentlich war sie mir gar nicht gewiesen worden, der Herr hatte nur gesagt, gehen sie einfach gerade aus. Also ging ich gerade aus. Einmal machte ich ohne Grund einen Bogen, kam vom Weg ab, streifte durch hohes Gras, durch eine kleine Senke, in der die letzten Nebelfetzen des Morgens hingen. Plötzlich war alles ganz weiß um mich herum. Es war kalt geworden und das Zwitschern der Vögel hatte aufgehört. Auch hörte ich den Schnitt der Sense, der mich auf dem Weg begleitet hatte, nicht mehr. Dann trat ich aus dem Nebel heraus, ging einen leichten Hang hinauf und war, oben angekommen, dann doch überrascht, ihn zu sehen. Die mächtigen Bäume standen so, daß sich ein langer Durchblick zu ihm hin auftat. Seltsam entrückt war er und doch ganz nah. Er saß auf einer alten Bank, von der Sonne hell beschienen, zu seiner Linken, nicht weit entfernt, *ein paar große Steine, offenbar einstige Grabsteine**. Vor ihm lag still ein See, dessen gegenüberliegendes Ufer sich in der Ferne verlor. Ein kleiner, sehr brüchiger Holzsteg führte ins Wasser. Ein Nachen war daran festgemacht.
Ich blieb stehen und betrachtete ihn. Mein Herz klopfte heftig. Er saß, etwas seitlich blickend, mit dem Rücken zu mir und schaute aufs Wasser. Sein linker Arm lag auf der Rückenlehne der Bank.

Sein Volumen war gewaltig. Wasserverdrängung, Luftverdrängung, gibt es das? Er trug eine weiße, nicht mehr ganz neue Leinenjacke und eine Stoffhose von unbestimmbarer Farbe. Auf dem Kopf saß eine Art russischer Kapitänsmütze, unter der dichtes, grausträniges, ganz wild in die Gegend stehendes Haar hervorquoll, das ihm bis auf die Schultern reichte. Im angeschnittenen Profil erkannte ich einen fleckig durchbrochenen weißen Bart, der, ebenso wild wie das Kopfhaar, nach allen Seiten ausschlug. Er bewegte sich nicht. Mütze, Kopf, Haare, Bart und der massige Körper bildeten, zusammen mit der Bank, auf der er saß, eine ineinander fließende Einheit. Ein in Stein gehauenes Monument, von der Zeit ganz leicht mit Moos bedeckt. Bewegungslos saß er da und schaute aufs Wasser, in dem sich ein leicht zitterndes Abbild seiner selbst spiegelte. Er betrachtete sich selbst. Irgendwann löste er den Blick vom Wasser, drehte den Kopf etwas nach links, betrachtete die alten Steine, löste sich auch von diesem Anblick. Er seufzte tief. Der Wind trug diesen Seufzer zu mir, diesen Ausdruck tiefster Verzweiflung, der mich anrührte. Ich legte mich ins Gras. Ganz vorsichtig, legte Kopf auf die Arme, den Körper hangabwärts. Ich wollte das Tier auf keinen Fall erschrecken und aufscheuchen. Der Wind stand günstig, aber brauchte er den Wind, um Witterung aufzunehmen?
Von der der anderen Seite des Sees wehte Musik herüber.

Das ist unser kleines jüdisches Orchester, vier Geigen, Flöte, Kontrabaß.*

Er blickte auf, hörte nach der Musik hin und drehte dann leicht den Kopf in meine Richtung. Ich war eigentlich gekommen, um ihn zu besuchen. Was hätte ich ihm sagen sollen? Hallo, wie geht es? Ich geh übrigens nicht zum Theater, ich will diesen ganzen Schmuddelkram nicht. Das Blut und die Zinkeimer und das Genuschel und die Nackten und die Plastikplanen und die Projektionen und die hässlichen Kostüme. Ich bin in die falsche Zeit hinein geboren. Du hast den Kampf aufgegeben. Du bist nicht erreichbar, für nichts und niemand, auch wenn du mitten unter den Menschen bist und so tust, als ob, ja als ob, Du deinen Beruf ausüben würdest. Also mache ich was anderes. Was? Geht dich nichts an. Danke für das Geld, die Kohle. Trotzdem. Ich nehme es für alles und ich mache was Sinnvolles draus. Ich verspreche es Dir.

Ich blickte lange auf dieses Monument, das nun wieder vollkommen regungslos da saß und ins Leere starrte. Einer sitzt und eine beobachtet ihn dabei.

Vielleicht wußte er längst, daß ich da war? Man hatte ja gefragt, ob ich ihn besuchen dürfe und hatte ihn gestern Abend bestimmt daran erinnert, daß morgen früh jemand käme?

Vielleicht hatte er längst gespürt, daß ich da war, irgendwo da hinten, in seinem Rücken und seine Regungslosigkeit war ein Zeichen des Einverständnisses und des Vertrauens?

Vielleicht war ich die Einzige, die er in seinem Rücken duldete?

Und vielleicht betete er zum lieben Gott, ich möge da hinten, in seinem Rücken, liegen bleiben und irgendwann, wenn die Glocke läutet und er aufsteht und zum Haus zurückgeht, zum geliebten Essen, verschwunden sein.

Amen und viel Glück!

Damit sich niemand allein gelassen fühlt, hier ein paar Anmerkungen:

Seite 5
Anton Pawlowitsch Tschechow, **Onkel Wanja,** vom Autor mit dem Untertitel *Szenen aus dem Landleben in vier Akten* geschmückt.

Seite 8
Das sagt *Hamm* zu *Clov* in Becketts **Endspiel.**

Seite 11
Johann Wolfgang von Goethe
Mignon
Kennst du das Land? Wo die Citronen blühn,
Im dunklen Laub die Gold-Orangen glühn,
Ein Sanfter Wind vom blauen Himmel weht,
Die Myrte still und hoch der Lorbeer steht,
Kennst du es wohl?
Dahin! Dahin
Möchte' ich mit dir, o mein Geliebter, ziehn.

Seite 16
Anton Pawlowitsch Tschechow, **Onkel Wanja.**

Seite 18
Leo Tolstoi, **Anna Karenina.**
Lewin, der Fleißige, der so gerne dazugehören würde, zu den Bauern, die auf seinen Ländereien arbeiten, denen er so gerne etwas beibringen würde, vom richtigen Leben, und der doch abseits steht.

Seite 22
Figuren aus Luigi Pirandellos Theaterstück **Die Riesen vom Berge.**

Seite 31
Wer sich bei „Zisch" an Heinrich Böll und das *Tal der donnernden Hufe* erinnert, liegt nicht ganz falsch.

Seite 37
Leo Tolstoi, **Anna Karenina.**

Seite 39
Anton Pawlowitsch Tschechow, **Der Kirschgarten**, *Komödie in vier Akten.* Rußland im Mai. Die Gutsbesitzerin *Ljubow Andrejewna* ist von einem Aufenthalt an der Côte d'Azur in ihr geliebtes Vaterland Rußland, auf das Gut ihrer Familie, den Kirschgarten, zurückkehrt. Gegen drei Uhr morgens beginnen die Vögel zu zwitschern, *Warja*, die Pflegetochter, öffnet die Fenster und *Ljuba* betrachtet, gemeinsam mit ihrem Bruder *Gajew*, gebannt die weiße Blütenpracht ihrer ungezählten Kirschbäume – die sie bald verkaufen wird, um wieder an die Côte d'Azur zurückkehren zu kennen.

Die Ranjewskaja, die Gutsbesitzerin, sagt dies. Ihr sind wir im zweiten Kapitel bereits begegnet. Sie liebt ihre Heimat und doch wird sie Rußland verlassen, für immer. Tschechow läßt die Ranjewskaja im 2. Akt übrigens den wunderbaren Satz sagen: „Mein Mann ist am Champagner gestorben.". Besser geht's nicht.

Seite 42
Anton Pawlowitsch Tschechow, **Der Kirschgarten.** *Lopachin*, dieser Jermolai, „der bei ihrem Vater nicht einmal bis in die Küche durfte", wie er der Gutsbesitzerin, sehr betrunken, einmal vor den Latz knallt, dieser Jermolai tröstet sich, wie alle unglücklich Verliebten mit dem schnöden Mammon: „Ich kann alles bezahlen."

Seite 73
Das ist *Lopachins* bauernschlaue, verklemmte Art, sich durch kleine Witze aus der Affäre zu ziehen, aus einem einfachen „Auf Wiedersehen" ein „Auf Wiederschön" oder „Auf Wiederbesehen" , je nach Übersetzung, zu machen. Jedem

Schauspieler, der etwas auf sich hält, d.h., der die Rolle gerne einmal spielen möchte, ist diese Art zu reden in Fleisch und Blut übergangen.

Seite 75
Das Zeitungsgretchen ist eine Erfindung von Dietmar Dath. FAZ, vor ein paar Monaten.

„Hans" verduftet sich in Martin Mosebachs Roman **Der Mond und das Mädchen.**

Seite 123
Angeblich ein Zitat des Dichters Bertolt Brecht.

Seite 125
Theaterstück von Mark Ravenhill.

Seite 157
Anton Pawlowitsch Tschechow, **Drei Schwestern**, *Drama in vier Akten.* Wenn *Irina*, die jüngste der drei Schwestern, im ersten Akt, in dem sie noch nicht ahnt, was auf sie zukommen wird, ihre große Rede über die Notwendigkeit zu Arbeiten hält, ist sie so glücklich, daß es ihr so vorkommt, als ob sie in einem Segelboot dahinflöge. Solche Sachen sehenn eigentlich nur Kinder.

Seite 168
Anton Pawlowitsch Tschechow, **Die Möwe**, *Komödie in vier Akten.* Boris Alexejewitsch *Trigorin*, der Schriftsteller, kann sich im 4. Akt an nichts mehr erinnern. Sich an nichts mehr erinnern können, bedeutet bekanntlich für einen Schriftsteller den Tod.

Seite 216
Dieses und die folgenden Zitate aus Leo Tolstoi, **Anna Karenina.**

Seite 242
Das ist zwar nicht Originalton Botho Strauß, aber eine Verbeugung vor ihm.

Seite 243
Über die Toten nichts Schlechtes.

Seite 251
Noch einmal Tschechow, noch einmal der **Kirschgarten**. Bühnenbildbeschreibung und Regieanweisung aus dem 2. Akt.

Für Peter, Oktober 2007